누구나 평행선 너머의 사랑을 꿈꾼다

누구나 평행선 너머의 사랑을 꿈꾼다

초판 1쇄 발행 2022년 11월 1일

지은이 조갑상
펴낸이 강수걸
기획실장 이수현
편집장 권경옥
편집 이선화 신지은 오해은 이소영 김소현 강나래
디자인 권문경 조은비
펴낸곳 산지니
등록 2005년 2월 7일 제333-3370000251002005000001호
주소 부산시 해운대구 수영강변대로 140 BCC 613호
전화 051-504-7070 | 팩스 051-507-7543
홈페이지 www.sanzinibook.com
전자우편 sanzini@sanzinibook.com
블로그 sanzinibook.tistory.com

ISBN 979-11-6861-101-6 03810

* 책값은 뒤표지에 있습니다.
* 잘못된 책은 구입하신 곳에서 교환해드립니다.

누구나 평행선 너머의 사랑을 꿈꾼다

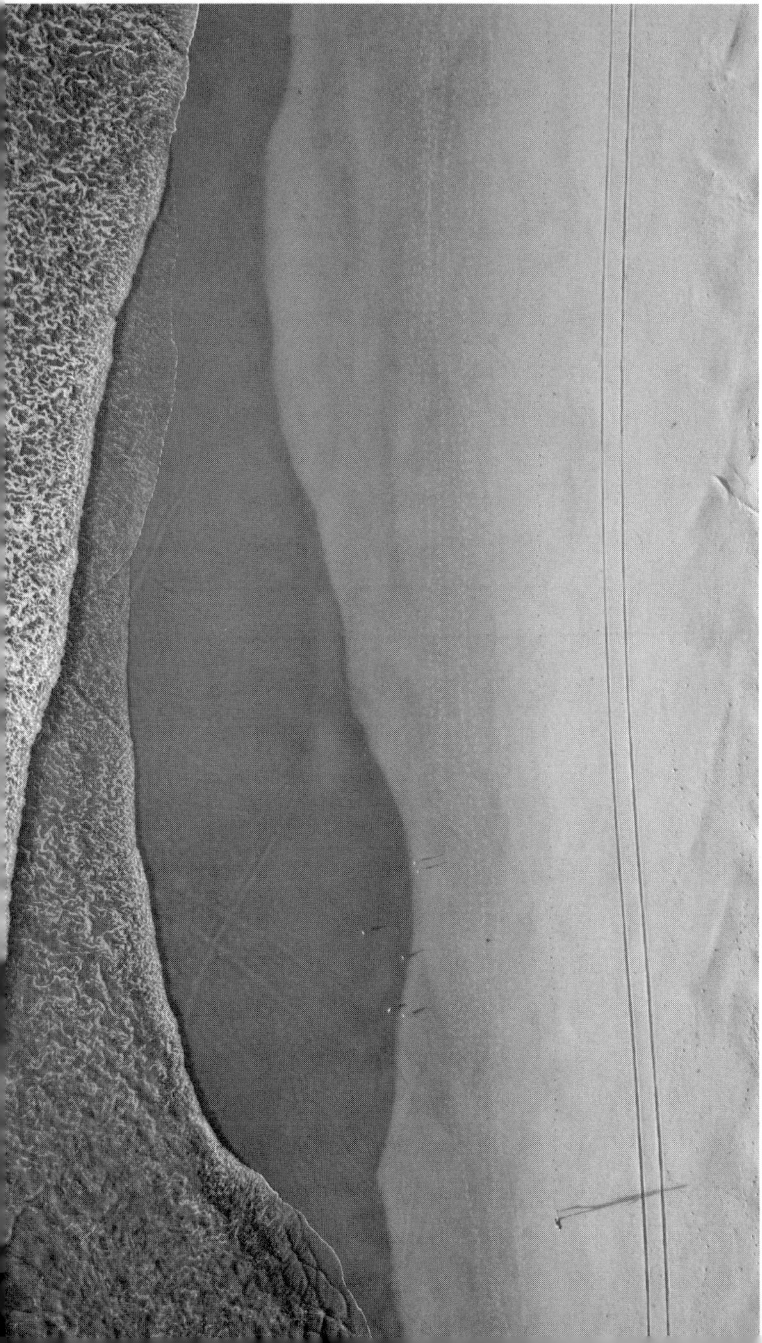

조갑상 장편소설

산지니

차례

프롤로그

대한항공 801편이 추락했다는 소식을 들었을 때 김창기는 혼자였다. 그는 집에서 텔레비전의 긴급뉴스를 보았다. 그의 옆에 가족은 없었다. 그는 아내와 별거 상태에서 몇 년째 독신으로 지내고 있었다. 탑승자 명단에서 아내의 이름을 보았지만 얼마 되지 않는 생존자 명단에는 없었다. 물론 그는 아내의 여행 사실을 모르고 있었다. 별거 기간이 길어지면서 아이 문제 외에 연락하는 일은 줄어들었다.

우선 딸애를 집으로 데리고 오는 게 급선무였다. 아내가 비행기 사고를 당했을 때 딸은 제 엄마와 같이 살았다. 중학교 3학년이 되면서 그렇게 하기를 아내와 딸이 원했기 때문이다. 부모의 별거를 받아들이면서 딸은 아버지를 특별히 미워하지는 않았다.

그는 서울로 올라가 처남들과 사태수습에 나섰다.

아내는 방학을 이용해 학교 동료들과 같이 여행을 갔다.

그런 확인이야 필수적이든 부수적이든 사고 결과로 본다면 아무것도 아니지만 김창기로서는 다소 묘한 기분이 들었던 건 사실이다. 유가족들에 섞여 괌 현지에서 며칠을 머무는 동안 아내가 다른 남자와 여행을 할 수도 있었다는 생각이 토막 나듯 한두 차례 들기는 했다. 서울로 돌아왔을 때 그는 지난 몇 년간, 또는 아내와 헤어져 지낸 4년여보다도 더 긴 시간이 흘러간 것 같았다. 인생은 때로 예측할 수 없는 부피와 질량으로만 가득 차 있을 때도 있는 것이었다. 사고기의 기장이 언덕을 구름으로 착각했으리라는 그런 추측보도와는 다르지만 인간이란 자신이 얽어맨 환상에 매달린 참으로 불가사의한 고집덩이에 지나지 않을지도 몰랐다.

아내 안성혜는 이제 또 다른 과거가 될 수밖에 없었다. 아내와 헤어지기 전의 며칠, 또는 몇 주를 기억해야 했다. 시간은 깊이가 없는 우주와 같은 것이기에 더 많은 기억이 필요할지도 몰랐다. 상처를 입기는 하겠지만 피할 수는 없었다.

1
부정교합,
부부

지하철 입구 계단을 다 오르자 바로 정문이었다. 정확하게 말해 계단을 다 올라 몇 걸음 걸을 사이도 없이 바로 병원 정문 앞에 선 꼴이었다. 그것을 비난할 이유는 없었다. 많이 걷지 않아도 되고, 병원이 어딘지 두리번거리지 않아도 된다는 건 차라리 잘된 일이 아닌가 말이다. 그런데도 김창기는 당황했거나 짜증이 솟았다. 그건 확실히 좀 이상한 감정이었다. 차들이 정문 입구까지 막아서 통행에 신경을 쓰게 한 게 화를 북돋았을까? 그게 김창기를 짜증스럽게 했을 수도 있다. 하지만 그건 뒤에 목격한 것이다.

그렇다. 그는 지하철 계단을 오르면서, 지상으로 나와 병원에 들어서기 전에 이미 자신에게 조금 화가 나 있었다. 일이 왜 한꺼번에 일어나는가! 그는 그런 생각에 잠긴 채 계단을 올랐는데 갑자기 정문이 나타났던 것이고 그건 미처 준비 안 된 사람을 당황케 하는 그런 감정으로 그에게 다가왔고,

거기다 주차장까지 짜증나게 했다.

주차장에서 밀린 차들이 입구를 막고 있었다. 보도가 제대로 확보되어 있지 않아 자동차들 사이로 빠져나가야 하는 번거로움이 답답한 그의 마음에 불을 붙였을까. 또는 기다리고 또 기다려야만 하는 대학병원이라는 데의 출입에 대해 미리 짜증을 낸 것일까. 그것은 앞으로 이 병원에서 겪어야 할 지루한 기다림과 귀찮은 절차를 예견해 주는 건지도 몰랐다. 하지만 그는 스스로에게 정직하기로 마음먹었다.

아내가 드디어 그의 외박을 따지고 나왔으며, '여자'가 또 다른 병원에 있다는 사실을 그저께 알았고, 말로만 걱정해오던 딸애의 치아 교정이 오늘 이렇게 짜증으로 시작된 것이다. 후진하는 차를 보고 아이의 손을 잡기 전 김창기는 선재와의 오늘 약속을 떠올렸다. 짜증스럽게 뒤범벅된 지금의 심리상태에서나 마구 후진을 해대는 자동차를 조심해야 할 것 같은 상황에서는 조금 주책스런 생각 같기도 했다. 하지만 그런 마음이 아이의 손을 잡는 데 방해가 되지는 않았다. 아버지가 자식 모르게 다른 여자와 부정하게 만난다는 사실은 자동차로부터 아이를 보호하겠다는 본능과는 관계가 없는 것이니까.

"차 조심해야겠다. 어디서 꽁무니를 빼고 나올지 모르겠구나."

아버지는 마침내 아이의 손을 붙잡았다.

"여기가 대학병원이야?"

병원 규모에 실망했다는 건지, 말로만 듣던 대학병원에 왔다는 감회인지, 딸의 말투가 다소 애매했다.

"대학병원은 여러 개야. 그중 하나지."

아버지는 좀 까다로울 수도 있는 설명을 간명하게 줄였다.

"여기가 제일 알아준다는 데지? 엄마가 그랬어."

"글쎄, 주차장도 유명하겠는데, 이렇게 좁아터졌으니."

아버지는 아이 앞에서 참을성 없이 자신의 짜증을 드러내고 말았다.

넓은 홀에서 아버지와 딸은 '의료보험 처음 오신 분'이라는 안내판 앞에서 줄을 섰다. 서고 보니 앞사람들의 손에는 의료보험카드 외에도 무슨 종이를 한 장씩 쥐고 있었다. 기입하는 양식이 있는 모양이었다. 호기심으로 가득 찬 표정으로 사방을 둘러보고 선 애에게 그는 말했다.

"아빠가 뭘 써야 하는 모양이다. 너는 여기 서 있어라. 내가 저기 가서 써 올 테니."

"싫어! 아빠하고 같이 있을래."

뜻밖의 대답이었다. 딸은 6학년이었다. 그러므로 아이는 인생이 지루한 줄서기이고 한 명이라도 제치고 앞서야 하는 이유를 실감할 리가 없었다.

"바로 저기서 사람들이 쓰고 있잖니, 그런데 뭘 그래. 네가 서 있지 않으면 순서가 늦어지는데."

한쪽 옆의 탁자를 가리켰지만 딸은 아버지의 손을 붙잡을 뿐이었다. 마스크를 하고 뒤에 선 중년부인에게 자리 부탁하기도 뭣해서 그는 아이에게 붙잡힌 채로 줄을 빠져나왔다. '진료접수증'이라는 거였다. 진찰과, 환자 성명, 연령, 주소, 특진 교수명 등을 적게 돼 있었다. 그는 맨 마지막 사항에서 잠시 망설였지만 결국은 그냥 비워두기로 했다. 치대의 어떤 교수 이름도 알지 못했던 것이다. 줄로 되돌아왔을 때는 마스크를 쓴 부인과의 사이에 네댓 명의 간격이 있었다. 그런데 또 하나의 낭패에 부닥쳐야 했다. 입구에 '치아 교정, 의료보험 제외'라는 안내문이 붙여져 있었던 것이다. 조금만 신경을 써도 알 수 있는 일일 텐데 깜박한 것이다. 익숙하지 않은 건지 주눅이 든 건지, 어쨌거나 대학병원 이름값을 톡톡히 한다 싶었다. 하지만 두 번이나 줄에서 빠져나올 수는 없었다. 어떻게 되겠지.

과연 어떻게 되었다. 창구의 아가씨는 아무것도 묻지 않았다. 진료증을 내밀며 "치대 총괄실로 가세요. 별관입니다." 그렇게 말했을 뿐이었다.

두 사람은 그들이 들어섰던 현관으로 다시 나왔다. 안에 있을 땐 몰랐는데 밖으로 나오니 공기가 한결 상쾌했다. 역시 병원이었다. 그는 아이의 손을 잡고 별관이라는 데를 찾아갔다. 그러고 보니 길거리에 면한 그곳은 본관이었던 자리였다. 건물은 새로 지은 거지만 위치는 틀림없었다. 담쟁이가 드리운 석축 건물이 그의 머리에 떠올랐다. 숙부 한 분이 여기서 돌아가셨다. 김창기 자신이 중학교에 다닐 때였다. 담쟁이가 그물처럼 드리운 우중충한 건물. 대학병원이라는 이름이 이 도시에 하나뿐이었을 때 이곳은 명망과 더불어 죽음으로 상징되던 곳이 아니던가. 담벼락에 바짝 붙은 측백나무들을 보며 그는 잠시 다른 시간 속에 빠졌다. 그러나 치대와 교수 연구실로 쓰고 있는 이 건물은 죽음과 아무 관계가 없다. 또 다른 대학병원에 '여자'는 누워 있다. 그것만이 현실이다. 기억을 헤쳐 나오듯이, 그는 서둘러 딸을 재촉하여서 현관으로 들어섰다. 안내판을 보니 처음 들었을 때부터 이름이 이상했던 총괄실은 3층이었다. "아빠, 걸어가자." 엘리베이터는 빨간 불로 7층에 매달려 있었다. 치아를 뽑고 교정을 하는 것은 죽음과는 관계없다. 계단을 앞서 오르는 딸을 보며 그는 서둘러 자신에게 다짐하듯 결론을 내렸다.

거창한 이름과는 달리 총괄실에는 아가씨 한 명이 달랑 마이크를 앞에 두고 앉아 있었다. 진료증을 내밀었을 때 아가씨는 전화를 받으면서 종이 한 장을 내밀었다. 치과에 출입할 때 두려움을 느끼는가? 뭐 그런 설문지였다. 이따위가 왜 필요하단 말인가. 그가 재빨리 건성으로 칸을 메우고 있을 때 아가씨의 목소리가 스피커를 타고 복도에 울려 퍼졌다. "이성구 PK님, 교정과로 가세요. 이성구 PK님, 교정과로 가세요."

설문지를 들고 아가씨에게 갔을 때 가운을 입은 젊은이 하나가 그녀에게 테니스 라켓을 넘겨주고 있었다. 아가씨는 설문지를 받으면서 "오른쪽에 있는 진단과로 가세요"라고 말했고 동시에 마이크를 켰다. "김충 PK님, 총괄실로 오세요.

김충 PK님, 총괄실로 오세요." 김충이라는 사람을 부른 건 방금 건네받은 라켓 때문인 것 같기도 했다. 김충은 테니스를 친다? 그런데 라켓은 누구의 것인가? 김충이 빌려주었는가, 조금 전 라켓을 맡긴 사람이 빌렸는가? PK는 도대체 무슨 뜻이지? 김창기는 그런 생각을 하며 진단과 앞에 섰다. 진단과 창구에 진료증을 밀어 넣고 복도에서 조금 서성거리니 가운을 입은 자그마한 아가씨가 애 이름을 부르며 다가왔다. 앳된 얼굴에 가슴에 단 'PK 강남희'란 흰 명찰을 보고서야 김충이니 지금까지 마이크로 이름이 불리던 사람들이 실습생이거나 보조의사라는 걸 알 수 있었다. "아버님 되시나요, 어디가 안 좋죠?" 그는 윗니 교정 때문이라고 말했다. 그녀는 아이의 입을 벌려 보게 하더니 "아버님은 여기서 잠시 기다리세요"라는 말을 남기고 아이를 데리고 진단과 문 안으로 사라졌다. 진단과는 초진 오는 환자들을 살펴 필요한 전문과로 보내는 곳인 모양이었다. 그러니까 분류 심사실쯤 될까. 딸애의 심사는 신속했다. 아이가 조금은 겁을 먹은 얼굴로 나오고 보조의사가 "수명이 사진부터 찍어야겠습니다" 하고 말했다. "아버님은 여기에 계세요." 그녀는 그 말을 남기고 아이의 등을 밀어 위층으로 올라갔다.

자리에 그대로 있으라는 말을 그는 연속으로 두 번이나 들은 것이다. 부모들이 아이를 따라 진찰실이며 엑스레이실까지 들어오는 일이 성가신 모양이었다. 그렇게 사진을 찍고 소아치과에 한차례 다녀오니 점심시간이었다. 그동안 그는 복도를 서성거렸다. 소아치과 앞의 복도에는 대부분 아이를 데리고 온 어머니들뿐이었다. 379. b 253 등의 번호가 붙은 치아 모형들이 가득 찬 진열장만이 유일한 구경거리였다. 그것은 결코 유쾌한 눈요기는 아니었다.

"본을 떠야 하니까 점심 잡숫고 이 자리로 다시 오세요." 그러고는 아가씨는 총총 사라졌다. 복도는 어느새 한산해져 있었다.

"아빠, 맛있는 거 먹지?"

아이는 이제야 가장 재미있는 시간을 만났다는 투였다.

"그래 뭘 먹을까?" 아버지는 진찰이 오후까지 연장된 데 대해 조금 짜증스러웠고, 또 다른 생각들이 머리를 들쑤셨지만 자식에게 친절하기로 마음먹었다.

"햄버거!"

"햄버거는 무슨……"

"그럼 자장면!"

"그거야 동네에서도 사 먹을 수 있는데? 일단 나가보자."

사실이지 아버지는 어린 딸과의 갑작스런 점심식사가 난감했다. 병원뿐 아니라 인근에 관공서가 더러 있어 음식점이 많다는 거야 알지만 아버지와 딸을 동시에 만족시켜줄 만한 음식점을 찾는다는 게 쉽지만은 않을 성싶었다. 그는 메뉴를 선택해서 집을 찾기보다는 간판을 보고 들어갈 수밖에 없다고 생각하며 아이의 손을 잡고 천천히 걸었다.

"돌솥비빔밥, 맛있겠는데."

"글쎄……"

"보쌈은 뭐야?"

"돼지수육을 상추로 싸 먹는 거."

"그런 건 아저씨들이나 먹는 거 아냐?"

제법 걷고 식당 간판을 몇 군데나 보았지만 마땅한 데는 없었다.

"저기, 한정식이라 씌어 있는데?"

아이가 길 안쪽의 기와집을 보고 말했다.

"거긴, 그러니까 생일상같이 1인분에 얼마씩 하는 고급 음식점이야."

분식집도 보였고 삼계탕집과 곰탕집을 지나쳤지만 아버지와 딸은 의견의 일치를 보지 못했다. 지하도를 건너 반대편 거리로 간다 해도 사정은 마찬가지일 거였다.

그들은 되돌아가면서 한 군데를 택하기로 했다. 결국 된장찌개, 순두부, 매운탕 등등이 쓰인 집에 들어가 순두부와 된장을 시켰다. 아이는 된장찌개를 밥에 비벼 아주 조금 먹었다. 차라리 돌솥비빔밥이나 설렁탕이 나았을까 후회가 되기도 했다. 식사를 마치고도 시간은 넉넉했고 치과 때문에 그들이 여기서 점심을 먹었다는 생각이 들자 그는 아이의 이를 닦여야겠다는 마음이 들었다.

"이 닦자, 남자 의사선생님께 아 하고 입을 벌려야 할 테니까."

"여자 선생이야. 그리고 아무것도 없는데?"

"그래도. 저기 슈퍼에서 사면 되겠다."

그들은 양담배 광고가 요란한 슈퍼로 가서 여행용 칫솔을 두 개 샀다.

"어디서 닦아?"

"지하철역!"

"비디오 보니까 미국 거지들이 그러던데."

"그럼 병원에서 닦을까?"

화장실은 병원 특유의 냄새도 없었고 그런대로 깨끗했다. 손으로 물을 받아 헹구었기에 입안이 말끔하지는 않았지만 그런대로 칫솔질한 기분은 났다.

복도도 다시 붐볐다. 그는 아이의 나이를 생각하고 소아치과 배정이 잘못된 게 아닌가 하는 걱정이 슬며시 들었다. 복도에서 어지럽게 뛰노는 아이들은 대부분 어려 보였다. 그러나 오전의 보조의사가 진료실 문에서 아이의 이름을 부르는 바람에 그는 딸의 등을 살짝 밀었을 뿐이었다. 조금 지나자 PK 강남희가 "김수명 보호자 분!" 하고 불렀다. 진료실은 엄청 널렀다. 진료 의자가 열 개도 넘어 보였다. 아이는 창 쪽에서 가까운 의자에 반쯤 누워 있었다. 담당의사는 아이 말대로 여자였다. 그가 다가가자 의사는 아이의 입을 열면서 말했다.

"윗니와 아랫니가 어긋나는, 이런 부정교합은 원인이 여러 가지겠지만 턱하고도 관계가 있어요." 그러고는 잠시 김창기를 쳐다보았다. 일별했다고 할까, 순간적이었지만 의사는 자신의 턱만 보았다는 확신이 들었고, 그런 생각이 슬쩍 우습게 여겨졌다.

"내가 아래턱이 조금 나오기는 했죠."

그는 아주 솔직하게 서둘렀다. 그러나 나는 윗니가 아랫니 밖으로는 나왔어요. 그는 덧붙이지는 않았다. 어디선가 어린 아이의 비명 소리가 잠깐 났다. 의사는 탁자 위의 사진을 들고 살폈다. 고개를 조금 기웃거리더니 "언니 이것 좀." 의사는 그렇게 말하며 일어나 옆자리로 갔다. 두 여자의사가 아이의 엑스레이 사진을 보면서 의논을 했다.

"다시 찍어야겠다."

의사는 사진을 들고 다시 자리로 왔다. 명찰에는 의사 이순미라고 적혀 있었다. 그녀가 의자에 앉을 때 반지가, 반지 두 개가 눈에 띄었다.

"아버님은 나가 계세요." 의사가 눈짓을 했는지 PK 강남희가 말했다. 선배의사의 결혼반지를 훔쳐보았기 때문에? 그러나 의사는 수녀가 아니지 않은가? 엉뚱하게도 김창기는 그런 생각에 매달렸다. 수녀 반지의 경우 하느님에 대한 영원한 처녀성의 약속으로서 비밀스런 구석이 있지만, 결혼한 치과 여의사의 반지는 비밀스런 게 아닐 텐데. 결혼한 여자가 끼는 반지는 그 여자를 이 세상 뭇 남성들로부터 지켜주는 보호막이 아닐까? 여자들의 결혼반지는 차라리 뻔뻔하고 공공연한 처녀성 상실에 대한 광고일 수도 있다. 반지, 반지를 끼는 손가락인 약지는 심장에 직접 연결된다. "나도 바람피울 거야." 진료실을 다 빠져나오기 전에 아내의 목소리가 기어이 그의 목덜미에 달라붙었다. 아무런 감정도 없이 너무나 착 가라앉은 목소리.

목덜미가 간지러워 오는 기분을 느끼며 그는 복도로 나왔다. 복도로 나와 생각하니 젊은 여의사에게 자신의 아래턱이 나왔다는 엉뚱한 말만 했다는 생각이 들었다. 의사들은 환자나 보호자에게 말을 아끼고 또 아끼라는 교육만 10여 년간 받는 게 아닐까. 무슨 설명을 들은 게 아니라 환자의 보호자가 고해성사를 한 꼴이 아닌가. 그는 다시 마주 선 진열장에 열중했다. 모형 중 하나가 인간의 그것이라고는 생각하기 어렵게 윗니는 손톱 크기만큼 크면서 듬성듬성 벌어져 있고 아랫니는 부채꼴로 한껏 펼쳐져 있었다. 사람들은 제각기 엄청 별나고도 다른 이틀을 입 속에 감추고 있다! 그는 놀라운 사실을 발견한 듯했다. 그러나 그가 하고 싶은 소리는 그런 게 아니었다. 나도 바람피울 거야. 아내는 어젯밤 그렇게 말했다.

누군가가 그의 저고리 소매를 잡아당겼다.

"나, 사진 다시 찍으래." 딸이었다.

"아버님은 여기 계세요." 강남희가 재빨리 덧붙였다.

그들 부녀는 결국 5시가 가까워서야 병원을 나올 수 있었다.

"본 뜨기가 어려워요. 내일 5시쯤 다시 오세요. 아래쪽을 뜰 테니까. 아이 혼자 와도 됩니다." 그리고 PK 강남희는 가운 주머니에서 수첩을 꺼내 아이의 이름과 시간을 적었다. 그때서야 그는 딸의 나이를 말하며 소아치과에서 담당해도 되느냐고 물을 수 있었다. 강남희는 괜찮다고 바로 대답했다. 병원을 나오면서 그는 아내도, 다른 대학병원에 누워 있다는 여자도 떠올리지 않았다.

정문에는 여전히 차들이 입구까지 막고 있었다. 지하철 입구가 가까운 게 이번에는 싱겁다기보다 차라리 조금은 반가웠다.

"나는 어디서 내려?"

"어딜까?"

"교대 앞이지? 나 혼자 버스로 바꾸어 타고 갈 수 있다!"

"그래도 오늘은 처음이니까."

차가 조금 전에 출발했는지 승강장은 한산했다. 건너편도 마찬가지였다. 선로 두 개가 공허하게 누워 있었다. 건너편 승강장에 들어선 여학생 둘이 재잘거리는 소리가 거짓말같이 또렷이 들려왔다. "수학선생님 책상에 난희 고 계집애가 꽃을." "오늘도 7시에 왔겠구나." 바바리를 입은 젊은 여자 하나가 계단을 내려오자 애들은 "선생님!" 하고 인사를 했다. 여선생은 인사를 받고는 두어 칸 옆의 황색 화살표에 섰다. 여선생은 큰 키에 길게 늘어뜨린 생머리가 인상적이었다. 선로 두 개를 건너 모든 게, 말소리도 모습도 선명했다.

어느 편 전동차가 먼저 올 것인가. 김창기 자신의 가슴 정도 깊이로 파인 땅 밑의 선로 두 가닥. 훌쩍 뛰어, 차가 들어

오기 전에 저편으로 건너 올라갈 수 있을까. 그것은 분명 망상이었다. 하지만 그런 엉뚱한 생각을 지하철 기다리는 동안 해본 사람은 의외로 많을지 모른다. 아는 사람이 있다면, 절박하게 그 순간 꼭 만나야 할 사람이 있다면, 차가 도착한다는 신호음과 자동안내방송이 시작되기 전이라면 가능할지도 모른다. 사고가 난 신문기사를 본 적이 있던가. 그의 기억에는 없었다. 땅으로 파인 선로를 건너고 싶다는 욕망을 가져본다는 건 무엇인가. 그건 자기가 소속된 이 땅을 포기하고 다른 편에 서고 싶다는 충동적이면서도 잠재된 욕망일 터이다. 그러면서도 사람들이 그런 행동을 취하지 않는 것은 달려올 전동차의 위험이나 경범죄 때문이 아니라, 저쪽에 도달할 수 없으리라는 일종의 자기 최면으로서의 한계설정, 그것 때문이 아닐까. 선로를 건너뛰어 여선생 옆에 서고 싶다는 엉뚱한 생각은 무엇인가. 지금 이 자리를 벗어나 위험을 무릅쓰고 건너편 자리로 가 서고 싶은, 자신을 바꾸고 싶은 자기 파괴적 잠재력. 그에게도 그런 게 있을지 몰랐다. 어디선가 바람이 불어오고 어젯밤 이를 악문 듯한 아내의 낮은 목소리가 들려오는 것 같았다.

두 개의 선로는 어긋난 채 다른 길을 간다. 그것은 윗니가 아랫니를 덮지 못하고 어긋나는 부정교합하고는 전혀 다르다. 그는 문득 아내와 자신의 관계를 딸애의 치아가 닮고 있다는 생각이 들었다.

시간을 정해놓고 바뀌는 광고판과 신문판매대를 살피던

아이가 옆으로 다가오고 도착 신호음이 울렸다. 안내방송을 듣고서야 반대편 선로라는 걸 알았다. 그러나 곧 또 한번의 신호음이 울리고 바람과, 다가오는 불그레한 불빛 소리, 그런대로 가라앉아 안정감 있는 굉음, 약간의 소란스러움. 그는 건너편의 선생과 학생 모두를 보지 못했다.

자리에 앉아서도 아버지와 딸은 별로 말을 나누지 않았다. 그런대로 명랑한 편인 아이가 걱정스러워 아버지는 슬쩍 딸애를 살폈다. 혹시나 턱 이야기까지 해서 애를 겁먹게 한 건 아닐까. 아이는 무심하게 승객들이나 유리창 위의 광고를 살피고 있는 듯했지만 그렇다고 아버지의 마음이 가벼운 건 아니었다. 아내의 말이나 병원에 누워 있는 여자나, 오늘밤 만나기로 한 선재를 생각한다면 결코 그럴 수는 없는 일이었다. 딸애의 병원 출입까지, 그에게는 정말 일이 한꺼번에 일어나고 있었다.

"나 오늘 학원 안 가도 되지?" 내릴 즈음에 아이가 그 말을 했고, 아버지는 "집에 도착하는 시간을 봐서 결정해야지"라고 말했다.

"같이 간다구? 나 혼자 갈 수 있어. 아는 길인데 뭐."

"그래도."

둘은 역 밖으로 나왔다. 퇴근시간이 일러서인지 택시 몇 대가 줄지어 서 있었다.

아파트 입구에 들어설 때 딸이 말했다.

"가방 챙겨 학원 가려면 5분밖에 안 남았는데?"

"학원 시작이 5분 남았다는 말이니?"

아이가 고개를 끄덕였다.

"그렇다면 5분밖에 남지 않아 가방 챙겨 가기에는 늦다, 라고 말해야지."

아이는 배시시 웃기만 했다.

"만화 보느라 숙제 미뤄놓고 그러지 않는다면 오늘은 빼먹어도 좋아."

"야, 신나! 근데 아빠는 내가 만화벌레인 줄 알아. 엄마도 곧 올 텐데."

"무슨? 전에 보니 만화가 몇 권이나 방에 있던데, 일본만화 같던데? 아빠가 집까지 올라가지 않아도 되지?"

아버지는 아이만 내리게 하고 내처 되돌아 전철역으로 갔다.

그는 이제 사람들로 붐비는 반대편 선로 앞에 섰다. 하지만 총각임이 틀림없는 수학선생님 책상 위에 매일 꽃을 꽂아주는 같은 반 아이를 질투하던 여중생들도, 선로를 건너고 싶은 충동에 대해 생각할 빌미를 주었던 여선생도 없었다. 그는 신문 가판대에서 주간지 하나를 꺼내 들었다. 돈을 지불하자마자 도착 신호음이 울렸고, 앉기는커녕 서기도 불편할 만큼 만원이었기에 그는 주간지를 살펴볼 수가 없었다.

대신 그는 어젯밤 아내의 '공격'에 대해 생각해보려고 애썼다. 비좁게 앉은 사람들이거나 손잡이에 매달린 전철 속의 어느 누구도 그의 아내가 어젯밤 했던 말을 알지 못한다.

실없는 생각에 그는 실소했다. 하지만 문제는 심각한 것이었다.

"우리 얘기 좀 해요."

서둘러 딸애를 재우는 모양부터가 수상타 했더니 씻고 자기 방으로 들어가려는 그에게 달려들듯이 아내가 말했다. 아내는 거실이 아니라 큰방에서 이야기를 좀 하자는 것이었다. 학교에 나가는 아내는 퇴근해서는 밤늦게까지 아이와 놀거나 속살거리고 그 방에서 잘 적도 있었다. 조금 전에도 아내는 아이 방에서 같이 지내다 아이가 잠든 걸 보고 나온 참이었다. 하루종일 혼자 있는 거나 마찬가지인 딸애에 대한 애정일 수도 있지만 한랭전선 속에 머무는 그들 부부간의 모습이 담긴 스냅사진일 수도 있었다.

"무슨……"

예사로운 표정이 아니라는 건 분명 그에 반대되는 표정이 있다는 말일 터인데—그런 면에서 사진 속의 얼굴도 예사 표정이나 본래의 모습은 아니다—엉뚱하게도 아내의 평상시 얼굴이 잡혀 오지 않는다는 사실에 그는 잠시 당황했다. 침대 아래 좁은 방바닥에는 방석 두 개가 나란히 놓여 있었다. 거실 소파에 있던 거였다. 그러니까 나란히 앉아서가 아니라 마주보게 놓은 방석에 얼굴 맞대고 앉아 '우리 이야기 좀 하자'는 거다. 그는 사태의 심각성을 방바닥에 놓인 소도구로 짐작할 수 있었음에도 한편으로는 슬금슬금 웃음이 터져나올 것 같았다.

"무슨 일인데 그래?"

"여기 좀 앉아봐요."

아내는 기어이 장치된 무대를 환기시키며 자신이 먼저 거기에 앉았다.

"이상하게 뭘 그런데 마주앉아 이야길 하자고 그래?"

그러면서 그는 어떻게 표나지 않게 딴전을 피울까 하다 마땅치 않다 싶어 침대에 걸터앉았다. 보료에 먼저 앉은 아내가 어색했는지 엉거주춤 일어났다.

"그저께 당신 상가(喪家)에 가지 않았어요!" 그리고 아내는 그의 팔을 끌어당겼다.

"제발 여기 좀 앉아요! 수명이 들을까 그러니 목소리 높이지 않게 해줘요."

갑작스러운 아내의 행동에 그는 상체가 앞으로 쏠리면서 하마터면 엉덩이를 방석에 붙일 뻔했다. 그는 불에 덴 듯 재빨리 몸의 균형을 바로잡았다.

"왜 이래?"

그는 가까스로 몸을 수습하여 엉덩이를 다시 침대 모서리에 붙였다.

"무슨 얘긴지 하면 될 거 아니야, 왜 꼭 거기에 앉아야 해."

그들은 무대장치를 두고 신경전을 벌였다. 마침내 아내는 자신이 마련한 무대에서의 연출을 포기했는지 몸을 일으켜 그 앞에 버티고, 그렇다, 버티고 섰다. 같이 일어서서 말을 주고받을 수는 없었다. 사실 그가 방석에 내려앉기를 한사코 피한 것도 아내와 마주 보기 거북하거나 싫었기 때문이었다. 아내가 무대장치를 통해 노린 것도 그것일 터였다.

“당신 양심을 알자는 거예요. 똑바로 내 눈을 보면서 이야기해보라는 거예요! 그러니까 저리 내려가요, 제발!”

아내는 다시 방석을 고집했다.

“난 싫어, 무슨 부부가 싸우듯이 무릎을 맞대고 앉아.”

“그럼 언제 다정하게 무릎 맞대고 앉은 적이 있나요? 나쁜 사람 같으니!”

그 순간, 아내의 입에서 그런 말이 나왔다. 김창기는 잠시 할 말을 잊었다. 부부간에 할 말과 하지 말아야 할 말이 구분되어 있는 건 아니겠지만 그의 마음은 휴지처럼 구겨졌다.

“도대체 왜 이러는 거야, 말이라고 함부로 해도 돼!”

“왜, 내 말이 거슬려요? 듣기 거북하다는 말이에요, 터무니없는 말을 듣는다는 거예요? 마누라에게 그런 소리 듣는 게 억울하면 어디 제대로 설명을 해봐요. 어젯밤 상가에 간다고 거짓말하고는 어딜 갔어요?”

아내는 팔짱을 끼고는 그를 내려다보고 말했다.

“화투 쳤지.”

“화투? 겨우 그거예요? 그래, 누구랑요?”

“내가 누구라면 당신이 알기나 해?”

“내가 알든 모르든 당신은 대답만 하면 되잖아요, 어차피 거짓말이니까. 당신이 그런 자릴 좋아하지 않는다는 건 내가 이미 알잖아요. 그런 일로 밤을 새고 늦게 들어온 일이 거의 없으니까. 그러니까 거짓말이에요. 그리고 당신이 지금 하고 있는 짓이 상가서 화투 쳤다는 변명 정도로 그냥 넘어갈 일이 아니라는 건 당신 자신부터 잘 알고 있을 텐데 그런 말을 해요?"

아내의 말을 듣는 동안 잠시 눈길이 간 아내의 얼굴은 한 번도 본 적이 없는 낯선 표정으로 일그러져 있었다. 그는 아내의 그런 낯선 얼굴이 서글프게 다가왔지만 그것은 워낙 순간적이고, 사태 자체에 대해 신경을 쓰느라 당장 무슨 생각을 정리할 수는 없었다. 그렇지만 지금 벌어지고 있는 사태에 대해 그가 할 수 있는 일은 아무것도 없었다. 그 순간, 아내의 말이 다시 쏟아졌다.

"거짓말쟁이 같으니! 그저께, 또 토요일 새벽에 들어온 것도 다른 일 때문이야! 훨씬 이전부터도 그랬고! 이런 식으로 굴러갈 바에는 우리가 굳이 한 집에 살 필요가 어디 있어! 그래도 언젠가는 좋아지리라는 기대 하나로 참고 지내왔는데…… 저리 비켜요!"

남편은 속수무책이었기에 침묵했고 아내는 격해진 자기 감정 때문에 그 자리는 그대로 끝나버렸다. 아내가 손을 휘젓는 바람에 그는 침대 모서리에서 벌떡 일어나 방 한구석에 섰다.

"나가요! 나가줘요"

아내는 그를 향해 손을 휘저으면서 문가의 스위치를 꺼버렸다. 너무나 빠르고 느닷없는 아내의 행동에 그는 놀랐다. 그는 갑자기 낯선 사람이 되어 알지 못하는 어느 공간의 어둠 속에 던져진 기분이었다.

무슨 일이 일어나고 있다고 그래? 말도 안 되는 추측을! 그 말은 했어야 했다. 그러나 그는 아무 말도 못한 채 몸을 돌렸다. 그때, 문밖으로 나오는 그의 등에 대고 아내가 말했다. "나도 바람피울 거야." 어둠 속의 낮고도 낮은 목소리였지만 그 말은 벼락치는 소리만큼이나 크게 그의 귀를 파고들었다.

제발. 나쁜 사람. 나도 바람피울 거야.

아내가 그렇게 말했을 때 그는 우선 놀랐다. 그게 솔직한 첫 반응이었다. 우선은 선재와의 외도에 대한 자책이 심리적으로 압박했기 때문이었다. 그러고는 당연히 불안했다. 아내가 정말 바람이라도 피우면 어쩌나.

그런데 이제 전철 속에서 슬금슬금 웃음이 비어져 나오려 하고 있는 것이다. 아내를 향한 비웃음이 참을 수 없는 재채기처럼 목을 간질이고 머릿속까지 간지럼을 태웠다.

그들 부부는 몇 년째 제대로 섹스를 나누지 못하고 있었다. 거의 충동적인 김창기의 욕구에 의한 것이었지만 그의 욕구는 아내 안성혜의 어둡고 차가운 벽 앞에서 언제나 무력해지고 말았다. 그런 여자가 바람을 피우겠다고? 김창기는 이를 악물고 웃음을 참았다.

그러나 그는 곧 진정했다. 아내의 성욕장애는 자신을 상대로 했을 때만의 증상일 뿐이라는 사실이 머리를 때렸던 것이다. 그들 부부의 잠자리가 잘못된 것일 뿐이었다. 불안했다. 그것은 적어도 바람을 피우겠다는 말 자체에 대한 불안은 아니었다. 그 불안은 진작부터 시작된 것이었다. 그는 정말 울음이라도 터뜨리고 싶은 심정이 되고 말았다. 무언가 잘못되었다.

잘못은 죽은 아이에게 있었다. 아내가 잘못된 건 아니었다. 자신이 다른 여자를 만나는 게 잘못도 아니었다. 아이가 죽었을 때부터 그들 부부는 모든 게 잘못되기 시작했다. 그들은 지금도 그 연장선상에 서 있었다. 한번 끊어진 철로는 다음 기차를 타고 오는 사람을 위해서 복구될 뿐 끊어진 철로를 지나는 사람들은 그저 곤두박질칠 뿐인 것이다.

네 식구의 출근 시간대는 김창기, 아내, 딸, 그리고 다시 김창기와 막내, 그런 순서였다. 그날도 그랬다. 그는 아침 빵을 사러 오는 사람들을 위해 7시 전에 가게로 나왔다가 다시 막내를 돌보기 위해 집으로 돌아왔다. 아이에게 우유와 빵을 조금 먹이고 둘은 밖으로 나왔다. 처음 한동안은 유치원 버스가 오는 장소까지 데려갔지만 두어 달이 지나면서 아이에게는 친구가 생겼고 저 혼자 깡충거리며 뛰어갔다. 그날도 그랬다. 아이는 노란 가방과 파란 모자를 팔랑거리며 뛰어갔다. 팔랑개비, 또는 움직이는 모든 귀여움.

유치원은 아파트 단지 건너편 주택가 언덕에 있었다. 제법 큰 단지인데도 불구하고 아파트 내에는 유치원이 없었다. 미니버스는 아이들의 호기심을 충족시키는 수단이었다. 걸어서 10분 걸리는 거리를 차를 타면 15분이 걸렸다. 유치원 뒤편 언덕을 절개하여 공동주택을 짓는 공사가 진행 중이었다. 브레이크가 파열된 레미콘 차가 올라오는 유치원 차를 그대로 밀어버렸다. 두 명이 죽고 일곱 명이 다쳤는데 그들 부부의 아이는 일곱 명 속에 끼지 못했다. 차체의 반이 형편없이 구겨진 미니버스처럼, 피투성이로 목이 꺾인 아이처럼 그들 부부의 삶도 찌그러져 버렸다.

이사를 하고 제과점을 처분하고, 아내가 한 학기 휴직을 신청한 게 그들이 기울인 노력이었다. 어떤 면에서는 별다른 노력이었다고도 할 수 있었다. 하지만 부부 사이는 점차 멀어져 갔다. 부부는 제각기 아이에 대한 상처를 붙들고 아파했을 뿐이었지 상대방의 상처 속으로는 들어가지 못했다. 그러므로 자책감이 수반된 자신의 상처만이 크다는 식이 되어갔고 냉담함 속에 불신이 싹 트기 시작했다.

안성혜는 자신의 늦은 나이 때문이라도 다시 아이를 가져야 한다는 강박관념에 시달렸지만 그럴수록 잠자리가 고통스러워져 갔다. 안성혜는 자신의 늦은 나이를 보호막으로 하여 심리적 포기상태에 이르고 말았다. 남편은 독자라는 가족의 따가운 눈초리도 아내를 보호한다는 명분으로 무시하면서 아내를 혼자 두었다. 어쩌면 남편은 자기 스스로를 풀어놓았다고도 할 수 있었다. 무엇이 이상하다 싶었을 때 아내는 이미 성욕장애에 이르렀고 잠자리를 기피하는 게 굳어진 습관이 되어 있었다. 아이의 죽음이 아이 그 자신에게 생명을 주었던 부모를 파멸시키고 있었다.

김창기는 팔랑개비처럼 뛰어가던 아이를 생각하면 언제나 가슴이 쓰렸다. 유치원 앞을 지날 때는 외면을 했고 어린아이들을 볼 때도 그랬다. 이상한 건 아이에 대한 연민과 죄책감이 아내에 대한 미움과 비례한다는 사실이었다. 바람을 피우겠다고? 맹렬한 욕지기가 그의 가슴속에서 솟아올랐다.

"이번 역은 남포동, 남포동역입니다. 내리실 문은 오른쪽입니다."

그는 잔뜩 파고드는 말을 껴안고, 또는 그 말에 따라 움직였다. 그는 문 앞에 섰다. 불빛이 갑작스레 창밖을 밝히면서 전철의 실내등으로 전혀 감지 못했던, 지금껏 갇혀 있었던 어두운 터널 속을 빠져나와 전철은 속력을 줄이고 그리고 마침내 멈추었다. 그는 사람들에 떠밀리듯이 입구를 빠져나왔다.

바람이 우선 답답한 그의 마음을 쓸어 내렸다. 낮과 밤이 뒤섞인 거리를 채운 사람들은 조금씩 들떠 보였다. 무엇이 하나 닫히는 대신 무엇이 새로 열리는 애매한 시각. 자신의 가게를 찾아 거리를 걷는 김창기의 마음도 그러했다.

아내와 경쟁이라도 하듯이 아이의 죽음을 두고 고통스러워했을 때 어쩌면 그는 지금 병원에 누워 있는 여자와, 선재를 생각하지 않은 바는 아니었다. 하지만 그는 결단코 두 사람에 대한 생각이 아내와의 관계를 파탄시켰다고는 생각지 않았다. 그때로서 그들은 다시는 소식을 듣거나 만나리라는 기약을 할 수 없는 사람들이었다. 하지만 그게 아닐지도 모른다는, 본래부터 아내와의 틈새에 그들이 존재했을지도 모른다는 무서움이, 약간은 혼란스럽게도 보이는 거리를 맴도는 바람 속을 타고 흐르는 듯했다. 그는 그런 상념을 떨쳐버리기라도 하듯 걸음을 빨리 하다 마주 오는 아가씨들과 부딪쳤다. 세 명의 일행이 좁은 인도를 채우고 나란히 걸어오니 그럴 만도 했다. "미안." 그는 급하게 사과했다.

그는 예전 일제시대부터 이 도시에서 번화가로 불리는 거리에서 두어 골목 꺾인 자신의 가게로 들어섰다. 점심때 딸과 같이 무얼 먹을까 고심했던 것도 그의 사업과 관계있을지도 몰랐다. 그가 밀고 들어간 유리문에는 '진주곰탕 · 설렁탕'이라고 씌어 있었다.

그는 가게에서도 손에 쥔 주간지를 펼쳐 볼 수가 없었다. 이 양과 창원 아줌마가 바쁘게 움직이고 있었다. 그래서 그는 양복 저고리를 벗으면서 안주머니에 든 물기 묻은 칫솔과 치약 꺼내는 일도 당연히 잊고 말았다.

2
영원한 스커트 밑의 극장

지하철에서 산 주간지를 처음 펼쳐본 사람은 김창기 자신이 아니라 가게 문을 닫고 카페에서 만난 이선재였다.

"장사꾼하고 만나기 힘드는군요. 이렇게 10시가 지나야 하니." 그러면서 선재는 그가 들고 와 탁자에 내려놓은 주간지를 끌어당겨 펼쳤다. 무료했음이 틀림없었다. 맥주 두 병이 바닥을 보이면서 놓여 있었다.

"직장에 나간다면 늦어도 7시에는 만날 텐데."

주간지를 건성으로 넘기던 선재가 그를 빤히 바라보았다.

"그럴까?"

선재는 김창기가 처음 교편을 잡고 있을 때 만났다. 3년째 되던 신학기에 첫 발령을 받아 온 여선생이 이선재였고 같은 부서의 옆자리였다. 그녀는 또한 그와 같은 학년 담임이었다. 아침 자습시간에 못 맞추어 올 때 그가 자습지도를 하면서 교감이나 교장 눈에 띄지 않게 해주었고, 이래저래 서툰 그녀의 첫 학교생활을 도와준 셈이었다. 계산상으로만 명쾌한 질량이나 비례를 조금은 톡 튀어나왔다 싶은 넓은 머리에 담고 잘 웃어대는 물리선생이 김창기는 그런대로 좋았다. 뭐랄까, 심각하지 않고 어려운 구석이 없어 보이는, 이 세상의 죄라고는 전혀 모르는 여자. 뭐 그런 생각까지 하면서 말이다. 여하튼 이선재의 내심은 어떠했든지 슬쩍 책상서랍에 쪽지를 밀어 넣는 걸로, 말은 별로 하지 않으면서 약속시간을 정하고 몇 차례 데이트를 할 수 있었다. 처녀 총각을 나란히 앉혔다고 나이 든 선생들이 해대는 싱거운 농담 속에서 김창기는 선재를 결혼 상대로 생각해보았다. 맞선을 보라는 등쌀에 밀리다 그가 결혼 이야기를 꺼냈을 때, 물리선생은 놀라는 표정으로 "커피 마시고 영화 본다고 다 결혼하나요?"라고 말했다.

"그럼 어떻게 해야지?"

그는 겨우 그렇게 말했고, 그녀는 웃으면서 고개만 조금 저어 보였을 뿐이었다. 한순간 열패감과 더불어 맹렬하게 화가 솟구쳤지만, 그게 순간이었던 만큼 가볍게 몸을 뺄 수 있기도 했다. 서른을 넘긴 나이 덕분인지, 성격 탓인지, 상대가 나이 어린 같은 학교 교사라는 점 때문인지, 어쨌든 김창기는 어물쩍거리며 젊은 여선생에게서 물러났다.

다음 해 김창기는 학교를 떠났다. 철없는 신임선생 때문만은 절대 아니었다. 몇 해 하는 동안 교사생활이 처음 생각과는 많이 다르다는 걸 진작부터 느끼고 있던 참이었다.

서너 달을 쉰 뒤 가족들에게 떠밀리듯이 시작한 게 제과점이었다. 아침식사를 빵과 우유로 대신하는 바람이 막 불기 시작할 무렵이었다. 새 아파트 단지에서 제과점을 시작한 뒤 어머니와 누나들의 등쌀에 일요일 같은 날에는 하루에 세 번씩이나 선을 보다가 지금의 아내와 결혼을 했다. 그렇기 때문에 선재가 그에게 상처 같은 걸 주었다고 생각해본 적은 없었다.

선재에 관한 소식을 들은 것은 예전에 같이 근무하던 동료로부터였다. 결혼을 해서 서울로 갔다는 거였다. 그뿐이었다. 그런데 몇 년 뒤 뜻밖에도 선재로부터 전화가 왔다. 서울이라고 했다.

"사회선생님이 무슨 빵집을 해요? 나 때문일 리는 없을 테고…… 잘 지내세요? 부인과 영화도 자주 보러 다니시고? 질투 나게 너무 잘 해주지는 마세요. 문득 선생님 생각이 나서 전화했어요. 소식이야 전에 들었었는데 오늘 전화하게 되었네요. 선생님이 직접 빵을 만들기도 해요? 부드럽고 말랑한 슈크림을 난 좋아하는데, 한번 먹어보고 싶어지는데요."

김창기가 그 통화 내용을 분명히 기억하는 건 아내와 영화를 잘 보러 가지 않는다는 새삼스러운 일깨움 때문이 아니라, 잊었던 그녀에게서 전화가 왔다는 사실 그 자체가 강렬한 인상을 주었기 때문이었을 것이다. 두 번째 통화는 언제였을까. 첫 번째 통화와는 거리가 제법 있었다. 술에 취해서였다. 선재가 그걸 밝히기도 했을뿐더러 내용도 다소 횡설수

설이었다.

"내가 부드럽고 말랑한, 크림이 조금 담긴 슈크림 같은 걸 좋아한다고 말한 거 기억하세요? 그러나 술보다는 못해요. 무엇이 잘못되었는데 그게 어떻게 잘못되었는지를 모르겠어요. 내가 왜 이런 이야기를 선생님께 하는지 아세요? 그건 그냥 기억이 나서…… 슈크림 빵이 나일 수도 있으니까."

그러다 1년 전, 또 한차례 전화가 왔는데 부산이라 했고 만났다. 짙은 화장 때문인지, 나이가 든 모습을 처음 보기 때문에 그런지, 어쨌든 선재에 대한 첫인상은 자극적이었다. 그가 선재를 보는 순간부터 마음보다 몸이 더 복잡했던 건 사실이었다. 아내와의 불편한 관계 때문이 아니라 하더라도 선재는 그렇게 그를 자극하기에 충분했다. 김창기는 물론 덤덤해지려고 애를 쓰기는 했다. 그런 상태에서 그녀의 고집대로 영화를 보고 난 뒤 술집에 앉았을 때 "결혼한 여자가 옛날 알던 남자를 만나 영화 보고 술을 마시는데 남자가 힘들어하는 건 뭐예요? 도덕? 아니면 옛날의 감정? 설마 자존심을 다치게 했다고 나를 미워할 거라는 생각은 나의 망상이겠지만, 어때요? 내가 선생님에게 줄리엣 비노쉬가 되어볼까요?" 그러면서 테이블 밑으로 그의 구두를 가볍게 찼다. 둘이 보고 나온 영화가 〈데미지〉였다. 영화는 오랜만에 만난 두 사람 사이의 불필요하거나 어색한 대화와 절차들을 생략하게 만들었다. 산에 오르자마자 바로 주 능선을 찾은 것과 같았다

"나야 한낱 장사꾼에 지나지 않으니까, 남자 주인공처럼

사회적 데미지는 없어. 큰 기대는 하지 마."

타격을 입는다거나 상처를 받는 정도라는 말로 번역될 수 있는 〈데미지〉라는 영화는 가정적으로나 사회적으로 안정된 중년의 남자가 아들의 여자친구에게 형편없이 끌려들어 인생을 망친다는 그런 스토리였다. 우선 불륜으로 가는 강렬한 화면들은 그 영화를 보았던 두 사람의 위태로운 어색함을 지우면서 자극하기에 충분한 것이었다.

"절정에 도달해본 게 오랜만이군요. 선생님에 대한 환상, 그걸 키워왔기 때문일까?" 곧장 찾아간 호텔에서 다급하게 조바심을 달랜 뒤 선재가 그렇게 말했다. 김창기로서는 도대체가 급하기만 해서 이게 무슨 꼴이야, 라고 자책하고 있을 순간이었다. 선재의 말과 그의 자책으로 인한 충동이 두 번째 욕구를 불러일으켰지만 그녀의 몸과 마음은 의외로 차가웠다. "마음대로 할 수 있다고 생각한다면 오산이에요." 그 뒤 선재에게서는 연락이 전혀 없었다.

선재가 다시 나타난 것은 넉 달 전이었다. 우선 혼자가 되었다는 사실만은 분명히 밝혔다. 김창기로서는 좀 더 파고들고도 싶었지만 우선은 혼자라는 선언으로 충분했다. 그는 정신없이 빠져버리고 말았다.

"무얼 생각해요?"

잔을 비우며 선재가 말했다.

"아무 말도 않고 의자에 파묻힌 남자를 두고 여자는 주간

지나 뒤적여야 되는…… 그렇지 않을 것 같은데 선생님도 참 멋이 없는 편이야, 분위기는 전혀 모르고."

그러고 보니 그녀는 주간지를 다시 펼쳐놓고 술을 홀짝거리고 있었다.

"익숙해진 남자는 여자들에게 모두 그렇게 보이는 거야."

"익숙해졌다고요? 무슨 말씀을!"

김창기는 생각난 듯이 물었다.

"거기에 보스니아 사태가 무어라고 되어 있지?" 그가 지하철 가판대에서 주간지를 손에 든 건 그 기사 때문이었다.

"응? 유고슬라비아? 몰라. 장사꾼이 무슨 국제문제에 관심이야. 선생님께 장사는 정말 안 어울려."

"어울리지 않는 직업과 직종에 종사하는 사람이 많아지는 건 후기 자본주의의 승리야. 치과의사가 요리사가 되었다는 게 앞으로는 신문의 가십거리도 안 될걸."

"글쎄. 근데 보스니아 뭐더라, 이름도 외기 어려운 그런 나라에 대해 왜 관심을 가져요, 장사꾼이?"

"으응. 그냥. 그 잘난 문명주의자에 합리주의자들인 백인들이 21세기를 앞두고 민족과 종교 때문에 싸우고 있다니 신기하잖아."

아내도 신문기사를 챙기는 그에게 물었다. "남의 나라 전쟁이 재미있어요? 여간 복잡하고 지저분한 분쟁이 아닌 것 같던데." 그의 아내는 중학교 국어선생이었다. 선을 보고 몇 번 데이트를 할 때인데 그가 하는 제과점에 들른 안성혜가

벽에 걸린 독일 입체지도를 보고는 이렇게 말했다. "아, 저도 지도 보는 걸 좋아해요!" 지도는 독일서 제작한 것으로 항공 사진처럼 보이는 제법 화려하고 정밀한 거였다. 결혼 뒤, 그런 취미를 서로 확인하며 대화를 나눈 적은 거의 없었지만, 빛나는 눈을 하며 지도 앞에 서서 했던 그 말은 오랫동안 그의 가슴에 북소리로 남아 있었다.

"나는 유고슬라비아가 이토록 복잡한 나라인 줄은 요즘 알았어. 〈아빠는 출장중〉이라는 영화도 봤지만 그건 다른 내용이지, 아마. 그나저나 유럽에서 백인들끼리 싸움질하는 게 황색인인 선생님을 즐겁게 하나?"

"무슨 소리. 신문에 난다는 건 여론을 환기시키려는 거니까 그냥 관심을 갖는 정도지."

하지만 그 말은 준비된 말에 불과했다. 그는 1970년대 초, 월남전이 끝나기 직전에 참전했었다. 그렇다고 보스니아에 주둔하고 있는 유엔 평화유지군이 과거의 자신을 연결시키기 때문에 기사에 관심을 갖는 것은 아니었다. 그것은 어제 아내에게서 엄청난 소리를 듣고도 선재를 만나고 있는 지금의 그의 마음과 몸을 설명하는 것보다 더 어려울 수도 있었다.

"그런데 선생님, 무슨 고민이 있나? 그런 기색인데."

"그렇게 보여? 아내가 자주 늦게 들어온다고 잔소리를 한다는 정도지."

"그 정도면 다행인데……"

선재는 그의 표정을 살피다 말했다.

"오늘은 일찍 들어가세요. 벌써 11시지만. 참, 전에 같이 있던 정현주 선생 만났다. 남편이 백화점 근무한다나. 꾸미기 좋아하는 성격에 잘됐다고 한참 웃었다!"

"그래?" 그는 선재의 예전 학교 이야기에 끌려가기가 싫다.

"근데, 저번에 말했던, 뭐 해본다는 것은 가닥이 잡혀?"

얼마 전부터 선재는 자그마한 커피집이나 액세서리 전문점을 열어 볼까 한다는 말을 하고 있었다.

"요즘 전반적으로 불경기야."

"뭐, 돈 욕심이 있는 건 아니니까."

"소일거리라 해도 한번 시작하려면 돈이 드는데 그래."

"어쩜, 사업가가 다 되셨어!"

별것 아닌 선재의 가벼운 힐난을 그는 자신의 입장에서 받아들였다.

"내가 지나친 걱정을 하나?"

하기야 그로서 선재 문제에 깊이 관여한다는 것은 당치 않을 수도 있었다. 선재로서도 무얼 해보겠다는 말이 구체적인 게 아닐 수도 있었다. 그런데, 막상 선재가 장사를 한다고 했을 때 그가 마땅찮게 걱정하는 것은 경험 부족에서 오는 금전적인 게 아니라 어떤 가게이든 가게를 지키고 앉은 (빨간 루주를 칠하고 손님을 맞는) 선재를 본다는 게 괴로울 거라는 생각이었다. 따지고 보면 그건 터무니없는 마음이었다. 그는 지금 당장 집에 일찍 들어가야 할지 어떻게 해야 할지를 여자 앞에서 망설여야 하는 처지가 아닌가 말이다. 김창기는 잠시 복잡한 낭패감 속을 헤맸다.

"선생님은 보기하고는 다르게 진득한 성격이 아닌 모양이지. 학교 오기 전에는 화장품 회사에도 잠시 있었다면서? 그러니 나도 놓치고 그러지."

"맞는 말은 뒤엣말 하나뿐인데."

김창기는 그렇게 말했다.

"졸업하던 해, 회사시험 쳤을 때만 해도 난 기획실이나 홍보실, 뭐 그런 데서만 근무할 줄 알았지. 근데, 2주 연수받고는 몇이 빼곤 모두 지방 발령이야. 그해부터 방침이 그랬다나, 뭐. 밑바닥 영업부터 배우라는 거지. 부산지사를 지원해와서는 그야말로 발로 뛰었어. 수금 하러 버스 타고 대리점이 있는 경남의 군과 시를 다니고, 어떨 때는 피부미용사 아가씨들과 같이 갈 때도 있었지. 하여튼 그런 짓 하는 것보다는 내 시간이 많겠구나, 그런 생각에 학교로 옮겼지. 그러나 학교도 그렇잖아, 그냥 게을러지고 시간만 잘 가는 곳이지 뭐.

케네디 대통령 시절 때 딘 러스크라는 사람이 국무장관이었어. 그 사람 초등학교 다닐 때 꿈이 그거였다나. 대통령도 아니고 외무부장관이라니, 재미있잖아. 내게는 그런 게 없었다 싶어. 거짓말 같지만 생각해보면 정말 그런 거 같아. 뭐가 지독히도 되고 싶은 욕망이 없다는 건 참으로 한심한 거야."

"근데, 선생님. 혹시 상처받는 게 두려웠던 그런 경험이 있는 거 아냐?"

선재가 좀 엉뚱하다 싶은 말을 했다. 대학 다닐 적 경북 안동에서 올라온 친구 하나가 술자리에서 "자기 자신을 붙들고 오래 생각하는 건 바보다. 나올 게 뭐 있겠노"라고 얘기한 적이 있는데 선재의 말을 듣고 보니 그 친구가 떠올랐다.

"왜 그런 생각을 하지?"

김창기는 담배를 한 대 붙여 물었다.

"글쎄, 막연히 그냥…… 아니면 그만이지 뭐, 긴장할 것까진 없어요. 결혼하겠느냐고 덜렁 한 번 물어보고는 없었던 것처럼 지나가버린 걸 생각하면 왠지 그런 생각을 안 할 수가 없네."

사람이란 누구나 자기 중심으로만 보고 따지고 판단한다. 선재는 언제나 과거에 속해 있다.

"나이가 있었으니까." 김창기는 그렇게 말할 수밖에 없었다.

"친척 언니가 자기가 하는 가게에 나와 도와달라고도 해."

선재가 술을 한 모금 하고는 화제를 돌렸다. 선재는 확실히 술이 늘었다. 만날 때마다 거의 취하기 직전까지 갔다.

"수입의류를 취급하는데, 직원관리를 내가 어떻게 해? 여고생도 못 다스려서 울기도 한 난데? 지금 생각해보면 어찌 그리 어리석었을까. 노영아는 그 체구에도 처음부터 호랑이를 잡더니 지금은 남자 고등학교에서 주임도 한다는데."

김창기는 여성복 대리점을 하는 친구가 떠올랐지만 그냥 묻어두었다.

"키 작고 당차던 애?"

"애라니요, 애가 둘인데."

"말이 이상하군."

"그러네."

선재에게는 아이가 없었다. 그게 그녀의 결혼생활에 어떤 영향을 주었는지는 알 수 없지만 상세하게 나눌 얘기는 아니었다. 김창기도 딸 하나라고 말했을 뿐이었다. 이야기가 끊겼다.

김창기는 선재 앞에 놓인 주간지를 자기 앞으로 당겨 왔지만 펼쳐 보지는 않았다. 선재는 맥주 한 잔을 빠르게 마시고는 의자에 묻힌 듯 꼼짝도 않았다.

"나가자." 조금 뒤 그가 말했다.

"난 좀 더 마실래. 선생님은 먼저 들어가요."

선재는 화가 났다. 김창기는 그걸 안다.

다시 나타났을 때부터 그랬지만 늘어난 주량만큼이나 감정의 기복도 심했다.

"왜 그래? 뭐가 좀 현실적이 되어야지, 맨날 지나간 이야기. 그게 무슨 소용이야!"

선재가 예전 학교와 관련된 이야기를 할 때마다 김창기는 어딘가 부패한 냄새를 맡는 듯했다. 그럴까? 문득 그는 병원에 있다는 '여자'를 떠올리고는 자신이 없어져버렸다.

"나를 두고 흥분하지 마세요. 그럴 이유가 없잖아요? 그냥 한번씩 만나 이야기나 나누면 돼요."

그는 금세 토라진 아이 같은 표정을 짓고 있는 선재의 얼굴을 보며 애써 한숨을 감추었다. 그건 선재에 대한 그 자신의 억제된 욕망과 복잡한 감정이 뒤섞인 반응인지도 몰랐다. 그냥 거칠게 이 바보야, 이 바보야, 하면서 그녀를 침대에 누이든지, 아니라면 서랍에 쪽지를 넣어두고 만나던 시절, 맨 처음 갔던 영화관에서 손이라도 잡아보려고 했던 마음같이 귀하고도 소중하게 대하든지.

"나쁜 사람", "나도 바람피울 거야." 기어이 김창기는 그 소리를 다시 들었다. 헤아려낼 수 없는 자기 내면의 공허, 자신과 아내가 서로 다른 성엣장에 올라 강을 타고 흘러가는 걸 그냥 지켜보기만 하는 자신의 모습, 그러고는 마침내 앞에 앉아 있는 선재에 대한 막다른 골목과 같은 욕망, 그리고 '여자'까지. 김창기는 머리가 다 뜨거워져 왔다.

여관이나 모텔을 찾는 부정한 관계의 남녀는 언제나 입구에 들어설 때와 방을 찾기 위해 계단을 오를 때 이미 오르가슴을 한고비 넘기는 게 아닐까? 선재와 지난 몇 달 동안 이런 곳을 드나들면서 김창기는 그런 생각을 자주 했다. 비밀스럽고 떳떳하지 못하기에 그만큼 욕망은 급작스럽게 팽창하는 것일 터였다.

방문을 걸어 잠그고 밀폐된 네 개의 벽 속에 온전히 둘이다 싶을 때, 타인들의 눈으로부터 완전히 벗어났다 싶을 때, 여기까지 오는 동안의 심리적 굴곡이 허탈감으로 달려드는 건 참으로 이상스러운 거였다. 그러니까, 방에 들어서서 맥이 잠시 빠진다면, 그건 입구와 계단에서 벌써 오르가슴을 겪는다는 말을 뒷받침하는 게 된다.

하지만 김창기는 그런 허탈감에서 달아나기라도 하듯이 문고리를 잠그자마자 선재를 벽 쪽으로 밀어붙이고 입술을 찾았다. "왜 이래." 그는 더욱 바싹 선재를 껴안고 바쁘게 등을 쓸다가 이윽고 한 손으로 스커트 밑을 찾았다. 이 영원한 극장! 남자는 이 극장의 지칠 줄 모르는 관객이다. 그는 스커트 밑으로 넣은 손을 움직여 여자의 비밀스런 곳에 도달했다. 잠시 아랫도리를 움츠리는 듯했지만 여자는 그의 뜨거운 손을, 혀보다도 그것보다도 부드러울 수 있는 손을 허락했다. 어깨를 감은 한 손을 풀었지만 여자는 벽에 부착된 듯 두 눈을 꼭 감고 있을 뿐이었다. 남자는 여기, '스커트 밑의 극장'에 대한 호기심에서 영원히 자유로울 수 없다. 김창기는 자신이 흥분되고 있음을 느낀다. 이윽고 그는 잠시 한 손을 올려 여자의 가슴을 열고 처음엔 손으로 이윽고 입술을 갖다댔다. 어디에서 들어오는지 알 수 없는 희미한 불빛에 살짝 드러난 여자의 가슴은 크지도 탄력이 있는 것도 아니었지만 분명히 부풀어올라 온몸을 여는 느낌을 확실하게 감지케 했다.

그리고 잠시 뒤, 이제는 아주 천천히 스커트의 고리를 찾아 그것을 내리고 허벅지에 걸린 팬티를 쓸어 내렸다. 이제 남자의 두 손은 모두 여자의 등에서부터 시작하여 허리와 엉덩이와 중심부를 오가며 부드럽게 쓸고 또 쓸었다. 여자가 몸을 남자 쪽으로 밀면서 틈서리도 없는 몸 사이를 비집고 들어와 여자의 손이 그의 중심에 다가온 건 그때였고 닿자마자 그것은 터질 듯이 팽창했다. 바지의 허리가 풀리고 그의 그것이 여자의 손에 쥐어졌다. 이제 오직, 그는 여자 속으로, 여자는 오직 활짝 열린 꽃을 들어 그에게 달려들 수밖에 없었다. 그들은 급하게 침대로 다가갔고 그곳의 모서리에 여자가 허리를 누이자, 그들은 하나가 되고, 조금 뒤에는 저절로 여자는 온전히 침대 한가운데로 등과 허리가 아니라 온몸을 누이고 활짝 몸을 열었다. 그는 한동안 여자의 신음 소리와 더불어 격렬한 허리에 자신을 맡겼다가 여자의 손가락이 더욱 바싹 그의 등을 후벼 팔 때까지 부드럽고도 격렬하게 움직여갔다. 여자의 가쁜 호흡이 흐느낌으로 바뀌고 턱까지 차오른 참을 수 없는 팽창감이 그의 머리를 아득하게 할 때, 아내에게는 이러질 못해. 달려든 그 문구가, 나도 바람을 피울 거야라고 바뀌었고, 이게 뭐야, 이러면 안 돼. 그리고 그는 여자의 가슴에 무너지고 말았다. 아내의 얼굴이, 아내와의 잠자리 모습이 언뜻 스쳤지만 그것은 매우 불안하고 불확실했다.

"벼랑에서 떨어지듯이 뚝 끊겼네." 밑에서 선재가 웃음 묻은 소리를 하며 그의 목덜미를 가볍게 쓰다듬었다.

선재와의 관계에는 격렬함과 더불어 언제나 절벽에서 떨어지는 아찔함이 있다. 그런 게 아내와의 사이에서는 없었다고 김창기는 생각한다. 아내도 언제 흥분한 적이 있던가? 이래서는 곤란하다.

"아내 생각을 했어. 직전에."

그는 솔직한 듯 그렇게 말하고 만다.

"말 안 해도 되는데." 선재가 상체를 비스듬히 세워 김창기를 내려다보며 말했다. 그녀의 오른쪽 젖가슴이 커다랗게 그의 얼굴을 압박한다. 약간의 검은 황톳빛이 도는 젖꼭지는 그의 코 위에 놓여 있다. 그는 몸을 조금 일으켜 입술을 거기에 댄다. "하지 마!" 여자의 젖꼭지와 가슴이 그의 눈에서 멀어진다. 선재는 자신의 몸 모두를 한번 허락한 뒤로는 벽돌처럼 굳어져 버린다. 그러므로 그들의 사랑은 어딘가 불안전하다.

"내 기분은……" 그래도 김창기는 꺼낸 말을 마무리해야 한다고 생각한다.

"착잡하다?"

"아니."

"그럼 뭐예요?"

"말하고 싶었어. 아내하고 싸웠거든."

선재는 김창기의 가슴을 손가락으로 가만히 두들기면서 "무슨 일이 있었군요, 내가 바라던 바대로"라고 말했다.

"정말?"

"그럼요, 우린 이제 시작이에요."

선재가 어둠 속에서 눈을 빛내며 말했다. 그러다 곧 쿡쿡 웃으며 "심각하긴! 장난으로 해본 소리예요"라는 말을 남기고는 일어났다. 그가 잡을 사이도 없이 선재는 침대를 내려가 욕실로 들어가버렸다.

여자의 언행 뒤에 감추어진 감정의 바닥을 남자는 헤아리지 못했다. 섹스 중에 자기 아내 생각을 했다거나 싸웠다는 말을 털어놓는 걸 남자는 대단히 솔직하거나 친밀감의 입장에서 했다고 생각하겠지만, 그건 뻔뻔스러움에 지나지 않는다는 사실 역시 남자는 알 리 없다. 선재의 입장에서는 그런 말이 친밀감으로 다가오기보다는 이 남자에게는 아내가 있다, 이 남자는 그 생각에서 한 발짝도 못 벗어난다, 그 정도를 일깨워주거나 두 여자를 오가는 데서 오는 고민보다는 아내가 아닌 여자의 몸을 사랑하고 난 뒤의 위로이거나 책임감을 회피하려는 정도의 속마음으로밖에 읽히지 않을 수도 있었다.

결혼을 두고 무슨 고상하고 심오한 말들로 정의를 내려도, 그건 결국 선택의 차원이다. 이혼이란 잘못된 선택에 대한 극단적인 발견이자 행동의 차원일 뿐, 헤어지지 않고 살아도 선택에 대한 회의는 필연적인 게 아닐까. 김창기는 욕실에서 떨어지는 물소리를 들으며 선재가 아니라 아내 안성혜에 대해 생각했다.

아내에 대해 깊이 생각하는 남편은 없다. 그렇다면 그건 문제가 있다는 소리일 것이다. 김창기 역시 처음에는 그랬다. 특별히 아내에 대해, 선택에 대해 골몰한 적은 없었다. 처음부터, 나이 들어 하는 중매결혼이 그러하듯이 그냥 덤덤했다는 말에서 크게 벗어날 것도 없었다. 선재에 대한 어설픈 접근이 끝난 뒤였다. 김창기는 집요할 정도로 선재에게 달려들지는 않았다. 어쩌다 잠시 선보고 헤어지는 여자보다는 선재가 낫다 싶었지만 그것도 어디까지나 김창기 자신의 감정에 기준할 뿐이었다. 무엇보다 나이 차이가 있었고 한번 가볍게 거절했다기보다는 선재가 자신을 만나온 게 결혼과는 무관하다는 것이 확실한 이상 일곱 살이나 차이 나는, 이제 갓 대학을 나온 여자에게 연애감정을 기대한다는 것은 무리라는 판단에서였다. 그녀가 마음을 끌었다는 것도 김창기로서는 설명하기가 어렵기도 했다.

서른셋이 되어 다시 시작된 선보기에서 아내가 눈에 들어왔다. 아내도 결혼이 바쁜 나이였다. 12월에 만나 다음 해 3월에 결혼했으니 석 달 남짓한 기간은 선택에 대한 서로의 조율기간이었을 뿐이었다. 큰애를 낳았을 때, 비로소 그는 아내라는 존재를 실감한 남자에 속할 수 있었다. 나는 이제 이 여자를 떠날 수 없구나. 그렇다고 그가 아내에 대해 이중적 자세를 취한 것은 아니었다(기억에는 없지만, 결혼식장에서 지금 병원에 누워 있는 여자 생각을 했다 해도 아내에 대한 부정이라고는 그는 생각하지 않았다). 아주 옛날 받았던 상처는 누구에게도 드러나지 않을 만큼 딱딱하게 응고되어 있었고 오직 기억이라는 불가사의한 이름 속에서 숨쉬고 있을 뿐이었으니까.

하지만 아이를 잃고부터는 모든 게 변했다. 그는 하루에도 몇 번씩 아내를 생각했다. 왜 달라져야 해. 죽은 아이의 상처로부터 그 자신조차도 헤어나오지 못하면서 벌어지는 둘 사이의 틈새만 들여다보고 있었다. 아내에 대해 깊이 생각하는 남편은 무언가 잘못된 것이다.

그리고 선재다. 샤워기의 물소리는 그쳤지만 선재는 쉬 나오지 않았다. 아내와 이혼을 한다면, 나는 선재를 택할까. 그는 일어나 물을 한 잔 마셨다. 그는 잠시 컵을 입에 댄 채 물 마시기를 멈추었다. 이혼이라니. 대단한 발상이었다. 물맛은 닝닝해서 마시지 않음만 못했다. 하기야 결혼한 남자치고 이혼을 한번쯤 생각해보지 않은 남자가 있으려고. 영화를 같이 보면서, 쉬어버린 된장국을 무심히 내놓는 아내 앞에서, 그런 생각을 해볼 수는 있는 것이다. 그는 지금 아내와 자기의 관계는 다르다고 생각한다. 우리는 반쪽 부부가 아닌가. 그는 담배를 물고 창가에 서서 내려진 커튼은 그대로 둔 채 창문만 조금 열었다.

선재를 택하기 위해 아내와 헤어진다는 생각이 먼저 들지 않는다는 것은 무엇인가. 김창기는 마침내 그 생각에 도달했다.

"담배 맛이 좋아요?"

그러고 보니 스탠드 불이 들어와 있고 선재는 머리를 다듬으며 거울 앞에 서 있었다.

“아내가 자기도 바람을 피우겠대.”

선재는 빗질을 아주 잠깐 멈추었을 뿐 아무 말도 않았다. 쿡 하고 웃을 수도 있다고 생각했는데. 김창기는 점점 더 섹스 뒤의 비워진 어정쩡함을 못 이겨 하며 자신의 머리를 기요틴에 밀어 넣었다.

“야단났지?” 말을 이은 건 남자였다.

“이야길 다 했어요?”

선재가 처음으로 말을 꺼낸 건 머리 손질을 마친 다음이었다.

“뭘?”

김창기는 선재의 말뜻을 모를 리 없으면서도 그렇게 되물었다.

“내 이야기 말이에요.”

“아니.” 김창기는 정직하게 대답했다.

“잘했네요. 남자들은 핑계가 많을 테니까. 뭐라고 둘러댔어요? 자기 성격에 쩔쩔맸을 텐데.”

선재는 스타킹을 신기 시작했다. 어떻게, 말면 한 줌도 안 되게 가볍고도 적은 부피의 그것이 여자의 다리를 다 감쌀 수 있는지. 김창기는 자주 그게 신기했다.

“옆 가게 사람들하고 화투 쳤다 그랬지. 이름을 대라기에 내가 말하면 아느냐고 화를 내고.”

“그래도 어지간히 심각했나 보군요. 그러니까 화가 나서 그런 말까지 했지.”

"글쎄 어떻게 알았는지, 그냥 짐작일 수도 있겠지만, 별렀던 것만큼은 틀림없어."

그 문제는 김창기의 또 다른 고민거리였다. 그러나 그는 어젯밤 아내가 그렇게 강요하던 방석에 대해서는 입을 다물었다. 그걸 이야기한다는 건 아내가 불감증이라는 걸 털어내는 것보다 그들 부부의 내밀한 부분을 보여준다는 기분이 들었기 때문일까. 아니면 지금 그 장면에 대해 아무리 설명해도 그때 그것이 가졌던 심각성과 불편함을 전달하기가 불가능하다는 판단 때문일까. 그 순간, 방의 불을 끄고 손을 휘저으며 자신을 내쫓던 아내의 모습이 떠올랐다.

"아내가 하는 그런 말을 설마, 하면서도 남자들은 긴장하고 분노하면서 되새기겠지요? 자신이 바람피우는 일은 묻어두고."

"마음 편할 리 없지. 하지만 내가 바람을 피우는 건 아니니까."

선재가 쿡쿡거리며 특유의 웃음을 터트린 건 그때였다.

"그럼 뭐예요? 나는 아예 초상집의 고스톱이나 친구들과 술자리로 빠져 있는 외박인데 그게 바람피우는 수준이 아니고 뭐예요?"

화가 났다고 말할 수는 절대 없는 그런 표정을 하고 있었지만 선재의 목소리는 빠르고도 높았다.

"내가 이야길 하지 않은 건 아내가 갑작스럽게 추궁한데다 우선 피하다 보니 그렇게 된 거야. 선재에 대한 관심하고는 관계없는 문제야."

선재는 나머지 스타킹을 신으려다가 허리를 잠시 펴고는 김창기를 바라보았다. 화가 난 얼굴 대신 남자에 대한 실망이랄까, 불신 같은 게 약간 벌어진 입술에 그려져 있었다.

"신경 쓰지 마세요. 바람피운다는 말이 사랑한다는 말하고 어떻게 다른지, 그것조차 애매하니까. 내가 선생님의 바람피우는 대상에 지나지 않는지, 아니면 비밀스런 사랑의 대상인지는 내가 내 스스로 판단할 영역이에요. 선생님이야 어떻게 생각하든 관계없는. 부부간의 서투른 고백은 불행의 시작일 뿐이에요. 입에서 한번 떨어진 말이 과일 썩듯 썩는 건 아니잖아요. 아내에게 평생 그런 기억을 남긴다는 건 좋지 못해요."

김창기로서는 선재의 말이 옳고 그름을 떠나 이토록 자기 의견을 세워 이야기할 수 있다는 게 놀라웠다. 여자는 남녀간의 문제에 본질적으로 민감한 논리가 발달되어 있는 건 아닐까.

그동안 만나오면서 김창기는 물론 이선재조차도 둘의 관계에 대해 심도 있게 짚은 적이 거의 없었다는 것은 얼마나 놀라운 일인가! 가정이 있는 남자와 결혼에 실패하여 혼자된 여자가 넉 달 동안이나 사흘이 멀다 하고 만나 사랑의 행위를 나누었으면서도 서로의 입장은 물론 둘의 관계에 대한 규정을 짓지 않았다니. 둘의 만남은 김창기 처의 입장에서 본다면 명백한 간통이 아닌가. 그러한 법률적 사안이 둘의 관계를 모두 결정짓는 건 아니다 하더라도 그들의 관계에 대한 한 단서로 작용함은 사실이었다.

물론 김창기는 간통이란 법률용어에 대해 민감하게 반응해본 적은 없었다. 선재는 내게 무엇인가? 라거나 가슴 한구석에서 가끔은 막연하게 떠올랐던 이혼을 한다면? 이라는 것보다도 확연하게 간통이란 말이 그의 머릿속에 들어온 적은 없었다. 아내에게 선재와의 관계는 미안함과 신경 쓰임 정도였다. 그리고 종국에는 삐걱거리는 부부관계에 대한 원망이었다.

"이제 가요, 의심받을 짓을 자꾸 하면 되나요."

스타킹을 다 신고 의자 위에 걸쳐진 저고리를 집으며 선재가 일어섰다.

김창기는 그 순간 이상스럽게도 막막하고 거의 절망적인 기분에 사로잡혔다. 선재의 행동은 '의심받을 짓'이라는 말을 빼고는 지금까지 해오던 일상적인 것이었다. 선재가 한번씩 같이 밤을 보내주었으면 하는 눈치를 보일 때도 가야 한다고 분위기를 만들던 건 그였다.

"조금 더 있다 가지. 맥주 한 병만 마시고."

그는 선재의 반응을 기다리지도 않고 전화기를 들어 맥주를 시켰다.

"이상해지셨어. 하지 않던 행동인데."

"이야길 좀 해."

선재는 그러나 쉬 의자에 앉지는 않았다. 침대 하나가 방을 다 차지하고 조그마한 탁자 앞에 놓인 겉멋만 잔뜩 부린 분홍색 싸구려 의자 둘은 그들이 별로 의식해보지 않던 무대장치가 되었다. 안성혜가 어젯밤 그토록 거실 소파의 방석 두 개를 방에까지 가져와 남편에게 앉도록 강요하던 일과 같은 일이 벌어지려고 하는지도 몰랐다.

"이야길 해서 나아질 게 있나요. 정답이 있는 것도 아닐 텐데."

"선재가 이야기한 게 뭐 있어? 그냥 딴 이야기, 어쩌면 쓸데없는 이야기만 해왔잖아."

김창기는 자신도 모르게 목소리가 높아갔다.

"내가……"

문 두드리는 소리에 선재의 말은 끊겼다. 그러나 선재가 말을 중단한 것은 맥주를 가져온 종업원의 노크 때문이 아니라, 자기 감정 때문일지도 몰랐다. 선재는 창을 향해 등을 돌리고 앉았다.

"왜, 기분이 좋지 않아?"

맥주를 탁자 위에 놓으며 김창기가 말했다. 김창기에게 선재의 돌린 등은 너무 완강해 보여 아까 가졌던 절망감 같은 게 되살아날 지경이었다.

"내가 무슨 이야기를 하길 바라세요? 내가 무슨 이야길 할 수 있겠어요!"

이선재는 스스로 자신의 감정을 함부로 다루어서는 안 된다는 걸 알고 있었지만, 그게 쉽지 않았다.

도대체 이 남자는 자기 아내에게 외박을 추궁당했다는 걸 가지고 내 문제를 이야기해보자는 게 아닌가. 외박에 내가 관련되어 있는 건 사실이지만, 내가 겨우 가정불화의 소재로서 이야기되어야 하다니. 이선재는 혼란에 빠질 듯하면서도, 또 남자가 왜 이 시점에서 둘의 문제를 이야기해보자고 하는지 이성적으로는 알 듯하면서도 불쾌한 감정이 자꾸만 앞서 나가고 있음은 어찌할 수 없었다. 몇 달 동안 만나오면서 이 남자가 내게 한 일이란 기껏 나를 절정에 끌어올리려고 애쓴 것밖에 없지 않은가. 남자들은 여자를 절정에 도달시켜주는 노력만이 여자를 붙드는 유일한 길이라고 믿는 게 아닐까. 분위기 있는 말 한마디, 사랑이 담긴 부드러운 손길이나 눈길에도 여자는 행복감을 느낀다는 걸 남자들은 모른다. 안다 하더라도 그건 머릿속에서만 가능하다. 그들은 오직 성교만이 완전한 사랑이라고 여긴다. 그건 소유욕이다. 극히 순간적이지만, 선재는 자기가 달아오르고 신음했던 순간들이 치욕스러웠다.

"일단 앉기나 해, 서로 흥분하지 말자고."

김창기는 겨우 그렇게 말했다. 그는 맥주를 따개로 열어 두 잔에 채웠다. 그리고 선재에게 잔을 내밀었다.

"난 선생님에게 뭐죠? 말씀해보세요."

건네받았던 잔을 탁자 위에 내려놓으며 선재가 말했다.

"연인? 간통하는 여자? 옛날 동료?" 굽혔던 허리를 펴면서 선재는 말을 이었다.

"그 모두지."

김창기는 선재가 제발 피식 웃어주기를 기대했다. 그랬기 때문에 선재의 말에 이은 그의 대답은 굉장히 빨랐다.

"왜 이야기하자고 해놓고 진지하지 못해요?"

"그건 맞아. 하지만 기분을 풀어주려고 한 소리일지 모르지만 선재는 내게 방금 말한 그 모두야. 그 이상은 수식이거나 과장일지 몰라."

"일단은 옳다고 인정하죠. 그러나 내 기분이나 입장을 얼마나 그동안 헤아려보시기나 했어요? 왜 선생님 부부싸움 끝에 나를 밀어 넣는 거예요? 내가."

선재는 말을 멈추고 놓았던 맥주잔을 들었다. 끓어오르는 부아가, 반드시 남자에게로 향한 것이라고도 할 수 없는 부아가 목을 마르게 했다.

"내가 원인이라는 걸 부인하지는 않겠지만 그렇다고 지금 그런 이야기를 이 자리에서 해야 해요? 난 선생님에게 아무것도 원하지 않아요. 오해 마세요."

이선재는 가만히 한숨을 내쉬었다. 맥주 거품이 힘없이 스러졌다. 언제였던가, 이 남자의 데이트 신청을 처음 받았던 게. 그때 선재는 하마터면 크게 웃음을 터뜨릴 뻔했다. 옆자리에 앉은 노총각 선생님은 처음부터 선재의 관심의 대상이 아니었다. 하지만 그녀는 남자선생님이 여러 번 자기 반을 위해 애써준 걸 떠올리고는 웃음을 거두고 커피는 한잔 사야지라고 마음을 고쳐먹었다.

서랍을 무심코 열다 발견한 쪽지에는 〈오늘 퇴근하면서 61번 버스를 타고 남포동에서 내려 구두골목 신세기레코드 옆 세 번째 2층집의 커피 마스타로 오시오. 미행에 신경 쓰시길. 이곳을 떠나기 전의 암호는 '내 끝시간이 몇 반이지'임. 옆자리.〉라고 쓰여 있었다. 옆자리가 오른쪽인지 왼쪽인지를 살필 필요는 없었다. 선재는 부서의 맨 끝에 자리가 있었고 따라서 오른쪽에는 어떤 의자도 없었기 때문이다. 그래서 선재는 쉬는 시간에 누구라도 들으라는 듯이 "내 끝시간이 몇 반이지"라고 말했다.

분명히 교무실에 남아 있는 걸 보고 먼저 나왔는데도 약속 장소에는 웃기는 노총각 선생이 앉아 있었다.

"버스를 타게 되어 있었잖아요?"

선재는 겨우 그렇게 모든 일방적인 약속에 대해 항의했을 뿐이다.

"같은 버스를 탄다는 말은 없었소. 그리고 그런 일은 영화에서나 하는 짓이지. 실제 프로들은 다르게 행동하지요."

"선생님, 운동권이었어요?"

선재는 그 대목에서 목소리를 낮추었다. 1980년 봄이 무언지도 모르고 지나간 어느 5월이었다. 그러므로 이선재는 1970년 말과 1980년 초의 무겁기만 한 시기에 대학을 다녔다. 하지만 그녀에게 세월은 그냥 소문과 뉴스, 그 사이에 흐르는 강이었을 뿐이었다. 그녀는 그냥 평범한 여대생으로 그 강을 타고 내려와 사회로 나왔다.

생각해보면, 선재가 그렇게 물은 것은 잘못일 수 있었다. 쪽지가 재미있어 나왔어요, 라든지 아니면 강압적인 일방통행은 곤란해요, 그렇게 말해야 옳았다. 그런데 왜 사적으로 처음 만나는 자리에서 목소리까지 낮추어야 하는 그런 말을 대뜸 하고 말았을까. 친근감. 그랬다. 처음부터 남자에게는 친근감이 있었다. 그것은 무엇을 까다롭게 계산하여 한마디 할 필요를 느끼지 않아도 되는 그런 의미에서의 친근감이었기에 만만함이랄까, 그런 의미하고도 통할 수 있었다. 따라서 그건 호감하고는 절대적으로 달랐다. 남자는 말라서 조금 커 보일 뿐 결코 크다고 할 수 없는 키에 시원한 맛이라고는 어느 구석에도 없는 극히 평범한 얼굴, 한눈에 보아도 모든 걸 알 수 있을 만큼 평범해서 두 번 세 번 보아야 할 필요가 없는 그런 용모의 소유자였다.

"아니, 난 영화권이자 소설권이오."

그날 저녁 영화를 같이 보았던가?

남자에게는 세심함과 눈치가 있었다. 남자에게는 비굴하거나 천박하지 않은 친절함이 있었으며 아는 것에 대해 내세우지 않고 풀어놓는 겸손함이 있었고 자신의 바깥을 맴도는 듯하면서도 부담스럽지 않는 주의성을 보였다. 교내에서 친근감을 기회로 삼아 맞벌이하는 아내를 택하려는 뻔뻔스러운 남자선생들이 많다는 소리를 선재는 미리 들었었다.

결국 결혼하고 헤어진 뒤 이선재가 김창기를 떠올린 원인 중에는 편안하거나 친근하다는 인상을 남겼기 때문일 것이었다. 철없는 나이가 아니라면 만만함을 주는 남자의 장점을 여자들은 안다. 그런데 눈치라니. 그 말은 자칫 천박하거나 나쁜 뉘앙스로 들리지만 자기 중심으로 일방적이지 않다거나 세상물정을 헤아릴 줄 안다는 뜻으로 사용할 수도 있지 않을까. 그래서 "커피 마시고 영화 본다고 다 결혼하나요?"라고 매력 없는 말로 김창기의 조심스런 구혼을 뿌리쳤을 때 남자는 아주 쉽게—어쩌면 깨끗하다는 게 아니라 뭐 이리 시시해, 라는 느낌이 들도록—물러나버렸던 게 아닐까.

그러므로 이 남자는 결코 다른 생각을 할 수 없다. 이선재는 대단한 결론에 도달한 듯했다. 그래서 들고 있던, 반쯤 남은 맥주를 한순간에 다 마셔버렸다. 모험을 하지 않아. 이런 상태가 계속되다 물러나버릴 거야. 내게 상처 주지 않을 정도만 접근할 뿐. 단숨에 마셔버린 술 탓인지, 감정의 급한 경사 때문인지 그녀는 숨이 찼다.

"가요. 전 가겠어요!"

선재는 벗어놓은 저고리가 어디 있는지 두리번거렸다. 그것은 이 방의 옷걸이에 유일하게 김창기의 양복 저고리와 같이 걸려 있었다. 하지만 선재의 눈에는 침대 모서리의 옷걸이가 들어오지 않았을 수도 있었다. 김창기가 일어난 건 그때였다. 그는 줄곧 맥주만 비워댔다. 네댓 병을 시킬걸.

"잠깐만, 제발 진정해."

김창기는 애원하는 눈으로 선재를 바라보았다. 뿌리쳐버려 결정적으로 나쁜 사태를 불러올까 두려워 여자의 팔을 잡지도 못한 채.

“내가 화를 낼 입장은 아니에요, 더구나 선생님께.”

선재가 지금 그를 지칭하는 선생님이라는 말에도 김창기는 가슴이 아플 지경이었다. 분위기나 기분에 따라 조금씩 달라지기는 했지만 그동안 선재는 보통 그렇게 불러왔는데도 말이다.

“선생님께 내가 화를 낼 필요는 정말 없는 거예요. 선생님은 아무 일도 할 수 없는 분이에요. 해서도 안 되고.”

여자의 마지막 말은 너무나 절망적이어서 남자의 매마르고 갈피를 잡지 못하는 마음을 찢어 놓는 듯했다. 할 수 있을 거야. 이혼이든, 또는 어디론가, 선로로 뛰어내려 그걸 두 개 건너 전동차가 입구를 갖다 붙이는 건너편으로, 전동차가 들어오기 전에, 오를 수 있을 거야. 그래서 어디론가 전혀 반대편으로 사라질 수 있을 거야.

그는 자신의 감정에 쫓겨 상대방의 반응은 조금도 염두에 두지 않고 선재를 살짝 껴안았다. 너를 보호하겠어. 그는 오늘 딸과 들렀던 이름과는 다른 또 다른 대학병원에 누워 있다는 ‘여자’를 아득하게 흘렀을 강물의 시간에서 잠시 건져 올리며 선재와 살 수 있다고 다짐하고 있었다. 선재는 조심하듯 몸을 조금 웅크린 채 그의 넓지 못한 가슴에 안겨 있었다. 하지만 가슴과 가슴은 조금 떨어진 채였다.

“차라리 우리가 다툰 게 잘된 건지도 몰라. 침묵으로 덮어두려고만 했던 어정쩡한 우리들의 형편과 위치를 확인해볼 수 있을 테니까. 언젠가는 해야 되잖아?"

김창기는 대단한 결단을 내리기라도 한 듯 열심이었다.

선재는 살짝 몸을 비켜 그의 손을 등에서 풀어놓게 했다.

"여기서는 어떤 이야기도 싫어요! 여기 숨을 막히게 하는 이 답답한 방이 내 자신이에요. 그리고 선생님이 찾으려고 애쓰는 우리 입장, 위치도 바로 이 장소에 다 있어요. 나는 이런 방이 싫어요, 그러니 제발 나를 가게 해주세요."

3

침대는 가구가 아니다

깎여진 쇠막대기 하나가 소리 없이 두터운 철문을 열게 한다는 건 우스운 일일지도 몰랐다. 그는 조심스레 문을 열고 집 안으로 들어왔다. 거실이고 방이고 어느 곳에도 불은 켜져 있지 않았다. 그는 신발을 벗으며 현관의 스위치를 올렸다. 김창기가 거실 소파에 옷을 벗어 놓고 세면장에서 조심스레 이를 닦을 때까지도 아내는 방문을 열고 나오지 않았다. 그는 딸애의 방에 들어갔다. 입을 조금 벌린 채 굴러 떨어질 듯이 침대가에서 위태하게 자고 있었다. 김창기는 딸을 조금 안쪽으로 밀어 넣고 빰을 한번 토닥거려주었다. 병원에 갔던 결과를 아내에게 전화하지 않았다는 생각이 났다. 정신이 없군, 정신이 없어. 그는 중얼거렸다. 그러면서도 아내에 대한 조바심이나 미안함을 그는 억눌렀다. 그는 자신과 더불어 아내에게도 욕을 퍼붓고 싶었다. 그러고는 딸애 방 맞은편의 또 하나의 방 앞에 문득 섰다. 그건 김창기 자신의 잠자리였다. 원래대로라면, 아무 일도 일어나지 않았다면 그 방은 막내가 사용할 곳이었다. 그는 가만히 한숨을 쉬었다. 아이는 없다라는 생각과 더불어 부부 사이의 형편이 생각났기 때문이다. 부부가 각방을 쓴다는 것, 그게 그들 부부의 거리였고 닫힌 모습이었다. 어둑한 거실로 나와 주방에서 냉장고를 열어 찬물을 한 잔 마시고 조금 막연한 기분으로 소파에 앉았을 때 김창기의 마음을 차지한 것은, 형편없이 늦게 들어온 자기 모습도 아내에 대한 걱정도 아닌 침대였다. 벌써 소용없이 되어버린 지난 일이지만 그것은 아내에 대한 아주 명확한 인상으로 남아 있었다. 그리고, 죽은 아이가 그걸 뒷받침했다.

아내는 두 번째 아이가 태어나자 침대를 두 개 들여왔다. 그건 괜찮은 일이었다. 그는 특별히 딱딱한 맨바닥에서 자야 할 디스크 환자도 아니었고 딸애도 굉장히 좋아했기 때문이었다. 딸애 밑의 사내애가 따로 자게 되어 침대를 들여놨을 때 문제가 생겼다. 가끔 오시지만 어머니라도 오시면 거실이나 막내 방의 바닥에서 주무셔야 했기 때문이다.

그러고 보니 침대생활이라는 것이 지극히도 제 가족 중심의 이기주의로 보였다. 침대와 책상, 책장을 놓으면 가득 차버리는 게 어지간한 평수의 아파트 방이 아닌가. 그렇다면 그 방의 기능은 그것으로 끝나버린다. 친척이나 친구 가족이 찾아와 잘 때도 있는데 완전 무방비가 아닌가. 제 가족만 살겠다는 심보가 아니라면 방 세 개에 침대 세 개를 들일 수는 없지 않은가. 방학때 한번 작은누나의 애들이 왔을 때 그들은 거실에서 잤다. 누나가 그 뒤에 말했다. "수명이 애비야, 우리 희국이가 다음부턴 수명이 집에 절대 안 간단다. 자기 식구들은 침대에서 모두 자고 손님은 바닥에 재우면서 천대한다나." 어머니 때문에 김창기는 더욱 마음이 편치 않았다. 처음부터 혼자 살고 계시지만 자식 집에 오실 일이 어찌 없겠는가. 그런데도 번듯하고 편안하게 주무실 수가 없다니.

어머니 잠자리를 두고 김창기가 화를 냈을 때 아내 안성혜는 이렇게 말했다.

"어머니가 오시면 한 달에 몇 번을 오시나요? 1년에 서너 번인데."

"서너 번이 아니라 2년에 한 번 오셔서 주무시더라도 마찬가지야. 노인네를 손자가 자는 침대 밑바닥에 주무시게 하다니!"

"아, 저번 당신 생일에 오셨을 때도 그래요. 어머니는 하나도 불편하신 게 아니라니까요. 그게 무슨 우리 생활을 어지럽히고 어머니를 마음 상하게 한다고 그래요?"

"어떤 경우가 중요한 게 아니라 근본이 문제야. 문제의 소지가 분명히 있는데도 왜 그걸 인정하지 않고 부분을 들먹여? 이불 개어 넣고 펴고 하는 것도 아이들에겐 좋은 습관이 된다고. 무엇보다 제 식구들만 살겠다는 마음, 그게 나는 싫어!"

그의 아내도 물러서지 않았다. 그게 서로 자라온 가정문화며 가치관이 걸린 문제인 양.

"침대생활 하는 사람들에게 다 물어봐요. 침대생활 하는 게 제 식구만 챙기는 이기주의인지. 아파트는 왜 아무 문제 삼지 않고 살아요? 그런 공간은 제 가족 중심이 아닌가요? 거주 공간이 다르다는 걸 인정하면 침대가 문제될 게 뭐 있어요. 지금 애들에게 제 이불 개게 하는 일이 쉬울 것 같아요? 그게 다 누구 잔소리나 몫으로 돌아오는데요. 아침에 바쁜 내가 이불까지 개어 넣어야 속이 편하겠어요? 그리고 어머님을 모시게 되면 그땐 너른 데로 옮기든지 다른 조처를 취하면 되잖아요. 1년에 한두 번 어쩌다 찾아오는 사람들을 위해 제 가족의 생활 규모를 깨야 해요? 고집을 부릴 일에 부려야지, 아무것도 아닌 걸 갖고 남의 심사를 긁어요, 긁긴!"

"가장이 그럼 집안생활에 대해 큰 줄기도 못 세워!"

자랄 때 부자 친구집 침대생활을 보고 꿈을 세우지는 않았는지. 김창기는 아내에게 그렇게 퍼붓고도 싶은 마음이었다. 그녀는 유난히도 추운 걸 못 견디어 베란다 문이며 부엌 쪽 창문을 조금만 열어놓아도 아이들에게 신경질을 부려댔다. 한번은 농담 삼아 "무슨, 외풍 드는 집에 살았나"라고 핀잔을 준 적이 있었다. 그때 아내는 웃어 넘기지 않고 발끈하여 달려들었다.

"당신네처럼 세놓아 살지도 않았고 그만한 집에는 살았어요."

장인은 1970년대 초에 육군 소령으로 비교적 일찍 예편한 뒤 고향인 마산에서 관변단체에 들어가 사무국장까지 한 걸로 알고 있었다. 오빠가 둘, 언니가 하나, 남동생이 하나인 대식구였다. 그러나 세를 주며 살지는 않았다는 말은 무언가? 시집이 무슨 악덕 임대업으로 돈을 벌기라도 했단 말인가. 김창기는 6·25 직후 부산에서 자리를 잡아 수산업 중간상을 하는 아버지로 해서 고만고만한 생활을 했다.

김창기는 아내가 대학시절 운동권에 관심이 있었다는 말을 선을 보고 잠시 사귈 때 듣기는 했다. 관심이란 표현이 애매한 만큼 그는 결혼 후에도 그런 일을 화제로 삼은 적은 없었다. 교원노조 문제가 터졌을 때 안성혜는 나이 탓인지 별탈 없이 넘어가기도 했다. 장사하는 남편과 학교 나가는 아내가—설령 남편이 한때 교직에 종사했다 하더라도—서로의 일에 대해 간섭하고 의논하는 일은 별로 없었다. 남편 사업에 대한 안성혜의 철저한 무관심이 그런 분위기를 만들었다고도 할 수 있었다. 토요일 오후, 시내 개봉관의 영화를 보거나 쇼핑을 하기 위해 안성혜가 나오기는 했지만 아이들이 자라면서 그런 여유는 절로 줄었다. 김창기가 보기로 아내는 여성지나 광고가 많이 나는 책이나 가끔 사 보면서 옮겨다니는 학교 선생님들이나 친구들과 만든 계모임에 한 달에 서너 번 나가는, 그런 생활에 익숙해지는 것 같았다. 그러므로 아내가 내뱉은 세놓아 살지 않았다는 말은 남편을 당황하게 했다.

결국 침대전쟁에서 남편은 졌다. 가정 문제였기에 그럴 수도 있는 일이지만 어쨌든 김창기는 침대가 신경 쓰였다. 한동안 자신이 몸을 누이는 침대가 딱딱한 관처럼 연상되기도 했다.

그런데 이제 남편은 새벽에 들어오고, 그런 남편을 아내는 내다보지도 않는다. 그는 한숨을 쉬었다.

김창기는 침대로 인한 아내와의 불화를 갖가지 시시콜콜한 기억까지 되살려 파악하려고 한다. 하지만 이제는 아무 소용없는 일이 되고 말았다. 아이는 없고 그 방에 침대도 없다. 아이와 같이 아이의 작은 침대도 사라졌다. 아이가 자야 할 방에 아버지가 잔다. 아이를 잃은 아버지는 바닥에 이불을 펴고 잔다. 이제 그에게 침대는 확연하게 널이 되고 말았다. 혼자 자는 아내의 그것도, 동생을 잃고 외로이 혼자 자라는 딸애에게도 침대라는 물건은 외로움의 섬이었다. 다만 격렬한 흥분이 나뒹구는 선재와의 침대만이 생명을 갖고 있을 뿐이었다.

그는 추궁을 당하고도 아예 새벽에 들어오는 남편에게 무심해져버린 아내를 생각했다.

그는 사실상 선재와 병원의 '여자'로 해서 아내와의 형편을 살피고 싶었던 것이다. 각방 거처를 하게 된 현상보다는 그 이전부터 존재했던 틈새를 찾고 싶었던 것이다. 그래서 자신의 바람피운 행위와 아내의 공격으로부터 보호받고 싶은 것이다. 이혼을 하더라도 섹스 때문이 아니라 성격 차이라는 그런 위안을 받고 싶어서? 그래서 침대는 그에게 가구가 아니었다.

그는 거실의 불을 끄기 전에 아내가 자는 큰방 문을 조금 열어보았다. 아내가 침대에 우두커니 앉아 있어서는 안 되는 것이다. 어두웠다. 그가 밀어낸 틈새만큼의 불빛만이 방바닥에 가늘고도 길게 드리워졌다. 그것은 아주 기이한 삼각형 모양이었다. 창이나 칼의 모양 같기도 했다. 침입! 그런 생각이 후딱 들어 그는 이내 방문을 닫았다. 아내는 어둠 속에 죽어 있다.

그는 거실의 불을 끄고 자기 방으로 갔다. 담배를 하나 꺼내 물고는 들고 왔던 주간지를 집어 책상으로 가 앉았다. 그리고는 목차에서 '보스니아 공습 미국의 '무력' 패션쇼'라는 제목을 찾아 아주 좋은 지질의 촉감을 느끼며 펼쳤다. 스탠드 백열등 불빛이 눈부시게 사진들과 활자들을 미끄럼질 하고 있었다. 그는 양면을 차지하는 보스니아 보도기사를 읽기 시작했다.

잠이 쏟아질 때까지는 어디엔가 몰두해야 했다. 보스니아는 그와 아내 사이에서 벌어지고 있는 또 다른 전쟁이었다. 뒤죽박죽이면서도 실마리를 찾을 수 없는. 기사의 부제는 의도적 보스니아 공습, 클린턴식 '북한 핵' 해법 암시였다.

—보스니아에 대한 미국의 무력 개입이 아주 진지하다. 진지한 나머지 이번 개입이 지니는 기념비적인 평가나 의미마

저 빛이 바랠 정도다. 이번 개입은 보스니아 회교도의 안전 구역이자 세르비아와의 경계를 이루는 고라제 시에 대한 미국 공군기 편대의 두 차례 파상공습이 전부였다. 그러나 나토의 깃발을 달고 행한 첫 출격이자 집단방위를 역내(유럽)에서 처음 성사시킨 출병이라는 점에서 나토 창설 45년 만의 획기적 사례로 남는다. 또 사태가 처음 발생한 이후 엄포와 회유를 2년 남짓 되풀이해온 미국의 보스니아 정책이 드디어 무력 개입 쪽으로 선회했다는 점에서, 최악의 경우 월남전 개입을 불러온 통킹만 사태의 재판이 될 위험성도 내포하고 있다.

김창기는 통킹만과 월남 부분에서 잠시 눈을 뗐지만 그가 한때 머물렀던 월남의 산과 정글, 냄새나는 가옥 수색, 습기 찬 무더위, 모기, 그런 걸 두서없이 떠올리다가 다시 지질 좋은 주간지로 시선을 내리깐다. 그는 통킹만 봉쇄가 1967, 8년인가, 싶기도 하지만 자신이 없고, 자신이 수송선을 탔던 때가 1970년 10월이라는 사실만 내심 확인하면서 꽤나 어려운 글투로 된 워싱턴발 해설기사를 읽는다.

과연 보스니아 문제는 지금의 김창기 자신의 마음처럼 복잡하고 지난했다. 김창기는 두 번째 출격한 미 해병대 소속 F18 호네트 가운데 한 대가 버튼을 눌렀는데도 폭탄이 발사되지 않고 날갯죽지에 대롱대롱 매달리는 바람에 기총소사로 탱크를 공격했다는 웃지 못할 희극도 연출됐다는 지점에서는 한숨까지 내쉰다.

그 한숨은 아주 길었던 오늘보다는 이미 새벽이지만 내일 자기가 해야 할 일에 대한 막연함 때문일지도 몰랐다. 선재가 아니라 어머니에게서 들은, 병원에 있다는 '여자'를 그는 생각하고 있었다.

안성혜는 잠들지 못했다.

딸애를 데리고 병원에 갔던 남편이 전화 한 통도 없이 자정을 넘기자 안성혜는 분노를 지나 막막한 심정이 되어버렸다. 외박을 따진 건 그렇다 치더라도 딸을 위해서라도 일찍 들어와 의사의 말을 설명해야 할 게 아닌가. 남편은 이제 가족이라는 테두리까지도 포기해버린 것일까.

안성혜는 남편이 문을 따고 들어오고 거실에서 내는 소리를 들었지만 일어나지 않았다. 그리고 남편이 방문을 조금 열었을 때는 더욱 꿈적 않았다. 이즈음은 거의 그런 일도 없지만, 간혹 술을 마시고 오는 날에는 그녀의 침대로 파고들 때가 있었다. 술내를 풍기며, "이렇게 살 거야? 노력해보자고." 그렇게 말하며 거칠게 몸을 다루었다. 이제는 그러지도 못하리라. 아니면 문을 벌컥 열고는 "그래 다른 여자와 자고 왔다! 당신도 그렇게 할 수 있어?" 그렇게 고함치는 일이라도 생길까. 남편의 늦은 귀가나 외박이 모두 거짓으로 점철되었다는 걸 확연하게 안 게 그제였다. 다른 여자에 대한 예감은 진작부터 있었지만 그것은 그저 본능적인 거였다. 그런

데 이제 실감이 드는가. 질투와 분노로. 그래서 몸이 더워지기라도 하는가. 새어들어 온 거실의 불빛이 칼날처럼 그녀의 몸을 움츠리게 했다.

그리고 다시 눈을 떴을 때는 늘 맞춰놓는 자명종 시계가 울리기 겨우 40분 전이었다. 5시 54분.

거실에는 새벽의 여린 어둠이 걷히는 기색이 역력했다. 안성혜는 냉장고 문을 열어 물부터 한 잔 마시고는 딸애 방에 들어갔다. 깨울 시간은 물론 아니다. 남편이 자는 맞은편 방문은 꼭 닫혀 있다. 엉뚱하게 침대생활을 두고 시비를 걸더니 종래는 시집과 친정에 대한 경제적 · 문화적 차이로 번지고 마침내는 침대를 관에 끌어다 붙인 남편이었다. 안성혜는 베란다 창 앞에 섰다. 분노와 서글픔이 불면의 밤을 지나 그녀의 가슴을 채웠다. 새벽에 그대로 집을 나가버리는 여자는 없을까. 버스를 타고 시내를 배회할 수도, 기차를 타고 어디든 가버릴 수도, 그래서 전화 한 통 없이 가족으로부터 영원히 사라져버린 여자.

안성혜는 얇은 입술, 특히 안으로 말려들지 않고 바깥으로 펴져 보기에 따라 델리키트한 느낌도 주는 아랫입술을 깨물었다. 아파트 아래의 주차장에서 사람들이 차를 빼고 있는 모습이 들어오고, 눈을 조금 옆으로 돌리니 강이 보이고 강가를 달리는 사람들도 보였다. 어김없는 하루다. 안성혜는 그런 확연한 사실마저도 서글펐다. 이렇게 베란다 건너 창밖을 보고 있지만 곧 쌀을 안치고 딸을 깨우고 냉장고 문을 몇 차례나 여닫으며 아침상을 보고 출근해야 한다는, 그럴 수밖에 없는 자신의 모습이 내다보였기 때문이다.

그렇지만, 아침안개 같은 불확실한 무엇이 자기를 둘러싸고 있다는 것도 곧 진행될 아침시간만큼이나 확실했다. 주로 남편에 대한 것이기는 했지만, 결코 그가 새벽녘에 뻔뻔스레 들어왔다는, 그런 것만은 아니었다. 그녀의 의식에서 남편은 차라리 막연할 뿐 구체적인 존재가 되지 못하고 있었다. 그제 밤, 침대 아래 두 개의 보료 위에 앉히려고 노력하면서 따지고 들었음에도 또다시 태연히 새벽에 들어오는 남편의 모습은 이제 그녀를 괴롭히지 않는다고도 할 수 있었다. 안성혜는 그러니까 자기 자신에 매달리고 싶은 것이다.

공부에만 열중했지만 항상 무엇이든 걱정거리로 보이고 인생이 막연하게 무겁고 단단하게만 여겨지던 여고시절. 대학에 들어가 운동권이라고 부르는 서클에 처음 가입하던 일. 중고시절 부모가 한사코 말렸음에도 고집스레 다녔던 교회 출입에 대한 회의. 전혀 진지해 보이지 않는 얼굴이 우습기도 하던 같은 학번 남학생의 분신(焚身). 5년을 사귀다 결혼까지는 이르지 못한 서클 선배. 대학때 지녔던 이념과 꿈을 실천하려고 자신을 혹독하게 학대까지 했던 첫 발령 학교시절, 맞선 보기를 선언하고 처음 호텔 커피숍에 들어서던 날의 그 어색함. 그리고 다소 이상한 경력의 남자가 한다는 빵집에 걸려 있던 아주 마음에 들던 독일 입체지도. 언젠가 저 위를 날아 라인 강도 보고 슈바르츠발트, 흑림도 보죠, 라면서 싱

긋 웃던 남자.

그런 남자가 지금 내놓고 바람을 피운다. 청소부로 전락했던 프라하의 외과의사 토마스처럼 머리에 정액 냄새를 묻혀 오지는 않지만. 결국 이건가. 나는 내 인생을 따져보고 싶은데 기껏 남편의 외도나 딸애의 치아교정과 출근시간이라니. 무엇이 잘못된 것일까. 인생에 대해 내가 무엇을 잘못 생각한 것일까.

그리고 또 남편과의 관계는? 그래 결국은 또다시 남편이다. 학교로 남편이 차를 태워 출근시켜주기를 중단한 때부터? 고엽제 피해 보도가 있던 날 그냥 우스개로 당신은 괜찮아요, 라고 묻던 잠자리에서부터? 달콤한 아침잠에 빠져 있는 걸 보고 나갔던 막내가 시트로 덮인 채 병원에 누워 있을 때부터? 그리고 다시는 아이를 가질 수 없으리라는 예감이 현실로 다가온 게 잘못의 시작이었을까. 하지만 꼭 그런 것만은 아니다라는 생각이 이즈음의 그녀를 둘러싸고 있었다. 남편이 침대를 그냥 가구로 보지 않으려는 고집을 부렸던 건 아이의 죽음과 상관없는 일이었다.

안성혜는 남편의 다른 면을 생각해본다. 남편은 몇 차례 직업을 바꾸었다.

첫 직장은 잦은 출장에 미용 담당 아가씨들과 자주 어울릴 수밖에 없다는 걸 안 부모의 염려 때문에 그만두었다고 했다. 본사로 올라갈 길이 보이지 않았던 것도 이유였을 것이다. 그러고는 여가시간이 좋을 것 같아 교직을 택했지만 지루하고 나태해지는 게 눈에 보여 선생님 소리 듣기를 그만두고 제과점을 열었다. 그런대로 괜찮은 집안형편에 외아들로 자란 환경 때문일까. 그렇다고 안성혜가 보기에 남편은 낙관주의자는 아니었다. 그녀 자신처럼 인생을 딱딱한 것이라고까지는 생각지 않더라도 조심스럽게 대하기는 하는 편이다.

남편에게도 과거가 있을까? 이 무슨 바보 같은 생각이람. 나이 들어 결혼한 만큼 그들은 서로에 대해 불편하거나 어색한 지난 시간에 대한 검증의 시간을 갖지 않았다. 아니, 피했다고 해야 옳을 것이다. 그건 현명한 노릇이 아니겠는가. 쿵쿵, 다다닥, 알람 시계가 운다. 쿵쿵, 쿵쿵, 북을 치고, 일어나세요, 아침이에요, 어서요! 그녀는 두 번 되풀이되는 소리를 듣고는 딸애 방으로 간다. 아이는 그때까지 미동도 않고 곤히 잔다. 안성혜는 인형 모양의 시계 머리를 눌러 북소리를 잠재운다. "엄마, 나 딱 5분만!" 거짓말같이 그렇게 말하고 아이는 돌아눕는다. 딱 5분만! 마흔네 살의 여자에게는 이렇게 5분이 문제가 되는 생활만 남아 있을 뿐인가?

4
직진만 할 수는 없다

"아빠, 나 학교 간다. 오늘 병원 가지?"

딸이 방으로 들어와 그렇게 말했을 때 김창기는 눈을 떴다. 아내는 이미 나간 뒤였다.

김창기는 몸이 무너질 듯이 피곤하지도, 머리가 복잡하지도 않다는 게 조금 신기하다 싶었다. 거의 8시 정각이었다.

"벌써 가니?" 그는 아이에게 인사했다.

"4시까지는 집에 올 수 있니? 아빠가 데리러 올게."

"혼자 가게에 갈 수 있다. 아빠는 내가 어린애로 보이나."

"그래도, 그렇게 약속한 거다. 학원은 빠져야 되겠지."

파출부 아주머니는 오후 1시에 오고 그동안 그는 혼자였다. 오후 한나절을 쓰는 파출부가 특히 김창기에게는 편했다. 김창기는 보통 10시 이전에 집을 나서지만 꼭 그렇지 않을 때도 있었기 때문에 9시에 문을 열고 들어오는 아주머니는 굉장히 불편했다.

김창기는 샤워를 하고 아침상에 앉았다. 식탁은 반찬그릇이 놓여진 그대로였다. 그가 밥을 먹고 대충 식탁을 정리하는 게 굳어진 관습이었다. 하지만 이날 아침은 평상시와 무언가가 달랐다. 커피를 마시고, 베란다에도 나가보고, 텔레비전을 켜보기도 하다 결국 그는 옷을 갈아입었다.

남자보다는 월등히 여자들이 많은 지하철을 내려 그는 가게 부근의 주차장으로 갔다. 확실히 김창기는 서둘렀다. 아직 10시 전이었다. 누나가 식당에 겨우 도착할 시간이었다.

"김 사장 어제 외박시켰네."

주차장 관리인 박 영감이 인사했다. 여기 주차장으로서는 가장 한가한 시간이었다. 아침과는 상관없는 상가지역이라 차들은 대부분 11시 전후로 들어오고, 점심시간이 한고비였다.

"요즘 어찌나 단속이 심한지 맥주 몇 병 마시고도 자신이 안 서요."

박 영감은 육군 상사 출신인데 수송병과였다. 자동차 소리만 들어도 그 차에 대해 모든 걸 안다는 그는 서둘러 전역을 하고서 바로 정비소에 취직했거나 카 인테리어를 열었다면 사장이 되었을 텐데라고, 김창기의 식당에서 소주 한잔을 하며 말한 적이 있었다. 마흔여섯에 사회에 나왔을 때만 해도 자가용 운전사도 귀하던 시절이었다. 기름 묻히고 운전대 잡기가 싫어 다른 일을 해오다 10년 뒤에 결국 그는 주차장 관리인이 되었다.

"그게 좋지. 자동차 끄는 것도 마약이라. 적당히 떼어놓을 줄 알아야 된다구. 어디 가려구?"

김창기의 문제는 거기에 있었다. 그는 자동차를 한번 둘러보고 식당으로 갈 수도 있었다. 주차장에 들르지 않고 바로 식당 문을 여는 게 더 사리에 맞는 일이었다. 그런데 그는 이곳에 왔다. 가보자. 어쨌든 가보는 거다. 어머니에게 이야기를 들은 뒤 가슴을 졸이며 다가오던 압박감은 여자가 있다는 병원 문턱이라도 넘어봄으로써 달래질 수 있을 게 아닌가. 일단 가보자. 수면시간과는 관계없이 이상하게 머리가 맑을 때. 김창기는 자신이 어젯밤 과거에 매달리는 선재를 비난했던 기억이 잠시 나기는 했지만 마음에 담지 않았다. 전혀 다른 문제야. 그는 그렇게 생각했다.

"좀 다녀올 때가 생겼네요."

김창기는 26년 동안 수송대 밥을 먹었다는 박 영감이 지켜보는 데서 다소 조심스럽게 차를 뺐다.

"나중에 봐요."

김창기는 골목길을 빠져나와 큰길을 찾았다. 도심지의 오전은 관공서나 일반회사가 몰려 있지 않는 한 대체로 한가하다. 상가지역은 결국 오후에나 기지개를 켠다. 그는 밤새 비운 쓰레기통이 아직도 가게 앞마다 줄지어 나와 있는 사잇길을 빠르게 빠져나와 간선도로에 끼어들었다. 5개의 대학자(字)가 붙은 병원 중 여자가 있는 병원은 김창기가 지금 서 있는 도로에서 가장 멀었다. 그 병원은 세 번째 정도에 문을 열었는지도 몰랐다. 김창기는 버스 뒤꽁무니를 따르면서 여자가 있는 병원으로 가는 길을 더듬어보았다. 고가도로나 터널이 별로 발달하지 못한 이 도시에서는 대부분 둘러 가느냐 적당하게 가로질러 가느냐, 그 선택밖에 없었다. 그의 머리 속에는 대충 도로망이 그려졌다. 이면도로도 세 곳 정도 포함된 지도였지만, 한 지점에 가서야 비로소 다음 도로를 찾거나 선택할 수 있는, 약간은 불확실하고 가변적인 지도였다. 어쩌면 병원에 가기 위해 그의 머릿속에 그려진 도로망은 여자에 대한 그 자신의 기억이나 감정과 닮았는지도 몰랐다.

김창기는 운전을 하면서 담배를 피우거나 한 손으로 운전대를 잡는 법도 없었다. 운전을 하면서 그가 제일 억울하다고 여기는 것은 무얼 집중해서 보거나, 골똘하게 생각할 수 없다는 것이었다. 아무리 신나고 신기한 광경이 거리에 펼쳐진다 해도 앞차가 구경하는 시간만큼 머무를 수밖에 없었다. 도시에서, 도로에서 구경할 게 접촉사고로 인한 삿대질밖에 더 있느냐고 할지 모르지만, 간판도, 진열장도, 걸어가거나 건널목에서 기다리는 사람들도 볼거리들이 아닌가.

사람의 의식이 무한대라 하더라도 김창기가 체험한 바는, 운전이 반사적 기계조작에 지나지 않는다고 말하는 사람도 있지만, 그것도 상당 부분 긴장감이 수반되는 운전을 하면서 일관되고 분별력 있는 사고를 이어간다는 것은 불가능하다는 생각이었다. 다만, 어떤 사념들이 언뜻언뜻 머리를 스쳐가거나 '그거 생각해볼 만하다'라는 동기 유발 정도가 아닐까.

하기야 우리의 생각이든 의식이든, 그놈은 그런 수준일지도 몰랐다.

김창기는 컨테이너 차 옆에 서 있었다. 9시가 지났다는 소리다. 컨테이너 차는 도심지에서 출퇴근 전후로는 다니지 못한다. 하지만 간선도로를 달리면서 끼어드는 택시나 소형차들에게 한 번씩 천둥 같은 경적을 눌러대는 도시는 이 나라에 많지 않을 것이다. 김창기는 좌회전을 받기 위해 1차선으로 들어서야 했다. 하지만 줄지어 오는 차들 사이로 좀체 틈이 보이질 않았다. 앞차를 따라 속도를 낮추어 조금씩 가는 사이에 저만치 신호대가 보였다. 도시에서 끝없이 직진만 해야 한다면, 차들은 결국 어디로 가게 될까. 김창기는 이 도시에서 마지막 로터리가 철거되었다고 신문들이 보도하기 전부터 운전을 했다. 하나의 도시를 움직이는 여러 기능 중 늘어나는 건 좌회전 신호라는 생각이 든 것도 그 무렵이었다. 로터리가 존재하지 않는다는 건 인간이 자동차 운전에서 자율적 판단을 거세당했다는 소리이다. 시간조작으로 풀어주고 잠그는 신호체계에 인간은 스스로를 옭아 넣고 만 것이다.

김창기는 더 늦출 수 없다 싶어 조금 무리하게 좌회전 신호를 보내며 달려오는 승용차 사이로 머리부터 밀어 넣었다. 쥐색의 중형 승용차는 비상등을 켜대면서 (얼마나 민첩한 작동인지!) 속도를 줄이고 경적을 울려댔다. "제발 좀 들어가자!" 김창기는 중얼거리며 차체를 완전히 1차선에 세웠다. 손을 들어 미안함을 표시하며 실내 백미러를 보니 여자가 무어라 고 입술을 움직이는 모습이 들어왔다. 노란불이 들어오고 그는 브레이크를 가볍게 밟았다. 그래도 앞차와의 거리는 너무나 가깝다. 청색 엘란트라의 뒷 유리창에 붙여놓은 '양보'라는 스티커가 너무나 크게 눈에 들어온다. 대한민국의 모든 운전자들은 앞차와 안전거리를 유지할 수가 없다. 도로가 좁아 차가 너무 밀리기 때문이다. 아니면 국토가 너무 좁은 건지도 모른다. 안전거리를 지키다가는 뒤차에게 발길질을 당한다. "이 자식아 더 당겨!" 모든 뒤차는 그렇게 고함친다. 앞차와의 거리는 대한민국에 사는 사람들의 모든 심리적 거리이다. 여유 없는 빡빡함. 비워둔 그 몇 센티의 한가함도 봐줄 수 없이 모두 바쁘다. 그러나 이제는 조심해야 한다. 뒤차가 제 아무리 나팔을 불고 옆차가 끼어들 틈을 준다 해도 앞차에게 바짝 붙어서는 안 된다. 대법원의 새로운 판례가 나왔다. 지금까지는 세 대의 차가 추돌사고를 냈을 때 무조건 들이받은 맨 뒤차가 모든 추돌된 차들의 배상을 해왔지만, 중간차가 앞차를 받은 것은 충분한 안전거리를 지키지 않은 과실도 부분적으로 인정해야 한다는 것이다. 8 : 2, 그래, 8 : 2의 책임이었다.

김창기는 여기서 신호를 받아 직진하다 다시 우측으로 빠져야 하는가에 대해 생각했다. 그러면 좀 더 빠를까? 조금 전에 떠올린 거지만, 직진만 계속하며 갈 수 있다면 그건 이미 운전이 아닐지도 모른다. 하지만 사람들은 그런 길을 원한다. 인생을 직진 코스로 산다면, 그게 목표를 향한 지름길이라는 의미에서는 그걸 선호하겠지만 삶의 시간으로 본다면 엄청난 일이다.

사람은 누구나 주어진 시간을 산다. 너무 빨리 죽는다면 굉장히 억울할 것이고 그렇다고 무한대로 산다면 지쳐 죽고 말 것이다(거기에 대한 보장은 없지만!). 그렇다면, 삶이란 출생에서 죽음까지 정해진 그 시간을 어떻게든 의미 있게 연장해보려고 하는 것일 터이고 최선은 아라베스크식으로 변화시키는 방법밖에 없을 것이다. 우회하고 반복하고 탈선하면서. 김창기는 '탈선'이라는 말은 넘기고 반복이라는 말에 집착한다. 신호가 들어오고 뒤차가 경적을 울리며 성급하게 그의 엉덩이를 걷어찬다. 보통 여자가 아니다. 세상이 변한다는 확실한 증거는 자동차의 홍수와 여자들이 점점 거세어진다는 정도로도 충분하다.

김창기가 여자를 찾아가는 이 길은 반복이 아닌가. 아주 오래 전에 있었던 일을 그가 되살릴 수밖에 없다면, 그건 분명 반복이다. 이 도시의 얼기설기 뒤섞인 도로망의 어느 부분을 헤집기 위해 애쓰는 김창기는 그게 어쩔 수 없는 자신의 인생 그 자체라는 사실을 알기나 할까. 지금 찾아가는 이 길이 바로 그런 게 아닌가. 지나간 시간을 되살리며 그는 다시 살고 있는 것이다. 그러기에 어떠한 길에서도 직진만 할 수는 없는 것이다.

운전을 하면서 좀처럼 피곤하다는 느낌이 들지 않는 김

창기이지만 그가 찾던 병원이 저만치 보이기 시작했을 때는 안도감과는 다르게 지친 듯한 기분이었다. 그건 어젯밤의 수면부족 때문이기도 하겠지만 그가 받아야 하는 심리적 부담 때문이라는 게 더 옳을지도 몰랐다. 저 건물에 여자가 누워 있다!

김창기에게 그건 사실 이상의 의미가 있다. 현실이나 사실은 겨우 삶의 하찮은 얼룩들에 불과하다. 드러난 것은 그것이 안에 드리우고 있는 알 수 없거나 헤아리기 어려운 심연 속의 드러난 한 조각이나 그림자에 불과하다.

그는 좌회전 신호를 받아 아파트 단지 한 블록을 지나 병원 입구로 들어섰다. 널찍한 입구에서부터 도로에 표시된 화살표대로 따라가니 주차장이 나타났다. 거기는 병원 뒤편이었다. 어제 들렀던 병원하고는 전혀 달랐다. 수위가 주차할 곳까지 지정했다. 그는 수위가 장갑까지 낀 손으로 지정하는 장소를 피할 수가 없었다. 그것은 마치 그 자신이 마음을 바꿔 그대로 나가버릴 수도 있다는 것을 헤아리고 있는 것처럼 보이기까지 했다. 김창기는 곁들여 차에서 내리기까지 했다. 이제 가야 할 곳은 당연히 30미터는 걸어가야 할 건물이었지만, 사실 그것만은 아직 자신이 없었다. 하지만 김창기는 건물 쪽으로 느릿하게 걷기 시작했다. 예전부터 도시에 들어 있기는 했지만 군부대가 자리하고 그 주위로 판자촌이 형성되어 있던 산자락이 아파트촌과 더불어 이렇게 변해버린 것이다. 병원은 산자락을 뒤에 두고 있었다.

김창기는 병원 건물을 한번 쳐다보았다. 10층은 확실히 넘을 높이가 유리창의 반짝거림으로 서 있었다. 연한 녹색의 단일 건물은 병고나 죽음과는 관계없는 아늑함으로 보이기도 했다. 건물에 다다르기 전에 두 군데 정도의 오솔길이 보였다.

측백나무와 관상수들이 밀집해 있는 사잇길 사이로 벤치들이 놓여 있었다. 이른 시간이어서인지 거기에는 사람들이 없었다. 그가 머무를 곳은 거기까지일지 몰랐다. 그는 왼편으로 아파트 단지를 보고 오른쪽으로 야트막한 산들을 포위한 듯한 도시의 한 귀퉁이를 바라보며 잠시 서 있었다. 하지만 시선이 닿을 수 있는 가장 가까운 곳은 역시 병원 건물이었다. 그런데도 그는 거기에 이르지 못하고 있었다. 여자가 죽어가고 있을지도 몰라서가 아니라 여자에게 다가갈 수 있는 거리가 재어지지 않고 있었기 때문이었다. 따라서 나른하고 게으르게 펼쳐진 늦은 봄 풍경과는 전혀 상관없이 그의 내면에는 폭풍이 불고 있었다.

5
찾아가야 할 시간은 엘리베이터의 속도와 관계가 없다

한동안 그의 내면에서 잠재워져 있었지만, 여자를 떠올리면, 김창기는 생상스의 바이올린 협주곡과 더불어 대인지뢰의 일종인 크레모아의 끊임없는 폭발 소리를 들어야 했다. 두 개의 소리는 전혀 달랐지만 김창기에게는 하나로 연결되어 있기도 했다.

그는 여자에게 그 음반을 선물 받았고, 또한 여자로 인해 월남으로 갔다. 처음 일은 고등학교 3학년 때였고 뒤의 일은 대학 1학년 학기 중이었다.

여자를 처음 보았을 때 김창기가 부닥친 여자의 나이에 대한 불가사의함은 이후 여자에 대한 김창기 자신의 운명의 상징이었는지도 몰랐다.

집에 대해서 세입자들에게 하는 김창기 어머니의 말은 "이 동네에서 이만한 집은 없다!"는 단호함이었다. 바다가 보이고 교통이 편리한 거야 동네의 공통점이지만, "길에서 너무 가까우면 아이들 키우기 위험코, 더 올라가면 물이 불편하고, 바다 카지만은 집마다 앉은자리가 달라 한눈에 바다가 쏙 들어오는 집은 흔치 않다"는 게 창기 어머니의 설명이었다.

거기다 그의 어머니는 '깨끗하다'는 말을 꼭 보탰다. 화장실이 너른 마당에서도 뚝 떨어져 있지, 그때로서는 드물게 산수도가 아닌 정식 수도가 들어오는 집이라 물 걱정이 없다는 것이었다. 지금도 사람을 대서라도 손을 자주 보지만 아버지가 살아 계셨을 때는 구석구석 손을 봐서 집은 유달리 깔끔했다. 거기다 창기 어머니는 세입자가 들고 날 때마다 도배를 다시 해주었다. "남이 산다 해도 내 집이고, 들어오는 사람 기분도 좋다"는 지론이었다. 따라서 복덕방 사람들도 창기 집은 세를 조금 더 주는 집으로 아예 쳐주고 있었다.

시내에서 가깝기 때문에 처음 한동안은 도청이나 시청에 나가는 공무원들이 자주 이사를 왔다. 창기 어머니는 장사하는 사람을 꺼려 했는데 집에다 무슨 물건이든 물건을 들여온다는 이유에서였다. 세 들었던 사람들은 집을 사거나 다른 도시로 이사를 하지 않는 한 대부분 창기네 집에 오래 살았다. 그리고 이사한 사람들도 창기네와 연락을 끊지 않고 지냈으니 창기 어머니가 인심은 얻고 있었다고 보아야 할 것이었다. 그가 혼인할 나이가 되었을 때, 들어온 중매 중에는 옛날 집에 살았던 사람들이 나선 경우도 있었다. 창기 가족이 방 세 개를 쓰고도 안채에 방 두 개, 길가로 면한 바깥채에 방 하나가 딸린 가게를 세줄 수 있었으니 동네에서는 제법 큰 집에 속했다.

장사하고 사업이 어떻게 다른 것인지는 몰라도, 창기 어머니는 군(軍)에 있다 나와 사업한다는 사람에게 세를 주었다. 네 식구였지만 구태여 방을 두 개나 쓸 필요까지는 없을 정도로 애들은 아직 어렸다. 창기 어머니는 그 가족에게 방을 준 뒤 자주 이렇게 말하곤 했다. "애들이 어리니 시끄럽고 귀찮은 거를 와 생각 못했겠노, 하지만 여자가 곱상하고 심성이 맑아 보였다. 그기 지 팔자를 어떻게 했는가는 모르지만서도."

김창기가 처음 여자를 대면했을 때도 그동안 무심하게 불러오던 아주머니라는 호칭에 혼란을 일으킬 정도로 여자는 앳돼 보였다. 여자가 이사 오던 날을 김창기가 기억하는 것은 물론 아니었다.

어느 날 학교에서 돌아오는 김창기를 문간에서 그의 어머니가 불러 세웠다. 수돗가에는 어머니와 같이 이사 온 여자가 무엇인가를 씻고 있었다.

"인사도 안 하고 어데 그냥 들어가노."

어머니와 여자는 쌀과 채소를 씻고 있었다. 그는 다소 당황한 채 멀쭉이 섰고 여자가 손을 헹구고 일어섰다.

"이 학생이 말씀하시던 창기 학생이군요."

그는 얼굴을 드는 둥 마는 둥 "안녕하세요" 하고 말했는데, 아주 짧게 마주친 여자의 웃는 얼굴이 숨을 막히게 하는 기분이었다. 그리고 고개를 숙여버린 그의 눈에 물 묻은 여자의 손이 잡혀왔다. 3월이라 물이 찼는지 희고 갸름한 손에는 가는 실핏줄이 확연히 드러나 있었다. 그는 순간적으로 여자가 다정하게 손을 내밀어 자신을 감싸는 착각에 사로잡혔다. 그만한 나이때의 근거 없는 부끄러움이나 열등감을 인정한다 하더라도 보통 애들보다 훨씬 소심하고 예민한 성격의 그에게 그날 만남은 확실히 예사롭지 않았다. 그는 몇 달 전에 아버지를 잃었고 크게 간섭을 하거나 억압적이지 않던 아버지이지만, 그래도 그의 마음은 아버지가 없는 자리에서 다가오는 외아들이라는 부담감과 아직 막연하긴 하지만 공허하게 달려드는 자유라는 이질적 심리상태를 헤매고 있을 무렵이었다. 그는 여자의 서울 말씨 속에 학생이라는 말을 두 번 쓴 것이며(여자는 '이 애가'라고 하지 않았다) 인사를 한다고 쭈그리고 앉았다가 일어서기까지 한 것까지도 뒷날 두고두고 되새기게 되었다.

"몇 학년이죠?" 여자가 김창기에게인지 그의 어머니를 향해서인지 다소 애매한 상태에서 물어왔다.

"인자 3학년 아니가. 대학이라도 어데 들어가야 할 낀데 걱정이다."

"잘하겠죠, 뭐. 우리 은영이가 공부하는 데 방해가 되면 어떡하지."

"지 누나 둘도 공부는 하는 편이었는데 영감쟁이가 교육대학 아이면 안 된다 캐서 그만뒀지. 저거라도 대학은 가야 할 낀데……"

이야기는 그를 옆에 두고도 빠트린 상태에서 이루어지고

있었다. 그는 어머니의 대학타령도 듣기 싫은데다 그대로 서 있기도 뭐해서 여자를 향해 고개만 약간 숙여 보이고는 슬금슬금 마당을 지나쳐버렸다.

그게 그가 여자를 처음 만난, 그가 기억하는 범위 내의 한 장면이었다.

혹시나 김창기가 『데미안』을 읽지만 않았다면, 여자는 좀 잘생기고 젊은 세든 아주머니 정도로 넘어갈 수도 있었을 것이다. 김창기가 고등학교를 다닐 무렵에 어지간히 책을 읽는 애들이라면, 전혜린과 『데미안』을 만났다. 둘은 어쩌면 같은 이름으로 기억되는지도 몰랐다. 전혜린은 단순한 번역가가 아니라 싱클레어와 데미안, 그리고 에바 부인의 해설자이자 부흥사였다. 여자를 어찌 에바 부인으로 생각했을까? 김창기는 한 번도 여자를 은영이 엄마라는 이름으로 부르지도, 연상하지도 않았다. 지금도 그렇지만 김창기에게 여자는 처음부터 그냥 '여자'라는 명칭으로 자리 잡았다. 그것은 정희옥이라는 여자가 고유명사로서의 한 특정인이 아니라 김창기에게 모든 여자를 대표하는 하나의 유일한 여자로 그의 가슴에 자리 잡았다는 의미일지도 몰랐다.

그가 정희옥을 대면하는 시간은 극히 드물거나 짧은 시간일 수밖에 없었다. 어쩌다 학교를 오갈 때의 시간대 정도였다. 토요일이나 일요일이라 하더라도 일부러 여자를 보기 위해 마루나 마당에 나오지 않는 이상 여자를 만날 기회는 거의 없다고 해도 좋았다. 김창기는 그럴 만한 숫기도 없었고 영악하지도 않았다. 오히려 마주칠 기회를 바라는 만큼이나 몸을 숨겼다고 해야 옳을 것이다.

"시가는 김해고 친정은 경기도 파주라더라."

여자의 서울 말씨에 대한 창기 어머니의 설명이었다. 누나들이 은영이네가 처음 이사 왔을 때 보인 관심에 대한 어머니의 설명은 어떤 식으로든지 그의 귀에도 들어왔다.

"군에 있다 나와 사업하는 모양이더마는. 결혼은 남자가 군에 있을 때 한 거고, 나이로 봐도 남자가 되게 달라붙은 거지 뭐."

그의 누나들은 재미있다는 듯이 웃어댔지만 김창기에게 그 말은 퍽이나 고통스럽게 다가왔다. 그가 여자에 대해서 일으킨 혼란 중의 하나가 바로 그 부부의 나이 차이였다. 사십이나 되어 보이는 남편에 비해 여자는 너무나 젊고 차라리 청순해 보일 지경이었다. 거기다 김창기의 마음속에는 남자의 작은 키까지도 마음에 걸렸다. "어떻게 저런 남자가 여자의 남편일 수가 있단 말인가!" 여자를 향한 호감이 담긴 관심은 남자에 대한 비하로 이어지기까지 했다.

남자에 대한 김창기의 그러한 매도는 얼마 뒤 그의 어머니가 지나가다 한 말에서 더욱 근거를 얻었다. "은영이 아버지가 그래, 보안대에 있었단다. 장교는 아니라도 힘은 쎈. 근데 내놓고 말은 안 하지만 기색이, 사고가 났던 모양이지. 안 그러고야, 사회의 어지간한 직장보다 낫다는 그런 델 와 나왔겠노. 그라고 결혼도 죽자살자 따라다녀 고등학교 졸업한

지 2년 만에 했다 안 하나. 남자가 목을 매달았든지, 무슨 수를 쓴 거라."

은행에 나간 지 채 1년도 안 되는 김창기의 작은누나는 "장교가 아니라면 그게 하사관이라는 거다, 왜 상사 중사 하는 계급 안 있나. 직업군인이라고 하지. 우리 회사 기사 아저씨도 중사로 별짜리 차 몰았다 하대"라고 알은척을 했고 해운회사에 다니는 큰누나는 좀 더 수준 있는 추측을 해댔다. "군인들 많은 데 사는 딸 가진 부모가 딸을 쉽게 군인에게 주겠나? 그것도 장교도 아닌데. 그러니 무슨 일이 있는 거라. 일이 없고서야 예사 미모가 아닌 은영이 엄만데 집에서 호락호락 허락을 했겠나." 누나들의 잔뜩 호기심 어린 추측들은 어머니의 제지로 끝나버렸다. 아니 김창기가 없는 데서는 더욱 날개를 달았는지도 몰랐다. "야들이 동생 있는 데서 못 하는 소리가 없다." 저녁을 먹고 나서인 게 다행이지 그는 숭늉도 마시는 둥 마는 둥 제 방으로 쫓겨났다. 그는 마음 한구석이 불에 덴 듯 아팠다.

남자가 여자에게 나쁜 짓을 했다는 식으로 각인된 마음은 이후, 여자를 생각할 때마다 김창기 자신을 괴롭히는 동인으로 줄곧 작용했다. 그리고 '남자가 여자를 괴롭혔다'라는 막연한 인상은 그 뒤 실제로 확인되었을 때 그를 건잡을 수 없는 격랑 속에 던져놓게 했다.

김창기의 어머니가 처음 운을 떼고 거기에다 그의 누나들이 붙인 살에 김창기 나름대로 격렬하게 나래를 편 여자를 둘러싼 이야기는 어느 정도 개연성이 있기도 했다.

정희옥의 부모는 읍내에서 잡화상을 했다. 농사도 조금 있었지만 그녀의 아버지가 농사일을 못할 만큼 병치레를 자주 했기 때문에 어지간한 규모의 잡화상이 주 생활근거였다. 정희옥은 위로 오빠가 둘 있었고 밑으로 여동생이 하나였다. 오빠 둘의 대학공부가 집안의 유일한 목표였다. 보안대 중사 남국도가 그녀를 본 것은 여고 졸업 직전이었다. 남 중사는 군부대 인근의 가게들이 피할 수 없이 당하게 되는 군용물건 취급에 따르는 어려운 문제를 도와주었다. 어쨌든 남 중사는 그가 할 수 있는 모든 끗발과 열의로 정희옥의 집을 도와주었다. 정희옥의 큰오빠가 군에 갔을 때는 전방에 가지 않도록 손을 써 주기까지 했다. 정희옥은 어머니의 은근한 경계에도 불구하고 남국도를 오빠처럼 대했다. 여고를 졸업한 다음 해 그날이 돌아올 무렵 남국도는 정희옥을 서울구경 시켜준다고 데리고 나갔다. 영화를 보고 어쨌거나 정희옥은 술을 마시게 되었다. 정희옥은 거부 의사가 명백했음에도 밤 늦게 집에 돌아왔을 때는, 아침에 떠날 때와 같은 몸이 아니었다. 남국도로서는 정희옥을 위해서라면 평양까지 단독 침투할 각오였으니 사고가 발생할 시기만 문제였을 뿐일지도 몰랐다.

정희옥은 여고시절의 꿈을 어떻게 연장시켜보지도 못한 채, 처녀 시절의 분방함과 깔깔거림도 없이 어른이 되고 말았다. 그건 하루아침에 갑작스레 이루어진 거나 다름없었다.

결혼 뒤에도 정희옥과 처갓집을 위한 남국도의 헌신적 노력은 끔찍하여 정희옥 자신은 물론 그녀 부모의 서운함을 불식시켜갔다. 적어도 정희옥에 대한 남국도의 모든 감정과 태도는 방법상에 문제가 있었는지는 모르지만, 결과가 좋으면 모든 게 다 좋다는 경구에 해당될 만도 했다.

정희옥은 때때로 자신의 철 이른 결혼으로 인한 인생의 속진(速進)에 대해 후회하는 만큼이나 운명으로 받아들이는 습성을 길렀다. 그것은 여고시절 어느 시 구절이나 수필집에서 빌려 와 일기장에 적어보았을 수도 있는, '후회를 자신의 재산으로 만들 힘이 인간에게는 있다. 그게 설사 운명이라 이름한다 하더라도!'라는 문맥과 통하기도 했다. 그녀는 본래 센티멘털하고 분위기에 사로잡히는 성격은 아니었지만, 결혼 후 그녀가 스스로 위로할 수 있는 방법을 오직 거기에서 찾기라도 하듯이 소녀다운 감정을 생활에까지 연장시키곤 했다. 거기에는 남편의 일조도 있었다. 남국도는 너무 철 이르게 인생을 시작하게 만든 데 대한 미안함을 어린 아내를 그런 상태로 유지해주는 것으로 보답하려고 했다.

정희옥은 낯설기만 한 부산으로 이사해서도 마음과 생활의 어지러움을 남편이 마련해주는 패물이나 화장품, 옷 등으로 물리치고 있었다. 일제 소니 라디오도 그중의 하나였다. 그때로서는 듣기 어려웠던 클래식 음악을 일본 FM방송을 통해 듣는다는 것도 하나의 위안거리였다. 그것은 음악을 좋아한 오빠들에게서 받은 그녀의 소양이었기에 여자의 취향에도 맞았다. 귀여운 아내로서만 그녀의 역할은 충분했기에 세상물정을 구석구석까지 알 필요가 없었고, 그런 면이 그녀를 때 묻지 않아 보이게 했을 뿐더러 선천적으로 타고나기도 한 맑은 심성이 타인들에게 보호본능과 더불어 호감을 주었다. 바로 그러한 점이 (FM방송으로 클래식을 듣는다는 것까지) 정희옥을 그냥 몇 해 살다 이사 가는 옆방 아주머니 이상으로 보게 했을 수도 있다. 물론 김창기가 정희옥의 이러한 면을 다 읽어내지는 못했다 하더라도 김창기의 나이에는 모든 걸 즉물적 감정이나 이미지로 파악하는 특성이 있는 것이고, 그것은 본능처럼 그의 가슴에 이입되었다고 말할 수도 있을 것이었다.

정희옥은 김창기에게 지금까지 짚어본 적도 없는 그의 누나들의 지나치게 단순하고 생활적인 세계를 헤아리게 했고, 또래 친구들이 내보이는 여학생들에 대한 호기심과 동경을 지극히 수준 낮은 것으로 치부하게 만들었다.

마주쳐 직접 이야기한 적이 몇 차례 되지도 않았지만, 김창기는 어느덧 수업 중 무심코 바라보는 유리창이나 등 · 하굣길 버스 창에 여자의 얼굴을 무시로 떠올릴 수 있게 되었다. 여자가 이사 오고 두 달이 지났을 때, 그에게는 아주 심상찮은 변화가 일어났다.

꿈에 여자가 보이기 시작하면서 그것은 하나의 이야기를 만들고 있었던 것이다.

여자는 겁먹은 채 떨고 있고 다가간 남자가 여자를 붙잡아 옷을 벗기고 때리는데, 어느새 여자의 팔은 남자의 억센 등을 어루만지며 품에 안겨 있는 것이었다. 남자에게 안긴 여자는 울고 있거나 누군가를 향해 구조의 손짓을 할 적도 있었지만 때에 따라서는 기쁜 미소를 짓는 모습으로 나타나기도 했다. 꿈은 한 번씩 남자가 김창기 자신으로 바뀌어 나타날 때도 있었는데, 그때쯤이면 그는 몽정을 하는 경우가 대부분이었다.

어머니와 누나들이 주고받던 이야기를 김창기는 여자에 대한 모든 상상력을 펴는 데 사용했던 것이고 상대적으로 어쩌다 마주치는 은영이 아버지 남국도에 대해서는 적대감을 키워갔다. 여자가 울거나 무슨 손짓을 하는 장면에서 깼을 때는 한없는 답답함과 분노가 그를 사로잡았고, 여자가 안긴 남자가 자신으로 바뀌어 나타날 때 깨어나면 행복감보다는 차라리 심한 자기 혐오감에 빠질 때도 있었다.

정희옥이 너무 빠르게 꿈도 없이 인생을 시작했던 것처럼, 김창기도 너무 빠르게 인생에 대해 근접한 건지도 몰랐다. 여자에 대해 그가 가질 수 있었던 감정은 그즈음에 한번쯤 가질 수 있는 일순간의 호기심 정도가 아니라 맹목적 사랑으로 굳어져 갔다. 그러므로 이후 '그때 나는 이미 다 타버렸다!'라고 자신의 가슴에 인두질하는 게 조금도 자기기만이나 제스처로 생각되지 않았다.

김창기는 주위의 두런거리는 소리보다는, '그때 나는 이미 다 타버렸다!'라는 구절에서 자기가 지금 병원의 벤치에 앉아 있다는 걸 깨달았다. 완연하게 퍼져 오른 햇살이 나무

그늘을 제치고 그의 발치에까지 드리워졌다. 환자복을 입은 사람과 문병인인 듯한 세 사람이 그의 옆을 지나갔다.

"퇴원은 그래도 의사가 하라 할 때 하는 게 낫다."

"그걸 누가 모르나, 맨날 조금 더 두고 보자는 소리만 하니까 그러지."

"이것도 휴식 아닙니까. 갑갑하다 생각 말고 쉰다 여기면 마음 편하죠."

그들은 햇살 속으로 나아갔다. 김창기는 일어나기 전에 시계를 보았다. 11시가 지나 있었다. 무엇인가를 해야 한다, 고 그는 스스로에게 속삭였다.

김창기는 병원 건물을 다시 보았다. 한때 그는 질환 중에서 가장 깨끗한 것이 외과 계통이라고 생각했던 적이 있었다. 월남에서 야전 병원에 누워 있을 때였다. 째고 깁거나 깁스하는 일, 적당하게 피를 흘리고 살점이 떨어져 나가고 뼈가 으스러지는 것, 그건 환자가 내지르는 고함 정도의 솔직하고 단순한 고통에 지나지 않는다. 김창기는 암에 대해서 이상한 편견을 갖고 있었다. 여자를 향한 고통에 자신의 감정이란 감정은 모조리 타버렸다고 단정지었을 때부터 그는 암을 생각했다. 암이란 타버린 마음의 고통이 살로 썩거나 뭉쳐진 지독히도 질 나쁜 종양이 아닐까. 속이 썩고 절망이 살을 파고 회한이 피를 말릴 때 그놈은 자라나는 게 아닐까. 좋지 못한 심장이 서서히 징후를 드러내듯이, 숨이 가빠옴을 김창기는 감지할 수 있었다. 그는 일어나 자동차로 가고 싶었지만 심장의 박동이 가라앉기를 기다려야 했다.

한동안 그는 자신의 심장을 위해 병원에 다녔다. 아이를 잃었을 때, 그리고 아내와 부딪치기 시작했을 때였다. 증세를 그때 느꼈을 뿐, 그의 심장은 자기도 모르게 진작부터 약해져 있었다. 협심증이야 차라리 솔직하다. 감정을 따르는 박동수의 이상이니까. 여자를 암으로 몰고 간 것은, 그녀의 그 깨끗하고 하얀 마음을 썩게 한 것은 나다! 김창기가 괴로운 것은 그 점이었다. 아버지에게서 물려받은 심장병은 그 자신이 여자에게로 다가갈 수 있는 유일한 상징적 통로일지도 몰랐다.

김창기가 지금 성큼 여자를 향해 병원 문을 밀치고 들어가지 못하는 것이, 여자가 암이기 때문이라면 터무니없는 생각일까. 큰매형이 간암 선고를 받고 석 달 만에 죽었을 때 김창기가 그 기간 동안 목격한 것은 암은 죄악이라는 것이었다. 그토록 튼튼하고 호방하던 사람이, 전신전화국에서 통신공사로 바뀐 기쁨을 일류 일식집에 처가 식구들을 일주일에 두 번이나 데려가는 것으로 표출했던 호남아를 시커멓게 얼굴이 타고 말라가게 했던 것을 원죄나 업보가 아닌 그 무엇으로 설명할 수 있단 말인가.

김창기에게 여자는 보드라운 린넨 치마를 입고 햇살 좋은 마당가에서 바다를 보며 긴 안테나를 뽑아 나가사키 FM방송에서 흘러나오는 생상스를 듣던, "창기 학생도 대학 가면 인생이 다르게 보인다."고 고등학교 졸업식장에서 날리는 머리카락을 뒤로 붙잡아 매며 향기롭게 말하던 그런 여자였다. 그리고, "난 괜찮지만, 나보다 네가 더 괴로우면 내가 어떡해"라고, 무릎을 꿇고 울던 그를 달래주던 여자이지 않았던가. 그런데 속이 다 타버린 여자로 지금 저기 어느 유리창에 갇혀 누워 있다니.

하지만 김창기는 천천히 자신의 심장을 조심하며 오솔길을 나와 병원 건물로 걸어가고 있었다. 그가 도착한 문에는 '외래입원 방문'이라는 푸른색 플라스틱 안내판이 커다란 입구 유리창 두 개에 붙여져 있었다. 그는 안내 데스크로 가면서 '정희옥'이라고 아주 조그맣게 소리 내보았는데 그것은 그 자신 이십대를 지나 처음 불러보는 이름이었다. 그는 여자의 이름을 말했다. 컴퓨터가 그녀를 찾았다.

외과병동 1207호실이 밖에서 그렇게 많이 헤아렸던 유리창 중에 여자가 있는 방이었다.

김창기는 심장의 박동이 정상을 되찾으며 마음이 아주 편안해지는 기분을 느꼈다. 그는 많은 사람들이 지루하게 기다리고, 내리고, 타는 엘리베이터를 바라보았다. 방문객들이 이용할 수 있는 엘리베이터는 이용자들도 많았을뿐더러 속도도 느려 보였다. 이렇게 시작만 하면 되는 것이다. 이번에 김창기는 스스로에게 중얼거렸다. 다음 일은 내일 또 생각해보면 될 것이 아닌가. 과거를 찾아가는 길은 엘리베이터의 속도와는 상관없을 것이었다.

6

곰탕과 수육,
그리고 일상

김창기가 다시 주차장으로 돌아왔을 때 박 영감은 바지런히 차들을 넣고 빼고 있었다. 그는 입구에서 되도록이면 떨어지기를 노력해서 차를 세웠다.

식당에는 이미 손님들이 드나들고 있었다. 그는 카운터에 앉은 이 양의 인사를 받고는 곧장 주방으로 갔다. 어머니와 누나가 번갈아 "이제 오나", "좀 늦었네"라고 말했고 영주동 아줌마와 창원댁은 김치를 종지에 담아내고 있었다. 어머니를 보는 순간 그 자신이 여자가 누워 있는 병원에를 다녀왔다는 생각이 새삼 실감 있게 다가왔다. 하지만 어머니에게는 언제나 은영이네로 통하는 여자에 관한 어떤 말도 입 밖에 낼 수는 없었다. 대신에 당당히 병실 문을 열고 들어가지 못할 바에는 언젠가 어머니에게 지나가듯이 안부라도 물을 수밖에 없을 거라는 생각이 들기는 했다. 그와 같이 자연스럽게 어머니를 동반하여 병문안을 가는 것도 가능하겠다는 생각이 얼른 들었다.

누나가 잊기 전에 해둘 말이라는 듯이 "아" 하고 입을 떼더니 서둘러 "또 바닥이 말썽이다"고 바닥을 발로 조금 차며 말했다. 주방 바닥은 정말 말썽이었다. 기름기에 젖은 타일 바닥은 늘 미끄러웠다. 이전에도 일하던 아줌마가 미끄러져 골절을 당했다. 뜨거운 물로 자주 씻어내는 게 최선이었다.

"건재상에 좋은 방법이 있는지 한번 물어볼게요."

김창기는 몸을 돌리려다가 생각난 듯 말했다.

"오후 4시쯤 수명이 데리러 내가 집에 가야 하는데."

그는 기억을 확인하기 위해 그렇게 말했다.

"아, 어제 병원에서는 뭐라 하데?"

어머니가 양념장을 만들며 물었다. 그의 어머니는 며칠에 한 번씩 나와서 고춧가루나 간장, 식초 같은 양념에서부터 깍두기와 김치를 손본다. 배달 물건을 쓰지 않고 직접 시장에서 사거나 만든다는 것은 보통 번거로운 일이 아니다. 하지만 음식장사는 손끝에서 승부가 난다. 사람의 신체부위 중에서 나중까지 표준화되거나 균일화되지 않는 부위는 결국 혀끝일 것이다. 그러니까 인간은 나중에 혀로서만 인간다움을 내세울 때가 올지도 모른다. 다행히 그의 어머니는 조미료나 듬뿍 뿌리고 엉터리 같은 배달 양념 쓰는 일을 싫어했다.

"그 사람들, 뭐라 뚝 부러지게 말하나요. 오늘 가면 조금 알까." 김창기는 오후에 딸을 데리고 대학병원에 갈 일을 생각하니 오늘이 어제 같아 기분이 좀 묘해진다.

그는 손님상에 물이 놓였는지, 식탁이며 바닥은 깨끗한지를 일별하며 카운터로 돌아왔다. 이 양이 말했다.

"파스텔의 유 사장님이 전화했어요."

"그래?"

꽤나 유명한 여성의류 대리점을 하는 유태성은 김창기의 고등학교 친구이다. 12시 이전에 전화를 했다면 그로서는 유별나게 일찍 나온 날이다. 김창기는 아내 생각이 났다. 아내는 자신의 외박에 대해 어떤 경로를 통해서든 알아보았다. 그러면 누구일까. 아내 안성혜는 이곳 상가 사람들을 모른다. 아내는 식당에 들르는 일이 거의 없다. 다만, 유 사장만은 아내가 옷을 사러 갔다가 이래저래 소개가 되었고, 유 사장의 처가 아내의 사촌과 고등학교 동기라는 사실까지 이야기되는 바람에 면식이 있다. 유태성에게 전화를 했을까? 진홍빛 무선전화기 옆에는 접혀진 조간신문과 그가 며칠째 지루함을 참고 읽고 있는 번역소설이 다소 우중충한 표지를 하고 놓여 있다. 그리고 그 옆에는 탁상일지가 있다. 물론 책상의 한가운데는 주문받은 걸 기록하는 종이판이 누워 있다. 두꺼운 비닐로 싸인 그것은 1번부터 8번까지의 홀과 두 개의 방을 다시 5번까지 분류한 것이다. 홀의 3번 칸에는 푸른 색연필로 4라고 표시되어 있다. 가장 중요한 것은 이것이다. 곰탕이나 설렁탕이나 값이 같기에 그것은 구분 없이 그릇 수만 쓴다. 곰탕 네 그릇이면 만 4천 원이다.

김창기는 5년 전부터 진주곰탕집을 열고 있다. 처음에는 당연하게 경력 8년이라는 주방장을 썼지만 지금은 누나가 그 일을 맡고 있다. 그것은 불행한 일이면서 또한 다행스런 일이다. 누나가 혼자가 되었다는 건 잘못된 일이지만 끊임없이 속을 썩이는 다른 사람 대신 누나가 일을 해준다는 것은 매우 다행스런 것이다. 누나는 솜씨도 있었고 일하기를 좋아했다. 영주동 아주머니도 경험과 솜씨가 있어 누나와 손을 잘 맞춘다. 식당사업은 간단하다. 주방장 좋은 일을 시키느냐, 주인이 돈을 버느냐이다. 자본만 가지고 덤비다가는 주방장 좋은 일만 다 시키는 게 어중간한 규모의 식당경제다. 가장 심한 게 일식집의 경우다. 시내서 괜찮다고 알려진 일식집의 열에 아홉은 모두 주방장 손에 넘어갔다. 기능이거나 기술을 가진 사람이 그 분야의 경영까지도 맡는다는 일은 분업화된 사회에서 바람직한 일인지 모르지만, 김창기의 형편은 그런 현상에 손을 들어줄 수가 없다. 그는 자기 가족은 물론 큰누나 가족까지 이 식당으로 먹여 살려야 한다.

김창기는 수화기를 든다. 지금 만나지는 않더라도 감은 잡아놓아야 할 게 아닌가. 김창기는 이런 일에 신경을 써야 하는 자신이 잠깐 짜증스럽다. 전화는 아가씨를 거쳐 유 사장에게 넘겨진다.

"좋은 시간 가질 일이 있으면 이 형님한테 미리 귀띔이라도 해야지. 어떻게나 지나가는 일인 듯 묻던지 낸들 용빼는 재주가 있어야지. 어제 오후에 전화했더니 없더라. 늦게 알리는 게 내 잘못은 아니다."

"그랬구나. 3시쯤 어디 있을래?"

"가게 아니면 '시킴'에 있지 뭐."

"그때 보자. 이거 단단히 오해 사게 되었는데."

"뭘 미리 연막 치고 야단이야. 나한테는 이실직고하라고."

유태성의 부친은 6·25가 끝나고 피난 온 서울사람들이 다 올라갈 무렵 광복동에서 가게 하나를 헐하게 넘겨받았다. 그는 건물 하나를 늘리지도 줄이지도 않고 오직 변화에 따라 증축만 한 사람이다. 그러니까 부를 옆으로 늘린 게 아니라 하늘로 올린 것이다. 겨우 4층이지만 한 층에 10억이라고만 해도 겨우라는 말은 쏙 들어가버릴 것이다. 동창회에 잘 나가지 않는 편이었던 김창기가 유태성을 만난 것은 그의 식당에서였다. 그들은 2학년 때 짝지였다. 2백 미터 정도 골목골목으로 떨어진 그의 식당에 유태성이 우연히 들른 것이었다.

수화기를 재빨리 내려놓으며 그는 들어오는 손님들에게 "어서 오십시오!"라고 인사한다. 5천만 원에 전세를 얻고 있는 김창기는 하늘로 부를 올릴 욕망과 관계없이 뜨거운 김이 나는 곰탕과 설렁탕을 바쁘게 주문받고 직접 나르기도 한다. 그래도 그에게는 어머니 명의로 된 마흔두 평의 단독주택 한 채와 요즘은 많이 내렸지만 30평짜리 아파트가 있다. 김창기로서는 확실히 모르는 일이지만 그의 어머니에게는 또 얼마의 부동산과 그만한 동산이 있을 수도 있다.

2시가 지나서야 김창기는 어머니와 누나와 같이 식사를

한다. 식사를 마치면 지방 석간이 카운터에 떨어지기도 한다.

"영준이는 공부 좀 하나요?"

김창기는 한동안 잊고 있던 조카에게 신경을 쓴다. 신경을 쓰지 않았다기보다 써도 별무소득이기 때문이다. 조카는 4수를 하고 있다. 어느 유명한 대학의 법대나 의대를 가겠다는 것도 아니고 그저 서울에 있는 대학이 목표인데 그게 잘 안 되는 것이다. 학과는 해마다 바뀌었다. 처음에는 신문방송학과를 지망하더니 다음 해에는 턱도 없이 미술계를 간다고 화실에다 다달이 돈을 보태주다 세 번째에는 광고홍보학과에다 원서를 냈다. 올해에는 케이블방송학과 같은 걸 찾아낼지도 모른다.

"서울 가서 학원 다니겠다는 소리 안 하는 것만 해도 다행이지 뭐냐. 제 풀에 지치도록 놔두는 거지. 나는 이제 신경도 안 쓴다."

"그래도 애가 빗나가지 않는 것만 다행이다." 외할머니는 그게 제일 걱정이다.

"제 아버지에게도 없는 고집을 어디서 배웠을까." 깍두기를 한입 물기 전에 누나가 말했다.

김창기의 누나는 남편이 죽자 덩달아 죽을 것같이 오매불망하더니 이제는 큼직한 깍두기를 소리내어 베어 물고 고기에 칼질을 하면서도 남편 이야기를 한다. 죽은 사람은 그 사람이 산 시간만큼의 이야기를 남기며 산 사람 옆에 있다. 김창기는 바닥에 깔린 국물을 그릇을 들어 비운다.

"친구 중에 같이 3수 4수 하는 애가 있나요?"

"몰라, 그렇지는 않은 갑던데. 하나는 작년에 대학 갔고 군에 있는 애도 있는데, 방위로 안 빠졌으면 벌써 결판이 났을 건데. 제 놈이 한 3년 군에 있다 나와 가지고 또 공부하겠다면 그때야 철이 들어 하는 소리로나 듣지."

"누구 집 자식 없이 학교 땜에 모두 큰일이다. 철이네도 재수하제?"

김창기의 어머니는 주방에 남아 있는 영주동 아주머니에게 말한다.

"우리야 처음 아닙니꺼."

주방에서 얼굴을 잠깐 내밀며 영주동 아주머니가 간단하게 대답한다.

"그런 재수야 몇 번이나 시키지." 김창기의 누나가 명랑하게 말을 받는다.

영주동 아주머니의 아들은 이번에 서울대학을 쳐서 떨어졌다.

"그렇지도 않아요. 학교나 학과를 잘못 고르면 내년에 또 떨어지지 뭐요. 학원비가 장난이 아니에요."

"그것만 들어가나. 책값, 차비, 고생이다, 고생. 잘되는 건지 하난데."

"그래도 철이 엄마는 걱정 없다. 애가 보통 착해야지." 방에서 음식상을 치우던 창원댁이 거든다. 그녀는 영주동 아줌마와 한동네에 산다.

대한민국에서 영원히 계속될 사업은 먹는 거, 입는 거, 그보다 더 앞에 놓일 게 학원사업이다. 속셈학원, 피아노, 미술, 서예, 태권도, 독서, 글짓기, 영어회화, 컴퓨터. 이 모든 바탕 위에 국영수가 있다. 국영수는 이 나라를 받치고 있는 초석이며 이 나라를 이끄는 견인차이다. 시 한 줄 외지 못하고, 영어회화 한마디 못하고, 입시 끝나면 아무 소용없는 수학이지만 그것들은 이 나라 모든 학생들의 16년을 꽉 잡고 있다. 그 놈들은 오직, 시험지 위에서만 존재하면서 이 나라를 교육사업으로 부흥시킨다. 교육학 교수들은 관료들과 머리를 맞대고 교육제도를 끊임없이 바꾸어 온 나라를 흔든다. 신간도서 발행 부수의 절반 이상을 학생용 참고서가 차지하고 대학교수까지 수험용 저서에 열을 올리는 나라가 대한민국밖에 더 있을라고.

"영준이더러 한번 가게에 들르라고 하세요. 술이나 한잔 사주게."

김창기는 그렇게 꺼낸 말을 마무리하며 자리에서 일어선다.

"아직 공부하는 애보고 술은 무슨 술이고?"

그의 어머니가 따지지만, 김창기는 "스물이 넘은 앤데 맥주 한잔이야 하겠죠" 하고 웃어 넘긴다.

"김 서방은 아직도 술을 그리 마시는가?"

누나가 이야기하는 김 서방은 김창기의 둘째 매형이다. 그러니까 생존으로 따지면 유일하다. 그는 공고를 나온 기술공무원인데 나이 오십에 아직 구청 계장으로도 나가지 못했다.

"김실이가 맨날 속이 타지 뭐. 술 앞에 장사가 어디 있노. 옛날 우리 동네 어시장 나가던 술꾼들 지 명대로 산 사람 어디 있나. 나이는 있는데 젊은 애들 밑에 있는 것도 하루 이틀이지. 사람 좋게 허허거리고 있으니 큰일이지."

김창기의 어머니는 하나 남은 사위에 대한 걱정이 불평으로 바뀌고 있음을 알지 못한다.

"그래도 애들이 공부는 잘하니까 다행이지. 둘째는 즈그 학교에서 1, 2등 한다 안 하디요. 김 서방이 전에 그러데, 우리 철중이는 서울공대 아니면 포항공대요, 라고, 대학에 포원은 진 모양이라. 머리는 즈그 아버지도 있을 텐데 와 진급은 안 되는고?"

"아이구, 그것도 운이 있어야 되지."

"기술직은 자리도 별로 없고 승진 공부도 젊었을 때 해야지 나이 들어 되나요?"

김창기가 말한다.

"하기야 그러구로 사는 거지 뭐. 그런데 김실이 시가의 땅값이 많이 올랐다면서, 와 녹산인가 명진가 거기에 뭐 들어선다며?"

낙동강 건너편 장마가 들면 물 담는 모래땅이 부산시로 들어오면서 땅값이 치솟았다는 이야기이다.

"그래 그것도 딱하지. 김실이 말 들어보니 지 큰동서가 눈에 불을 켜고 시아버지를 쥐고 흔든다 안 하나. 그러니 김실이가 애가 타서 죽는다."

"아들이 셋이가? 그라몬 시아버지가 알아서 나눠줄 거 아니가. 장남 몫이 그래도 많을 텐데 그래."

"돈 앞에는 형제가 있나? 김발 놓고 생선 배 따던 순 상놈들이지."

그의 어머니는 마침내 사돈네를 한 방에 매도하고 만다.

"엄마는 그런 소리 마소, 다 우리 욕이다. 아버지도 고기 팔아 우리 공부시켰는데."

딸이 퉁겨준다.

"그래도 니거 아버지는 촌에서 글 읽고 농사짓다 부산 나왔다. 장사하는 거야 조선 천지서 흉 안 된 지 오래다. 그놈의 영감쟁이 내가 충무동 로터리 옆에 허름한 집 하나 나왔을 때 사자고 그리 애를 태웠는데도, 지금 거기가 지하철 떡하니 지나가제. 금땅이 되었다."

"그만해요. 이만하게 살면 됐지. 너무 욕심 내면 진짜 제 명에 못 살아요."

"수명이 애비 말이 맞다. 다 지 복이 있는 거라."

김창기의 누나는 죽은 남편이 제 명이고 지 복이라는 소리에 묻어났는지 가볍게 한숨을 내쉰다.

"니는 선생 했으면 그대로 선생일 테고, 옛날 화장품회사 있었으면 지금 뭐 됐을까?"

"글쎄, 그때 사람들 거의 없어요. 잘되었으면 본사 부장이나 그 이상일 테죠. 대리점 받아 나오던 것도 옛날 말이고."

"하기야 지금은 화장품이 비누하고 치약과 같이 팔리니 무슨 재미가 있겠노. 그 왜 입사동기랬나, 버스에서 수금한 돈 잃어버리고 끈 있는 구두 안 신는다는 친구, 그 친구는 뭐 하노?"

1980년대 초반까지만 해도 수금한 돈을 현금으로 가져오는 일이 가끔 있었다. 울산지역을 맡았던 친구가 시외버스를 타고는 제 딴은 머리를 쓴다고 허술한 짐처럼 해서 선반 위에 올려놓았다. 그리고는 짐짓 느긋하게 눈길을 한 번씩 두고 있었는데 마침 구두끈이 풀어져 있었다. 잠깐 허리를 숙여 묶고는 다시 고개를 들어보니 가방이 없더라는 거였다. 그때 돈 550만 원이면 큰 액수였다. 그 친구는 그 이후로 끈 달린 구두는 다시 신지 않았다.

"아, 황태률이라는 친구, 창원에서 개인사업 하나 보던데요."

"그때만 해도 어리숙한 세상이었나 봐. 참 이번 고기는 좀 질긴 것 같더라. 그 사람들 슬쩍 한번 넣어보고 별말 없으면 계속 그거 넣어 줄지도 모른다."

김창기는 돈을 조금 더 주고 한우를 들여온다. 손님들 입맛은 무심한 듯해도 뜨내기 젊은 손님이 아니라면 귀신같이 알아낸다. 특히 수육을 즐기는 사람들은 거의가 나이가 든 축이라 육질에 대해서는 민감하다. 진주곰탕집이 크게 소문은 안 났어도 그런대로 아는 사람들이 알아주는 것은 양념을 직접 만들고 고기를 신경 써서 들이기 때문이다. 김창기 생각은 음식장사는 처음 알려지는 것이 어렵고 더 어려운 것은 그 소문을 지켜가는 것이었다. 물론 그도 언젠가 시들할 때가 오리라는 것은 안다. 문제는 그 시기를 잘 파악하여 권리금을 받고 넘기는 것이다.

"아주머니들 점심 잡수셔야지. 이 양아, 식사해라." 그는 카운터를 지키고 있던 이 양을 부른다.

그는 아침에 읽지 못했던 조간을 손에 집고 카운터의 의자에 앉는다. 집에서 구독하는 신문하고는 다르지만 서울에서 발행되는 조간이라는 점에서는 같다. 오늘은 지구의 날이고 목 타는 지구에서는 물 전쟁이 벌어지고 있다는 것이 정치면의 톱이다. 이례적인 톱이다. 신문은 텔레비전이나 라디오보다는 그래도 지방 사는 사람들에게는 조금은 편안하다. 필요하지 않은 보도나 지면은 읽지 않으면 되니까. 과천선 전철의 고장이 잦다고 밤 9시 뉴스 첫머리부터 떠들어댈 때는 전남 곡성에서 농사짓는 사람들이나 부산의 뱃사람들은 어떻게 해야 하나. 분당 신도시에 산다는 고모 시사촌을 걱정해야 하나, 사촌 결혼식 때 하루 가보았던 서울을 떠올려야 하나, 서울에 비가 오면 전국에 비가 내리는 나라가 대한민국이다. 그래서 지방 사는 사람들은 이런 결론을 내릴 수밖에 없다. 서울에는 서울 뉴스나 수도권 뉴스 시간이 없는가 보다고. 그렇지 않고서야 대학 나온 사람들만 모였을 방송국에서 그토록 무식한 짓을 할 리가 없지 않겠는가 말이다.

사회면으로 넘겼을 때 김창기의 머릿속에는 안개 같은 게 낀다. '간통죄는 가볍게/낙태죄는 무겁게', 그게 제목이다. 편집기자는 일곱 자씩 글자 아귀를 아주 쉽게 맞춘 모양이다. 그래도 낙태면 낙태지 낙태죄라니. 김창기는 간통죄의 존속 여부를 떠나 그것부터 거슬린다. 대한민국 어느 누구도 낙태를 죄라고 생각지는 않는다.

국회 공청회에서 간통죄는 폐지시키지 않되 현행 2년 이하의 형량을 낮추자는 데는 대체적으로 의견이 모이지만 그 형량의 범위를 놓고는 논란이 계속될 거라는 내용이다. 정부가 마련한 개정안은 1년 이하 징역 또는 5백만 원 이하의 벌금이다. 관련기사가 5면에 있다고 되어 있지만 김창기는 그걸 찾아볼 마음은 없다. 간통죄가 형법으로 존속하는 나라가 이 지구상에 열 손가락에 지나지 않는다는 서글픔 같은 것도 지금 그의 마음을 사로잡지는 않는다(심리적 불안은 수반되었지만 그는 결코 선재와의 관계를 간통이라는 말로 덮을 마음이 없다). "나도 바람피울 거야!" 아내의 말이 머리를 맴돌지만, 그는 명쾌하게 그의 마음을 어지럽히거나 불안하게 하는 문제에 대해 접근하기를 거부한다. 남이 하면 간통이고 자기가 하면 로맨스라는, 우습기는 하지만 상당히 본질에 접근하고 있는 시중의 말도 그의 귀에는 들리지 않을 수도 있다. 그냥 선재를 만나는 거다. 그건 선재가 원하고 그런 선재를 피할 만한 도덕적 예민함을 김창기는 스스로에게 바라지도 않는다.

어젯밤 조금 운을 떼다 말았지만 사태가 매우 화급하게

진행되지 않는 한 그는 이 일을 그냥 자연스럽게 굴러가는 대로 놓아둘 수밖에 없을지도 모른다. 선재에게 결별선언을 한다는 것은 아내와 이혼하기보다는 쉬울 것 같지만 그가 받을 상처는 어느 누구도 헤아리지 못한다. 아내가 모든 걸 걸고 달려든다면, 그때 가서. 그의 머릿속에는 다시 안개가 낀다.

선재는 어제 잘 들어갔을까. 김창기는 생각을 바꾼다. 전화라도 한번 하면 될 텐데 선재는 헤어진 다음 날 바로 어제 일 때문에 전화하는 법이 없다. '간통죄는 가볍게/낙태죄는 무겁게', 김창기는 타원형의 박스에다 강조 부호로 묶은 그 제목을 피해 눈을 아래로 둔다.

오른편 하단에 조계사 폭력배 동원자금을 총무원 규정부장이 직접 조달했다는 기사가 자리하고 있다. '문민정부'가 들어선 뒤에 조계종이 파동치는 걸 보면 그동안 이 나라에서는 종교도 정치 그늘 아래 있었다는 소리가 된다. 어쨌거나 조계사 사태가 곰탕장사 김창기에게 직접적으로 관계되는 것은 꼭 한 가지뿐이라고 할 수 있다. 총무원 스님들이 경찰에게 불갈비를 제공했다는 부분이다. 스님들이 대접을 해도 점잖지 못하게 구운 음식이라니. 수육은 소화도 잘되고 냄새도 없다(김창기는 당연하게 수육 예찬론자다). 우리나라 음식문화의 본질은 삶거나 무치는 데 있다. 내과의사들은 물론이고 치과의사들도 수육을 권할 것이다. 그건 당연하다. 대대로 채식을 위주로 해온 우리 위장과 치아는 육식 중에서 생갈비가 아니라 수육과 친화감을 갖고 있을 터이기 때문이다. 사람들은 의외로 그런 점을 놓치고 있다. 김창기는 신문을 본 뒤 친구를 만나러 가기 전에 이를 닦아야 한다는 생각을 한다. 그는 아버지에게서 약한 심장과 같이 건강하지 못한 치아를 물려받았다.

그는 외신면에서 보스니아 기사를 찾는다. 2단으로 미국은 세르비아계의 탄약고나 군수품 공급지역도 공습대상에 포함시키고 있다는 보도다. 그러나 이 계획이 나토의 승인을 받지는 않았다는 대목에서 김창기는 힘이 빠져버렸다. 언제나 이런 식이다. 나토가 있고 유엔이 있고, 그리고 러시아가 있다. 보스니아에 관한 보도는 무엇을 행했다는 것만이 확실하다. 계획과 발표로 2년 반을 보내고 있다. 김창기는 제2차 세계대전 때의 유대인 문제와 더불어 이 문제를 유럽인의 원죄라고 생각하는 사람이다.

한편으로 김창기는 미국을 믿지 못하는 사람 중의 하나이기도 하다. 국익 위주의 외교정책이야 그렇다 치더라도 세계 경찰을 자처하며 너무 날뛴다. 무소불위의 힘, 지칠 줄 모르는 에너지. 바로 거기에 문제가 있다. 그는 요즘 미국 소설 한 편을 보고 있는데 읽은 게 아까워서, 읽고 있는 좀 지루한 것이긴 하지만, 오늘날의 미국을 생각하게 하는 면은 있다.

장인에게 물려받은 도요타 자동차 판매상을 하는 사십대의 주인공은 오직 아들 때문에 골치를 썩일 뿐 자잘한 사업 일과 사교 범위에 둘러싸여 있다. 그중 상당 부분은 자신의 섹스에 관한 것이기도 한데, 소설의 끝부분에 와서는 마침내 같은 계모임의 부부 사이에서 마누라들을 바꾸어 하룻밤을 보낸다(여자들이 남자를 선택했다). 주인공의 상대 여자는 멘스 중이었기에 바셀린을 바르고 뒤로 한다. 김창기는 그 대목에 생각이 이르자 무슨 급한 일이라도 되는 양 책상 서랍에서 책까지 꺼내고야 만다. 표지는 아무리 봐도 우중충하고 멋대가리가 없다. 원본의 그것을 그대로 복사했을 것이다. 김창기는 신문 위에 책을 올려놓고 그가 읽던 부분 조금 앞의 그 장면을 찾는다. 주인공의 그때 기분은 이렇게 표현되어 있다. "단단하게 죄어주는 근육의 고리를 지나서 그는 텅 빈 공간 속에 있다." 그렇다. 김창기는 아무래도 오늘날의 미국인들이 이런 상태에 와 있는 거라고 확신한다. 그들은 모두 이 세기의 앞이 아니라 뒤에 있고, 그것도 텅 빈 공간 속에 놓여 있다. 식후에 따질 문제로는 너무 무겁다는 걸 김창기는 깨닫는다.

그는 시계를 흘깃 보았다. 유 사장을 만나러 가기 전에 나머지를 다 읽을 수 있을까. 3, 40페이지나 남아 있다. 그는 책을 다시 서랍에 넣어두고는 화장실로 간다. 화장실은 깨끗하다. 그는 벽에 달린 작은 서랍장에서 칫솔과 치약을 꺼내 세면대 앞에 선다. 거울이 그를 보고 있다. 그는 거울 속의 자신의 얼굴을 한동안 바라다본다. 얼굴이 거기 있어 본다는 식은 아니지만, 어쨌든 그는 자신의 얼굴을 지나칠 기분은 아니다. 드라이를 하지 않는 습관으로 해서 머리칼은 대체로 부스스한 편이지만 산만할 정도는 아니고 적당하게 윤기도 있다. 흰머리가 언제부터인지도 모르게 귓가로 조금씩 생기기 시작하고 있지만 아직 걱정할 정도는 아니다. 이마에는 주름살이 눈에 띄게 서너 줄 보이지만 입가의 근육은 팽팽한 편이다. 눈썹이 조금 짙은 편인 눈은 크지도 작지도 않다. 아직은 흰자위와 검은 동자의 구분이 확연하다. 대체로 다물려 있는 편인 그의 입술은 약간의 고집기를 보여주기도 하지만 얼굴은 대체적으로 선량하고 평범해 보인다.

문득 아침에 병원을 찾았던 기억이 난다. 불과 몇 시간 전인데도 하마터면 까마득히 잊을 뻔했던 시간만큼이나 지난 것 같다. 그렇다. 그는 자신의 얼굴을 보는 동안 아주 옛날 자신의 고등학교 시절의 얼굴을 가슴에 떠올려보았는지도 모른다. 기억에도 없는 까까머리 못난 얼굴, 그 시절 그가 '여자'를 보고 싶었던 만큼이나 피했던 것도 용모에 대한 막연한 열등감 때문이었다. 우선은 그것이다. 여자를 훔쳐보고 이상한 연정을 갖는 데 대한 죄의식은 그 뒤에 놓일 것이다. 지금 나이 들어 생각해보면 얼굴은 아무 중요한 것도 아닐 수 있는데 왜 성장기에는 누구나 자기 얼굴에 자신을 못 가지는 것일까. 사십 후반에 접어드는 지금 이 얼굴에서 어떻게 그때의 얼굴을 찾겠는가. 여자는 그가 대학을 다니고 군에 가고, 그리고 몇 년 뒤부터 만날 수가 없었다. 병실에 찾아가도 여자가 못 알아본다면.

그는 코 옆을 조금 쓰다듬어보고는 칫솔질을 시작한다. 사람들은 자신의 얼굴을 보면서 무엇을 알 수 있을까. 매일 볼 수도 있겠지만, 비판적으로 뜯어본다 하더라도 자신에 대해서는 그 어떤 것도 찾아내지는 못할 것이다. 늙는 것도, 병드는 것도, 고통스러운 것도, 죄를 저지르고 있다는 사실도, 이혼을 염두에 둬보기도 한다는 사실도, 자기 얼굴에서 사람들은 자신에 대해 아무것도 찾아낼 수 없다.

이즈음의 어느 누구도 마음을 얼굴에 담지 않는다. 바둑 잘 두는 조훈현처럼 긴장된 마음을 다리를 떨어 표할지라도 얼굴에 나타내지는 않는다. 우리는 모두 면도와 화장품으로 잘 치장된, 가꾸기 위해서나 감추기 위해서 존재하는 얼굴 하나씩을 달고 있을 뿐이다.

김창기는 얼굴까지 씻고는 홀로 나온다. 아주머니들과 이양이 이제 식탁에 앉아 있고 어머니는 주방에, 누나는 그냥 빈 의자에 앉아 있다.

"누나는 피곤한 거 아니에요? 저 잠시 나갔다가 바로 집으로 가서 수명이 병원 데리고 갔다 올게요."

"그래라." 누나를 뒤로하고 그는 밖으로 나온다.

골목과 거리가 조금씩 부풀어오르기 시작하는 낌새가 보인다. 하지만 아직은 이르다. 시내 장사는 5시부터 8시까지로 보면 된다. 김창기는 외제만 취급하는 가전제품점과 카메라점 세 곳, 양복점, 여성복 매장, 커피숍과 비어홀, 다시 여성복 매장, 금은방 두 개, 레코드점을 지나 또 하나의 여성복 전문매장인 파스텔 문 앞에 섰다. 20% 정가 세일이라는 광고가 유리창 한쪽을 메우고 있다.

부자 친구는 가게에 없었다.

"식사 가셨다 아직 안 들어오셨는데요."

출입구 가까이 서서 양손을 머리 위로 기지개를 켜던 아가씨가 급히 허리를 바로 하며 대답했다. 스커트 위에 받쳐 입은 노란 물방울 블라우스의 팽팽함이 허리에서 급하게 허물어졌다.

그는 두 걸음 만에 다시 거리로 나섰다. 팽팽하게 물오른 허리를 마음껏 펴며 기지개를 켜던 아가씨에게서 쫓겨난 기분이다. 그런데 떠오르는 생각은 그녀의 말투였다. 식사 가셨다가, 아가씨는 그렇게 말하지 않았던가. 생략이 미덕인 세상인가. '식사를 하러 갔다'에서 '를'은 이미 빠진 지 오래고 이제는 '하다'라는 보조동사까지 생략된다. 김창기가 옛날 조사보다는 '토씨'라는 재미있는 용어로 배웠던 그놈이 우리말에서 파괴되는 날이 오고 있다. 어제 딸아이도 말을 이상하게 하지 않던가.

그는 30년은 족히 넘었을 상호를 지닌 제과점을 지나 다방 계단을 오른다. 그 제과점은 얼마 전부터 체인망을 갖기 시작했다. 해봐서 알지만 제과점도 괜찮은 업종이다. 마진이 좋은데다 수요가 엄청 증대되고 있다. 쌀소비가 줄어든다면 그것을 뭐로 채우나? 굶는 것은 아닐 테니. 빵과 라면, 햄버거와 과자 부스러기와 콜라, 그것들이다.

친구는 다른 손님과 다방에 있었다. 중년부인이었다. 김창기는 손을 들어 알은체하고는 창 쪽 자리를 찾았다. 날라져 온 물잔에 손을 댈까 어쩔까 하는데 유태성이 그를 불렀다.

"김 사장 이리 와!"

손님은 어느새 나가고 없었다. 자리를 옮겨 앉으며 김창기는 "너도 수입품 취급하냐?"라고 물었다.

"얘가 지 바쁜 일 두고 남의 사업 걱정하네. 임마, 우리 집에 마누라 자주 데리고 와서 국내 최고 브랜드나 입혀라."

김창기는 선재와 관계된 일이 주위와 얽히는 게 싫다.

"네 마누라 말야, 첫마디에 어제 누구네 상가에 가셨더냐고 정중하게 물으니 내가 무슨 용빼는 재주로 '아, 동기인 박중식이 아버지가 돌아가셨어요'라고 둘러대니?"

2학년 때 급장을 했던 박중식은 진짜 올 2월에 부친상을 당했다.

"조금이라도 내가 더듬거렸을 테고, 읽기와 듣기 가르치는 국어선생님이 당장 감 잡았겠지."

"통신장교 했던 놈이 전화할 리 만무한 남의 마누라한테서 전화가 걸려 왔다 하면, 처음부터 눈치를 잡았어야지."

김창기는 잠시 숨을 돌렸다가 말을 이었다.

"여자가 사십이 넘으니 창피한 줄도 모르고 아무 데나 전화를 하고 그래. 며칠 좀 늦게 들어갔다고 그 야단이니……"

"야 임마, 제수씨가 너 말대로 오죽 했으면 그래 기습적으로 내게 전화를 다 했겠니? 무슨 일이든지 있었으니까 그렇지. 이실직고하는 게 최고다. 이혼 마음먹고 큰바람 피우지 않는 이상에는, 마누라에게는 그저 이실직고하고 달래는 게 최고라니까. 너같이 서른 한참 지나 결혼하고 애들 어리면 여자가 경계한다. 너는 아직 인생이 구만리 같지? 애들이 고등학교 다니고 해봐라, 그만 마음부터 한물 간다."

마담이 옆자리에 와 앉았지만 유 사장의 이야기는 계속된다.

"자식 따라 나이 먹는다는 말이 틀리지 않는다니까. 박문호라고, 오늘은 왜 이리 박씨들이 많이 나오지, 글마 이혼했다 하더라. 네 마누라 엉뚱한 전화 받고 이혼했다는 박문호 생각이 당장 나더라고. 아, 애들이 닮았구나! 그렇게. 걔도 너처럼 늦장가 갔는지 큰애가 이제 초등학교 다닌다더라. 지금 6학년짜리 부모가 좀 빠르면 삼십 후반 아니겠나. 너희들이 꼭 그 또래 기분일 거다. 자기 나이는 모르고 자라는 자식 보니 인생이 한창이다 싶은 거라. 그러니 바람피우고 이혼하고 야단이지. 나도 괜히 결혼 일찍 해 가지고 좋은 꿈도 못 꿔보고……"

"유 사장님 어지간히 좋은 생각 하셨네요. 그러면 마흔에 첫애 놓은 남자들은 육십에도 청춘이겠네. 일반적으로 12, 3년은 늦었으니 그만큼 벌충하려면."

심 마담이 거든다.

"그렇지. 마흔에 자식 보면 그 애 장가 보낼 때까지는 애비가 무슨 일이든지 일을 해야 할 거 아니냐 말이지. 밥 벌어 먹이려면 마음이나 몸이 젊어야 할 거 아니냐고. 마음먹기

따라서는 그 기간이 그 아버지에게는 참다운 인생이지. 꼭 김 사장처럼 어설프게 바람피워 마누라에게 빚지는 놈도 있을 테고."

"늦장가 예찬론이에요, 비난이에요?"

"둘 다야." 심 마담과 유태성이 말을 주고받았다.

"허허, 남 들으면 정말인 줄 알겠다. 월남 같이 있던 사람 만나 술 마시고 노래방 갔다."

김창기는 자신도 모르게 그렇게 말이 나왔다.

"어머, 김 사장님 파월용사예요? 놀라운 일이네요."

"왜? 파월용사라서 반할 구석이라도 있나? 고엽제와 모기약도 구별 못하면서 정신없이 딸라 벌던 애들인데, 경부고속도로 지날 때는 심 마담도 김 사장에게는 고맙게 생각해라. 옛날 생각하면 요즘처럼 이렇게 박대할 수는 없는 일인데, 이 친구들 거기 보낸 박통(朴統)이 죽었으니."

김창기는 유태성이 말한, 자식 따라 나이 먹는다는 말을 생각하고 있었다. 수명이가 이제 6학년이니, 그 애가 대학을 졸업할 때까지는 어쨌든 그는 그 애의 나이에 따르는 뒷바라지를 해야 한다. 유태성의 말대로라면, 그 뒷바라지 속에는 은연중 '젊은 부모'가 된다는 것이다. 그런데 막내애가 살았다면 이제 4학년쯤 될까. 결국 거기에 이르고 말 걸 왜 몰랐던가. 그는 자신도 모르게 고개를 떨구고 만다.

"김 사장 너는 얼빠지게 지원까지 해서 월남 갔었다면서? 괜히 친구들이 고엽제 피해 동기 돕기 같은 거 여는 거 아니야? 하기야 너는 동기회에 잘 안 나오니 애들이 모른 척할지도 모르지만."

김창기는 다른 얼굴을 해야 한다는 다짐을 하며 고개를 든다.

"야 임마, 그런 걱정 안 해도 된다. 철수 말년에는 그런 거 많이 안 뿌렸어. 정말 역전의 용사들이 후방에서 통신장교나 하며 빌빌거리던 애들에게 오늘날 이렇게 폄하되고 수모까지 당하다니 군대 좋은 게 아니라 세월 좋다."

말은 그렇게 하면서도 김창기의 속은 또 다르게 서운하고 어딘가 갑갑하다. 같이 정글을 기고 깡통 맥주를 나누어 마시던 그 친구들은 다 어디로 갔는가. 조기태와 설민구. 김창기는 이름 둘을 떠올린다.

"그건 그렇고 너도 동기회에 좀 자주 나오너라. 장사하는 놈이 그런 데라도 부지런히 나와야 설렁탕 몇 그릇이라도 팔아먹지."

"그게 잘 안 되더라고."

"동기회 보면 말이야 처음부터 참여한 놈들은 열심인데 너처럼 뒤늦게 발견된 미아들이 꼭 비협조적이라구."

어찌 보면 김창기의 삶은 파편적이다. 그는 어디 적극적으로 몸담고 있는 그룹이 없다. 친구들도 여기저기서 따로 사귄 하나 아니면 둘, 이런 식이다.

"아는 사람 보고 장사하면 그거 안 되는 거예요. 처음 한번 반짝, 이지."

심 마담이 거든다. 그녀는 서른이 넘었는데도 젊고 예쁘다. 줄리아 로버츠만큼이야 아니지만 이목구비 모두가 큼직하고 시원해서 지나가는 사람들도 한번쯤 돌아보는 그런 서구형 미인이다.

"그래? 심 마담 말 잘했다. 그럼 나는 몰라서 여기 오나? 데이트도 한번 안 해주는 심 마담 보고 내가 무슨 일편단심으로 시킴에 이리 오는지."

"단골하고 친구나 친척하고는 다르잖아요. 지나가는 사람을 드나들게 해서 단골로 만들어야 진짜 장사지, 친구 보고 친척 보고 해서는 처음 한때뿐이라는 거예요."

"내가 고등학교 때 국어선생을 잘못 만났나, 시킴이라는 말이 영어도 아니고 불어도 아닌 우리말로 손님 시키는 대로, 그 뜻이라고 심 마담이 분명 말해놓고 손님 시키는 대로 안 하면 어떻게 되는 거야?"

"손님이 시키는 것도 정도에 따라 하는 거지. 무리하고 예의 없이 시키는 걸 어떻게 다 들어줘요?"

"내가 알지. 조금 전에 심 마담 장사철학을 잠시 들었는데, 단골에게 데이트를 허락하면 어떻게든 소문은 나는 것이고 장사는 그걸로 끝이다는, 손님과는 연애하지 말라! 그 원칙을 지키는 거지? 그 엉터리 같은 물장사 경영철학에 너무 매달리지 말라고, 진짜 점잖은 손님 다 놓친다."

유태성의 손은 어느새 아주 자연스럽게 심 마담의 손 위에 놓여 있다.

"몇 시지?"

김창기는 애를 병원에 데려가야 한다는 생각이 난다.

"왜 벌써. 바쁜 사람 불러내 놓고."

"심 마담만 있으면 너는 만사 오케이 아니냐."

"이 친구가 맞는 말 하네. 제수씨 건이 잘 해결 안 되면 내가 희생양이 되어줄게."

아버지와 딸은 다시 어제의 그 전철역 입구를 빠져나와 병원 문 앞에 섰다. 좁은 주차장은 여전히 붐볐다. 그들은 치과 병동을 찾아 소아치과 앞에 섰다. 잠시 후 PK 강남희가 그들에게 다가왔다.

"수명이 왔구나. 아버님은 기다리세요."

그는 다시 복도를 서성거릴 수밖에 없었다. 대기 의자는 셋뿐이었는데 아이들과 엄마들이 다 차지하고 있었다. 진열장의 치아 모형들을 본다는 것도 재미없는 일이었다. 두 진열장 사이에 어제 보지 못 했던 두 장의 사진이 붙여져 있는 걸 그는 발견하고 그쪽으로 다가갔다. 턱을 수술하기 전의 얼굴과 수술 후의 사진이었다. 환자는 여자였는데 눈은 가려져 있었다. 처음 사진은 턱이 유난스럽게 비죽 나와 있었는데 옆사진은 그냥 평범한 얼굴이었다. 그는 아이가 걱정되었다. 특히 딸애가 아닌가. 윗니를 철사로 묶는 그런 교정으로 안 된다면 턱수술까지 해야 되는 건 아닌지. 치과 출입이 짜증으로서가 아니라 은근한 걱정으로 처음 다가왔다. 하지만 김창기는 그런 일에 몰두하고 싶지는 않았다. 그는 두세 번 보기 다소 꺼림칙한 사진에서 걸음을 옮겼다. 조금 옆으로 계단이 있고 복도에 공중전화가 보였다. 전화는 비어 있었다. 그는 잠시 그걸 내려다보다 계단을 내려갔다. 그는 저고리 윗주머니에서 전화메모 수첩을 꺼내 설민구를 찾았다. 아까 유 사장과 다방에 앉았을 때 그는 설민구를 떠올렸다.

오늘은 일찍 들어가 아내와 최소한 딸아이의 교정 문제는 이야기해야 하지 않겠는가 하는 마음이 들었지만 허탈한 포기감이 비죽비죽 밀고 들어오고 있었다. 오전 나절 여자가 입원해 있는 병원을 오가는 동안 자리 잡았던 허탈감이 밀려왔다. 그에게 있어 정희옥과 월남은 같은 탯줄에 매달린 쌍생아였다. 아내와 선재와 모든 피곤함으로부터 도망치고 싶은 마음, 그게 그의 허탈감의 실체일 수도 있었다.

정희옥으로 되살아난 그 시절의 열병이 현실의 벽으로부터 도망가고 싶은 통로를 열어준 것이었다. 그는 지금 죽지 않고 살아 있지만, 그런 확인을 위해서 월남은 필요했다. 그 시간을 같이 나눈 이가 설민구였다. 정말이지, 비를 맞으며 차가운 통조림을 까 먹으면서 귀국하면 무엇보다 똥개 한 마리씩 고아 먹어야 된다고 하던 3중대 2소대원들은 지금 다 어디 있는가. 고엽제 피해를 호소하는 파월병들을 다룬 TV화면을 보면서 '71년 파월 백마부대'라는 자막이 튀어나올까 내심 무서웠었다.

설민구는 지금까지 연락되는 유일한 파월전우였다.

"나 김창기요."

"어, 김 일병! 웬일이야?"

설민구에게 김창기는 언제나 김 일병이고 그래서 김창기에게 설민구는 언제나 설 병장이다.

"요즘 어때요. 오늘 안 바쁘면 시내 나와요."

"그럴까. 야간강의가 있으니 9시 이후로 토마토에 있을게. 그때 보지."

"그럽시다."

설민구는 전문대학 경영과 교수이다.

수화기를 내려놓고서야 김창기는 오늘은 정말 집에 일찍 들어가야 하지 않을까, 그런 생각을 해본다. 하지만 그는 설민구와 만나기로 했다는 사실에 오히려 홀가분함을 느낀다. 선재가 오늘 전화할 리는 없겠지. 그가 다시 복도에 잠시 기다리고 있을 때 애가 밖으로 나왔다. 빠른 편이다. 뒤따라 담당 PK가 나왔다. 그녀는 김창기에게 종이 쪽지 하나를 건네주었다.

"다음주 금요일 5십니다."

"예? 그러면 일주일이나?"

"환자가 많이 밀리니까."

"5시에 와도 되나요. 마치는 시간이……"

"6시까지 하거든요. 수명이 안녕."

PK는 총총 소아치과 안으로 사라졌다.

김창기는 '이순미, 28일 5시'라고 쓰여진 쪽지를 위 호주머니에 넣었다. 반지 낀 손을 보았던 그 여자의사가 이순미란 말이지. 김창기는 아이를 보고 말했다.

"너도 기억해라, 다음주 금요일, 5시!"

그가 진주곰탕집에 들어섰을 때는 6시 15분이었다. 진주곰탕집은 TV프로그램의 〈맛자랑 멋자랑〉이나 〈6시 내 고향〉에 소개된 적도 없고, 전국 별미집에도 소개된 적이 없지만 그런대로 손님이 끓는 편이다. 곧 다가올 여름 한철이 비수기지만 어느 업종이고 철을 타게는 되어 있다. 김창기는 작년부터 여름에 냉면을 할 것인가 어쩔 것인가를 두고 망설이고 있다. 서면에 곰탕과 냉면을 같이 하면서 꽤나 알려지기 시작하는 집이 있다 해서 가본 적도 있었다. 그 집은 수육 대신 쟁반을 했는데 비싼 편이었다. 그의 어머니는 의견을 내지 않았지만 누나는 냉면을 하는 데 반대였다. 냉면 나가는 것만큼 곰탕 주문이 줄어들 것이니 타산에서도 나을 게 없고 사람 더 쓰고 번거롭기만 하다는 말이었다. 아직 4월이니 좀더 생각해볼 시간은 있다. 김창기 마음으로서야 더운 여름이라도 수육 안주에 차가운 소주 몇 잔 하는 게 실속 없이 잔뜩 맥주나 퍼붓는 것보다야 백 배 낫다는 거지만, 냉면이 안 된다고 돌아서는 손님들의 발걸음 숫자가 눈앞의 현실이었다.

김창기는 7시쯤 집으로 전화를 했다. 오늘만은 전화라도 해야 한다는 마음에서였지만 막상 아내의 목소리가 흘러나

오자 마음은 복잡해지고 말았다. 부부가 나눈 대화는 대단히 썰렁했고 간단했다.

“나요, 일찍 왔네.”

“네……”

“수명이는 뭘 해?”

“텔레비전 봐요.”

“오늘도 학원을 빠졌을 텐데…… 그래, 저녁은?”

“아직.”

“병원 이야기는 집에 가서 하지. 다른 건 없고 치아 본만 떴어. 오늘 설민구라고, 그 사람 만나기로 했는데 좀 늦을 거야.”

“알았어요.”

“그럼.”

아내 쪽의 수화기가 먼저 내려졌다. 직선거리로 15킬로미터가 조금 더 될까 말까 한 거리에서 그들 부부는 전화선을 통해 냉랭한 호흡을 주고받았지만 마음으로는 천리나 떨어진 기분이었다. 김창기는 차라리 아내가 자기더러, 왜 피하느냐고, 고함이라도 질러주었으면 하는 심경이었다.

김창기가 가게를 나서 설민구와 약속한 술집이 자리하고 있는 골목에 들어선 것은 10시경이었다.

7
그들만의 세계,
또는 기억의 늪

'토마토'는 대청동 미 문화원 뒤편에 있었다. 이 골목은 몇 년 전만 해도 도심지의 이방지대처럼 한적했다. 일본식 주택들을 가게로 달아낸 저렴한 술집들이 자리하고 있었는데 한두 군데서 새 건물을 올리기 시작하자 금세 3, 4층짜리가 즐비하면서 거리 모습이 변해버렸다. 대부분이 여성의류점이고 틈틈이 카페가 들어섰다. 허름한 술집들과 더불어 전경들이나 사복경찰이 언제나 서성거리던 1980년대가 이곳다운 풍경이었는지도 몰랐다. 일제시대, 수탈의 대명사였던 동양척식회사 건물이 지금의 미 영사관 겸 문화원이니 용도는 달라도 외국 소유라는 점에서 건축물에게도 저마다 운명이 있다는 소리를 할 수 있을지도 모를 일이었다.

어딘가, 김창기는 화려한 쇼윈도가 즐비한 어느 모퉁이에서 옛날 술집이 있던 터를 찾아보려고 애쓰고 있는 자신을 발견했다. '마라톤'이라는 이상한 이름으로 불리던, 해물을 주로 한 부침개를 잘 하던 술집이 있었다. 김창기가 아내 안성혜와 데이트할 때 찾았던 곳이다. 그때 안성혜가 소주 한 잔을 마시며 했던 말을 김창기는 아직도 기억한다. "소주는 딱 두 잔은 해요. 술꾼은 아니지만, 마셔 본 술 중에서는 제일 맛있던데요."

김창기는 건물 3층으로 오른다. 2층은 무슨 카페인지 음악 소리가 밖에까지 흘러나오며 젊은이들이 들락거리고 있다. 부부가 다정하게 술을 나누어 마신 경험이 없다는 건 대한민국 가정에서는 극히 정상적인 걸까. 아내와 집에서든 밖에서든 술을 마신 기억이 별로 없다. 그 자신부터가 집에서 술을 잘 마시지 않는 편이기도 했지만 아내도 그런 분위기를 만드는 일이 없었다.

마셔본 술 중에서 가장 맛있다던 소주 딱 두 잔! 김창기는 토마토 모양을 살려낸 글씨가 쓰인 유리문을 밀면서 소주의 첫 모금처럼 짜릿함이 가슴을 타고 내리는 기분에 사로잡힌다. 그것은 무엇에 대한 짜릿함인가. 아내와 가졌던 지나간 시간에 대한? 아니면 사라진 마라톤이라는 이상스런 이름의 안주에 대해?

설민구는 보이지 않았다.

다만 카운터에는 맥주 한 병이 놓여 있고 빈자리가 있었다. 김창기는 우선 그 옆자리에 앉아보기로 했다.

"어서 오세요!"

테이블에 있었던지, 마담이 다가왔다. 그녀는 김창기를 알아보지 못하는 것 같았다.

"혹시 설 교수 왔나요?"

"네 오셨어요. 아, 그러고 보니 저번에 같이 오셨었죠?"

여자는 나이가 든 편인데도 몸매가 있고 팽팽한 얼굴이다. 그녀가 서 있는 뒷 벽면에는 마릴린 먼로와 제임스 딘의 커다란 얼굴 사진이 걸려 있다. 화장실에서 설민구가 나왔다. 둘은 악수를 나누고 자리에 앉았다. 김창기는 설민구를 볼 때마다 반갑고 정다운 마음이 앞선다. 왜, 좋은 사람을 만날 때 수다스럽지 않아도 반가움이 편하게 나타나는 그런 얼굴과 몸짓이 있지 않은가. 그건 설민구도 마찬가지였다. 그들은 20여 년 전에 월남에서 약 7개월가량을 같이 지냈다.

"시내 나올 일은 우리 김 사장 아니면 점점 없어진다니까. 동네마다 그럴듯한 술집 있지, 예쁜 아가씨들까지 다 있으니 시내까지 나올 일이 있어야지."

설민구는 손 마담을 빌려 이야기를 꺼낸다. 그는 키도 그만하고 상당히 잘생긴 얼굴이다.

"그래, 오래간만이군. 전에 이 집 개업한 뒤에 내가 한 번 불러낸 뒤로 처음이지. 우리 김 사장 토마토에 자주 왔나?"

마담은 그저 웃으며 김창기 앞으로 물 한 잔을 내놓는다.

"뭘 마실까? 난 그냥 기다린다고 입가심으로 맥주를 했을 뿐이야. 뭐가 좋아?"

김창기는 양주가 어떨까 했다.

"그러지. 내일 오전 강의도 없으니 좀 천천히 맛있게 마셔

보지. 아참 내가 오늘 학교에서 재미있는 얘길 들었는데 잊기 전에 해야겠네. 김 사장도 대청동 이 골목길은 전부터 이래저래 익숙하지? 부산사람 치고 이곳은 여러 면에서 각별한 곳이니까. 왜 80년대 초에 미 문화원 방화사건 있었잖아?"

김창기는 토마토로 오면서 떠올렸던 생각이 있어서 재미있게 귀를 기울였다.

"그때 왜 그 일을 한 사람들이 얼마 지나지 않아 붙잡혔잖아. 그런데 그 과정에 재미있는 일이 있더라구. 내로라하는 정보 사찰통들이 탐문수사를 벌이는데 자연 부근의 가게들이 먹잇감이란 말이지. 이 사람이 와서 묻고 저 사람이 와서 묻고, 1계급 특진이 걸렸으니까. 근데 입을 다물고 있던 가게 여주인 한 사람이 글쎄 딱 한 사람에게 지나가듯이 어떤 기억에 의한 제보를 했는데 그게 결정적인 게 되었대. 그 사람은 물론 진급을 했지. 근데 더 재미있는 건 그 사람은 특진만으로 벌써 두 번째 진급을 했다는 거야."

설민구는 거기서 잠깐 숨을 돌렸다.

"뭐냐 이거지. 다른 경찰들이 물었을 때는 입을 닫고 있던 그 가게 주인이 왜 하필 그 사람에게만 입을 열었을까? 묻는 방법이나 태도, 그런 차이가 크면 얼마나 컸을까? 아니면 안면이 있는 사람이었을까? 질문 방법에 큰 차이가 없고 아는 사람도 아니었다면 무얼까? 제보자로서는 하찮아서 놓친 기억이 하필 그 수사관을 만났을 때 떠올랐다는 건가? 제보자로서는 우연이고 수사관에게는 운이다라고 정리해버리기엔 뭔가 서운하잖아?”

설민구는 입을 다물고 생각하는 표정이 되었다. 김창기도 그랬다. 경찰조직에서의 승진 방법을 염두에 두고 있는 것은 둘 다 아니었다. 김창기는 자기 주변의 여러 사람들을 두서없이 떠올리고 있었다. 손 마담도 아무 말 없이 몸을 돌려 술과 잔을 챙겼다.

“어허, 내가 너무 무거운 얘기를 꺼냈나. 이제 우리 이야기나 하지.”

설민구가 옷에서 눈이라도 털듯이 손을 흔들어 보였다.

“체중이 좀 는 것 같은데?”

“그렇지도 않아. 진주곰탕 수육도 안 먹는데 어떻게 몸이 나나? 어제 직장에서 단체로 하는 신체검사를 했는데, 왜 2년에 한 번씩 하는 엉터리 신체검사 있지? 73이야, 우리 동네 목욕탕 저울하고 똑같던데. 우리 김 일병, 아니 김 사장, 무슨 특별한 일이 있는 건 아닐 테고? 경영자문 같은 거?”

탁자 위에는 양주 한 병과 얼음 그릇, 글라스, 그리고 소다수가 놓였다. 그것들은 조명 아래에서 은은하게 빛났다. 설민구와 김창기는 손 마담이 마련해준 온더락을 한 모금씩 나누었다.

“그게 어디 강의실에서나 통하지 술장사, 옷장사, 곰탕장사한테는 통해야 말이지.”

“이거 큰일이군, 경영이 이론으로 되는 게 아니라니, 남의 밥줄 달린 문젠데.”

"전쟁경영론 같은 것도 있을 만하겠는데요?"

"월남전도 그랬지만, 어차피 전쟁은 장사야. 부시가 걸프전 끝내고 패트리어트 공장에 찾아가서 사진 찍는 거 보라구. 이 물건 이제 팔겠다. 사고 싶은 나라 나오너라, 성능은 텔레비전에서 생중계로 보지 않았느냐, 이거 아니겠어? 적당한 전쟁은 경제활기를 가져오지. 문제는 그 정도를 헤아리기가 어렵다는 거지만."

"월남에는 너무 깊이 빠졌다 이 말씀이군."

"작전 나간 곳마다 늪지였잖아. 크레모아가 터지고 뭔가 움직인다 싶어 무조건 갈겨놓고 다음 날 아침에 보면 자빠진 건 물소였듯이. 미국애들에게는 풍수지리설이라는 게 없으니까"

손 마담까지, 그들은 같이 웃었다.

3중대 2소대에서 대학 재학 중이던 병사는 모두 셋이었다. 졸업을 한 학기 앞두고 입대한 설민구는 고참인데다 나이도 세 살이나 위였다.

"요즘이 〈봄비〉 부를 계절이네?"

"어 무슨 소리야, 내일모레 오십인데 지금 그 노래를 불러?"

김창기야 가보는 데까지 가보자는 심정이었으니 말단 소총소대까지 떨어진 게 당연했는지도 모르지만, 설민구의 소대 배치는 좀 웃기는 구석이 있었다. 그는 군대말로 제법 할랑한 대대본부 행정병이었다. 전투가 없거나 전황이 괜찮을 때는 본부 장교들에게도 그의 기타와 노래솜씨는 심심풀이가 되었지만 그 반대일 때가 문제였다. 그의 18번은 〈봄비〉와 〈예스터데이〉였다. 전황이 영 좋지 않아 대대 전체가 저기압인데도 말끔하게 생겨먹은 놈이 기타나 두들겨대는 걸 보고는 부관이 청승맞다고 소대로 쫓아버렸던 것이다. 설민구로서는 대대본부에서도 가장 멀리 떨어진 교통호 속에서 기타를 치고 있었는데 거기까지 부관이 찾아낸 것은 자기 기타 소리에 끌려온 것이고, 남의 노래 실컷 잘 듣고는 다른 병들 보기가 무안했기 때문에 엉뚱하게 조인트를 까면서 내쫓았다는 주장이었다. 김창기가 소대 배치를 받았을 때 설민구는 그곳으로 쫓겨온 지 보름째였다.

군에 들어오면 사회에서 있었던 일은 무엇이든 대단한 추억거리로 윤색되게 마련인데, 설민구의 폐부를 찌르고 가슴을 뒤흔드는 〈봄비〉나 〈예스터데이〉를 들으면서 김창기는 정희옥이 생각나 눈물을 주르르 흘리기도 했다. 살아서 돌아간다면, 여자를 영원히 사랑하리라고, 그런 생각까지도 했다.

김창기가 가슴에 품고 있던 정희옥과 찍은 대학 입학식 때 사진을 제일 먼저 발견한 사람도 설민구였다.

"그러면 오늘 내가 괜히 술 사는데, 우리 설 병장 노래나 들으려고 했는데."

김창기로서는 반쯤 진담일 수도 있는 얘기였다.

"이거 왜 이래, 고참을 다 놀려 먹으려 들고, 3중대 2소대,

아니 까투참전용사회 규율이 마구 흔들리는데."

'까투'는 그들 중대가 한동안 머물던 지명이었다.

"한잔하지?" 설민구가 마담에게 말했다.

"전 됐어요. 하이볼로 조금씩 마실 테니. 설 교수님 이야기 한 그 회에 회원이 몇이에요?"

손 마담이 설민구에게 온더락 한 잔을 새로 내놓았다.

"현재 병력 두 명이지. 우리는 대한파월유공전우회 소속도 아니고 대한해외참전전우회 소속도 아닌 독자 단체야."

"도대체 그 긴 이름들이 얼렁뚱땅 지어낸 단체들이에요, 아니면 실재하는 이름이에요?"

"실재하는 단체들이야. 그러고 보니 우리는 가입도 안 했지만 그 어디에 들어 있는 거 아니야? 충청도 음성의 김종수, 인천의 곽 하사, 강릉의 왜 그 정 상병인가, 그런 애들 거기에 들어 있을까?"

"글쎄, 그들은 그 긴 이름의 단체에 가입했는지도 모르지. 어디 신문 보니까 경남에만 2만 8천의 참전용사가 있다고 났던데, 용사라는 말이 좀 웃기게 되긴 했지만."

"그런 보도, 요새 그것 때문이지?"

설민구가 김창기 쪽으로 몸을 조금 당기며 말했다.

"그렇겠죠. 전에도 한번 그게 잠깐 보도가 된 거로 기억하는데. 요즘 부쩍 자주 나는 거 보니 자꾸 늘어나는 모양이죠. 앞으로도 잊을 만하면 나오고 그런 식이겠지."

"갑자기 두 분이 무슨 암호를 사용하고 있는 거예요?"

마침내 손 마담이 나섰다.

둘은 잠시 서로의 얼굴을 마주 보았다.

"으응, 고엽제라고."

대답을 한 건 설민구였다. 결국 두 사람 모두 그 이야길 바로 내놓고 하기가 싫었던 것이다. 마음속에 깔린 그런 감정을 확인하는 두 사람의 마음은 서글펐다.

"텔레비전에서도 한번 하던가? 몇 10년이 지나 왜 이제 문제죠?"

손 마담이 말했다.

"몇십 년이 지나버렸다면, 나만 아니라 손 마담도 같이 억울할 텐데? 우린 이제야 사랑을 안 나이니까!"

설민구는 아직도 매력적인 눈매에 웃음을 묻혀냈다.

"증상이 바로 나타나지 않는 데다 그동안 원인을 몰랐던 거지."

술잔을 만지작거리며 그는 말을 이었다.

"말로 하던 용병 시비가 잠잠하니 이제 몸으로 때워야 하는구먼. 고엽제가 베트남 참전용사들의 가장 확실한 실체가 되어버렸나? 웃기는 일이야!"

설민구는 한 잔을 다 비웠다.

고엽제 후유증에 대한 보도는 어느 중앙지 기자가 1992년 2월 대통령 선거를 취재하던 중에 얻은 부산물이었다. "또 나왔어요. 이번엔 어디야? 보나마나 전투부대였겠지. 나트랑…… 똑같구먼, 똑같애." 부정 탈법선거 사례를 취재하기 위해 관변단체라고 지목하고 들른 영등포구 소재 대한파월 유공전우회에서 기자는 이런 통화 내용을 들었다. 밤이슬치고는 가렵기만 했던 얼굴과 팔뚝의 물기와 반점들, 체중이 빠지고 팔다리가 굳어지는 증세, 만성두통과 무기력증을 '똑같이' 앓아오던 파월장병들이 전국에 6천에서 만 명 정도 있다라는 것이다.

"백마보다는 맹호가 많은 것 같고, 60년대 후반기가 절정이 아니었나 싶던데……"

김창기가 다시 입을 열었지만 말투에는 힘이 없었다. 그들은 이제 그들의 머리 위로 미군 비행기가 얼마나 날았는지, 그리고 제초제를 담은 드럼통 상단을 농약 성분에 따라 오렌지색과 흰색으로 테두리를 칠한 데서 비롯된 에이전트 오렌지를 (망할 놈의 다이옥신을 섞은!) 그놈들이 살포하는 걸 보았는지, 그 따위를 기억해내야 할지 몰랐다.

"설 병장 떠날 때는 그런 분위기가 아니었겠지만 내가 귀국선을 탔을 때는 이미 도망치는 분위기가 완연했어요."

백마로 갔던 그들은, 설민구는 통상적인 12개월 근무를 마치고 귀국했지만 김창기는 6개월 현지복무를 연장하여 1972년 4월에 귀국했다. 후속 병력이 오기는 했지만 숫자는 훨씬 줄었고 전장은 이미 파장이었다. 김창기는 자신이 바로 이 해 4월에 귀국했다는 데 기억이 미치자 마음은 말할 수 없이 착잡했다. 어제 여자가 입원한 병원에 갔을 때만 해도 미처 떠올리지 못한 기억이었다. 그 4월은 참으로 그에게 잔인할 수도 있는 계절이었다.

"우리들에게 베트남은 죄악이 되어버린 지 오래니까 새삼스런 것도 아닐지도 모르지. TV 한 대, 냉장고 한 대 마련하러 갔던 사람들부터 중대장이나 인사계에게 밉보여 차출됐거나 또는 누구처럼 자기 고민에 빠져 몸을 던진 애들까지, 우리 모두가 거기에 간 건 참으로 단순한 이유에서였는데 지금 우리에게 돌아오는 화살은 너무 엄청난 거야. 장교들이야 진급이 있다 하지만 병들이야 국내에서 군대생활 하느니 월남이나 가자, 그것 아니었냐고."

인사계에게 찍혀서 차출된 건 설민구이고 뒤에 든 예는 김창기였다.

"우리가 월남여자들에게 재미를 봤으면 얼마나 보았으며 일제 카메라를 가져왔으면 얼마나 가져왔냐? 이제는 내놓고 자식이나 마누라에게 월남 갔다 왔다는 소리 하기도 무섭게 되어버렸으니. 이거야 원, 평생 원수가 된 거지 뭐야. 안성기가 나온 〈하얀 전쟁〉인가, 나는 보지도 않았지만 그런 건 미국영화에는 더 많지. 전쟁 후유증을 다룬 거? 그건 차라리 엉터리거나 고상한 거 아니야? 우리는 몸뚱이 자체라고."

김창기는 설민구의 말을 들으면서 자신의 마음속에도 바로 고엽제는 아니더라도 그 언저리에 포함되는 불안감 같은 게 자리하고 있음을 인정해야 할 것 같았다. 아내가 TV에서 보았다면서 "당신도 월남 갔었다고 그랬죠? 그 피해가 이제서야 나타나나 봐요"라고 했을 때 자신은 얼마나 당황했던가? 무슨 특집이었는지, 간호장교도 고엽제 피해 증세를 보인다는 것, 비행기 소리만 들려도 "폭격이다!"면서 이불이나 마루 밑으로 기어든다는 그런 사례들이 보도되었다고 아내는 덧붙였다. 그때 김창기는 "왜, 걱정돼? 나는 휴전 무렵이라 고엽제와는 관계없어"라거나 "나는 자면서 이불을 차낸다면서? 그러니 이불 속으로 파고들 확률은 없잖아"라고 웃어넘길 수도 있었는데 "쓸데없는 소리는 왜 해!"라고 소리치지 않았는가.

지금도 그렇지만, 김창기로서 월남은 정희옥을 빼놓고는 떠올릴 수 없는 시간이었다. 그때도 아마 아내의 지나가는 말 속에 여자가 그 자신의 마음에 자리 잡았고, 그걸 다치고 싶지 않다는 마음이 너무 다급했는지도 몰랐다. 그러므로 그에게는 고엽제는 불안감이나 피해 의식 가운데 중심일 수는 없었다. 그의 죄는 오직 도달할 수 없는 사랑에 있었다.

"어쩌면 잊혀진 것보다도 모두들 우리들이 사라져주었으면 하는 마음이겠지. 참전 이유가 이해되지 않는 이상한 남의 나라 전쟁에 개입했다는 식이 되어버렸으니. 우리가 피로써 번 달러로 만들어서 수백 번은 더 땜질한 경부고속도로처럼 우리들은 덧입혀져 묻혀진 거야."

"32만이나 된다는 그 숫자가 다 어디로 사라졌죠? 오음리에서 같이 교육받고 춘천역에서 부산 3부두에서 태극기의 물결 속에 감격하던, 그 많은 사람들은 다 어디에 있는지 때로는 정말 신기해."

"감격이 측은함으로 변했으니 결국 〈대한 뉴우스〉 속으로 다 사라졌지."

손 마담이 다른 자리로 갔기 때문에 웃을 사람은 둘뿐이었다.

"누구나 자기 세대의 어떤 몫만 하고 시대의 뒷그늘로 사라지는 거겠지. 우리가 군에 간 게 엊그제 같은데 벌써 우리는 사십이 훨씬 넘고 있잖아. 그런 것처럼 우리가 맡았던 우리 세대의 몫은 끝난 거라고. 해방 이후부터 6·25 직후까지 태어난 세대에게는 베트남전 경기로 자기 세대의 몫을 다한 거야. 일제 시대, 6·25, 광주, 그 주인공에게는 그 시절이 얼마나 절실했겠어? 그러나 새로 태어나고 자라는 세대에게는 그들의 이야기가 있는 거라고, 그래서 모두들 자기 세대가 가장 어려웠다고 말들 하는 거겠지."

"세대론으로 슬쩍 후퇴하는 것 같은데…… 사실 이런 우울한 이야기 하려고 만나잔 건 아닌데……"

김창기는 어제 오전에 찾았던 정희옥의 대학병원과, 오늘 오후의 유태성을 떠올리면서 설민구에게 다소 미안한 마음이었다.

"그렇겠지, 하지만 관계없어. 우리들에게 베트남은 영원한 기억의 늪이야, 즐거운 지옥이라고. 우리가 살아남는 건 잊지 않고 이야기하는 길뿐이야."

대한민국 남자들은 군에서 제대하고 2, 30년이 지나도 군대에 간 꿈을 꾼다. 내가 왜 여기에 와 있지, 왜 이렇게 아침

구보를 하고 취침점호를 받고 서 있지. 제대를 한 것 같은데 말이야. 이상해. 행정착오 때문인가.

남자들에게 꿈이라서 다행스런 일은 군에 간 것이고 꿈이라서 서운한 게 있다면 지금의 아내가 아닌 옛날 여자를 만나는 일이라는 말이 우스개에 불과할까.

"우리도 이제 수군거리듯 하는 베트남 이야기조차 그만두어야 되는 거 아니야?"

설민구가 덧붙여 이야기했다.

"하지만 그렇게는 안 되겠지. 인간이 위대하거나 바보스럽다면 그건 기억하거나 추억할 수 있기 때문이라면서? 내가 작년 여름방학 때 중국에, 그러니까 장춘을 지났는데, 숲이 많고 아름다운 도시야. 거기 사는, 내 어머니하고 사촌 되는 분을 만났지. 동갑내기야. 서신 연락은 전에 한두 차례 있었는데 내가 학회 사람들하고 가는 길이라 어머니가 간곡히 부탁하셨어.

다른 사람들이 관광을 갔을 때 호텔에서 그분을 만났지. 그런데 예전 함양 엄천강에서 어머니와 멱 감던 일이며 아버지들이 밤에 횃불 들고 은어 잡아오던 일을 너무 생생하게 떠올리는 거라. 내 외할아버지가 논에서 김을 매며 하던 몸짓이며 자기를 보던 눈길과 '니 치마가 와 그렇노'라던 아주 하찮은 말조차 기억을 하더라고. 칠십 먹은 노인네가 말이야. 이게 뭐야? 그분을 지탱해온 게 무엇인가? 내 어머니가 보내신 선물 중 파라솔이 있었는데 고향마을에 그늘이 잘 들던 누구 집 담벼락과 나무 밑을 이야기하더라고, 사람이 참 무서운 존재다 싶더군."

설민구는 이야기가 길었다는 듯이 얼음물을 시원하게 들이켰지만 김창기에게는 무겁기만 한 이야기였다.

추억이란 과거의 아주 미화된 조각을 잘라낸 단어에 불과한 것이다. 우선 그는 그렇게 생각했다.

"그분에게 그 시절이 유독 행복했기 때문일까? 그보다는 고향에 다시 돌아갈 것이다라는 욕망만큼 그곳에 영원히 가지 못하리라는 절망이 그 할머니에게 기억만으로 지어 올린 세계를 하나 만들어낸 거겠지."

"좋은 해석이군."

만주라는 이름이 익숙한 지역의 하나인 길림성 장춘에서 설민구가 발견했다는 인간 기억의 찬란함이 자기에게는 무엇이란 말인가. 정희옥은 지척에 있는데. 내일 또 그는 어제 갔던 병원에 갈 수는 있겠지만, 엘리베이터를 타고 12층에는 도달하지 못할 것이 아닌가(그때 김창기의 머릿속에는 아주 빠르고 순간적으로 고장난 엘리베이터가 밑으로 급강하하는 불확실한 모습이 스치고 지나갔다).

"우리에게 베트남은 지옥이라서 기억에서 지워내지 못하는 건가? 김 사장은 뒤판에 이틀이나 고립되었더라면서? 총까지 맞고, 할 거 다해봤네."

중대에서 몇 개 분대 정도 야간매복을 나간 사이 소규모 전투가 벌어졌다. 그게 묘하게 김창기가 소속된 분대가 매복

나간 위치를 피하고 있었다. 중대로 되돌아올 수도 없고 그렇다고 선불리 위치를 노출시킬 수도 없는 형편이었다. 중대가 위치한 주위는 직선거리로 8백 미터 정도였고 그들 분대는 어느 한 축으로부터 겨우 3백 미터 정도 벗어나 있는 형편이었다. 날이 밝았지만 전투는 소강상태를 반복하며 계속되었다. 우기라서 그랬는지 보잘것없는 국지전이라 그랬는지 건십이라 불리는 무장 헬기도 뜨지 않았고 포도 때리지 않았다. 그냥 쉬엄쉬엄 개인화기만 쏘아대는 형국이었다. 하지만 소대장은 위치를 고수하라는 명령만 내릴 뿐이었다. 다시 밤이 되었다. 그들은 점점 더 무서워졌다. 허기도 허기였지만 고립감 때문이었다. 총을 쏠 목표가 있거나 표적이 되는 것보다 더한 공포였다. 그저 비를 맞으며 위치를 노출시키지 않은 채 경계하는 것. 중대는 몇백 미터밖에 떨어져 있지 않았지만 움직일 수가 없으니 그들은 절해고도에 떨어져 있는 거나 마찬가지였다. 머리를 내밀고 고함이라도 지르면서 총이라도 마구 갈기는 게 나았지, 끊임없이 내리는 빗소리와 어둠을 뚫고 가끔씩 울리는 총소리를 듣고 있기에는 정말 무서웠다. 다음 날 정오가 되어서야 전투는 끝났고 철수 명령이 떨어졌다. 아주 이상스런 형태의 고립이었다.

그걸 설민구에게 이야기한 적이 있었다.

그들은 한동안 놓고 있던 술잔을 들었다. 전쟁의 시간과 공간 속에 놓였던 사람들에게는 어떤 형태로든지 그들만이 나누어 가질 수 있는 묘한 연대감과 친밀감, 공범의식 같은 게 있다. 그러나 그게 대화를 이끌고 추억을 되살리게는 하지만 그들 각자가 감당해야 했던 초조와 공포, 비겁함과 부끄러움, 살의와 비인간성을 다 털어놓게 하지는 못한다. 두 사람 사이에 흐르는 오랜 침묵이 그걸 말해주고 있었다. 그들이 지금 술잔을 매만지거나 담배를 피우면서 제각기 어떤 상념에 빠져 있던, 월남전으로 끈이 이어져 있는 건 사실이었다.

"김 일병 넌 작전 나가기 전에는 언제나 좀 멍청해 보이더라."

군장검열이 끝나고 출동을 기다리기 직전의 휴식시간에 조 하사가 김창기에게 다가왔다. 김창기는 그때 막사 처마의 그늘에 앉아 눈앞에 펼쳐진 구릉을 바라보고 있었다.

"하기야 포소리도 들리지 않고 건십도 안 뜨면 무슨 일이 있을 것 같지가 않잖아. 그저 하나의 풍경으로 족하지."

"정말 그런 것 같네요. 정찰도 매복도 없이 영내에 머물 때는 여기가 월남이라는 생각도 들지 않을 때가 있어요. 시간도 정지된 것 같고."

"으응, 그래 말이야. 나는 이제 배 탈 때가 다 됐지만 여기서 보낸 시간들로, 글쎄 인생을 다 살아버린 기분이 들 적이 있을 거라는 생각이 자주 든단 말이야. 월남땅에 발을 딛는 순간부터 여기 시간은 아무것도 아니다, 귀국하기 위한 시간들뿐이다, 그런 생각을 했었는데."

조 하사가 담배를 꺼내 물며 말했다. 작전 나가기 전에는 이상한 정적감이 떠돈다. 부대원 각자의 긴장감이 말을 아끼게 만들고 그게 무거운 분위기로 덮씌우는 것이다. 여기서 보낸 시간들이 귀국해서 살아갈 나머지 시간까지 다 메울 듯한 느낌을 준다니. 김창기는 조 하사의 말을 곱씹었다. 그가 파월을 자원한 것이 여자에 대한 절망감으로 인한 것이었다 해도 그는 오직 여자에 대한 일념으로 시간들을, 긴장과 무료함을 채우고 있었다. 10분이 한 시간 같은 실제 매복을 나갔을 때 그는 오직 여자에 대한 그리움으로 고통을 견디어내지 않았던가. 그러므로 김창기 자신에게 그곳의 시간은 돌아가 여자를 만나기 위한 시간일 뿐이었다. 조 하사의 말이 묘한 반발심과 절망감으로 그의 마음을 흔들었지만 그는 화제를 바꾸었다.

"특명 내려올 때 다 됐죠?"

"그거? 손에 쥐어야 내려온 줄 알지. 우리 중대장님은 하사만 보면 사족을 못 써, 믿을 자식 니들뿐이다 이거겠지."

사실 야전식인 레이션 깡통 숫자로 따지는 월남 군번 중에서도 10개월을 넘긴 하사는 초짜 소대장 둘보다도 낫다는 말이 있었다.

"오늘은 사진 안 보냐?"

김창기가 언젠가 정글복을 말리며 보고 있던 사진을 살금 다가온 설민구가 빼앗아 본 뒤부터 대학 입학식 때 정희옥과 찍은 김창기의 사진은 소대에서 유명해졌다. 대대 옆구리가 터지고 일곱 명이 깨진 전투에서—그때 그는 배치된 지 두 달 만이었는데—말짱한 뒤로 코팅된 그 사진은 그의 수호신으로 입에 오르내렸다.

김창기는 그냥 미소만 지었다.

"잘해봐."

조 하사는 김창기의 정글화를 가볍게 툭 걷어차며 걸음을 옮겼다. 걸음을 옮기는 조 하사의 어깨 너머로 럭키 스트라이크의 푸른 연기가 바람도 없는 허공에 가만히 매달려 있었다. 그는 왼쪽 주머니에서 수첩을 꺼내 사진을 찾았다. 여자는 환하고 자연스럽게 웃고 있는 데 비해 김창기는 뭔가 쑥스러워하는 표정이었다. 여자가 지극히 편안한 표정으로 미소지을 수 있다는 점과, 당황하여 부자연스러운 자신의 표정이야말로 정희옥과 자신의 실제적이고도 상징적인 거리라는 생각을 사진을 볼 때마다 김창기는 하곤 했다.

김창기가 서울의 그만한 대학에 합격을 하자 그의 어머니는 아들이 대학에 가준 것만 해도 너무 좋았으니까 입학식은 보통 경사가 아니었다. 가까운 친척이 서울에 없었던 그의 어머니는 축하객으로 은영 엄마를 지목했다. 친정에도 가볼 겸 모든 차비를 부담할 테니 같이 가자고 했던 것이다. 김창기의 어머니가 하숙집을 둘러보며 하루를 묵는 동안 정희옥은 친정에 다녀온다는 스케줄이었다. 그의 어머니가 카메라를 만지지는 않았으니 지나가는 사람이 피사체 속에 정희옥과 그를 담아낸 것이리라.

파월병들은 대부분—특히 전투병의 경우는 더 흔했는데—심하면 부적에서부터 하다못해 파월 교육장이 있던 화천 오음리의 술집 아가씨들이 건네준 오뚝이 같은 마스코트를 간직하고 있었다. 파월 교육을 받을 때 군목(軍牧)은 상의 주머니에 영한판 성경을 넣어두었기 때문에 생명을 구한 사병도 있다는 이야기를 했지만 김창기는 자신의 왼편 심장에 여자를 품고 있는 게 훨씬 좋았다.

이윽고 증강된 2개 소대는 아침 8시 정각에 출발했다. 그날 작전은 통상적인 것이었다. 3개월 전에 작전이 있었던 마을 인근에 VC들이 자주 출몰한다는 첩보 때문이었다. 그 마을은 중대에서 5킬로미터 정도의 거리에 있었고 완충지대로서 가치가 있었다. 거기로 가는 길에는 소부락 세 곳이 있었고 길은 두 갈래였다. 1개 분대씩 증강된 1소대와 2소대는 중대본부 앞에서 나누어졌다. 상황이 없는 한 12시 정각에 그들은 목표 마을에서 합류하게 되어 있었고 철수시각은 15시였다. 김창기의 소대는 3킬로미터 지점의 빈 마을에서 최초의 휴식에 들어갔다. 마을이라고 했지만 단독가옥 네댓 채가 모두였다. 10분 정도 머물다 그들은 다시 출발했고 20여 호의 마을도 통과하여 그들은 1소대의 척후병들이 이미 도착해 있는 목표 마을로 들어섰다. 정말 작전이라면 이제 거기서 전방 1킬로미터 지점까지 전진했다가 되돌아오는 일이었다. 그것은 마을주민들과 VC들에 대한 일종의 과시적 의미를 보여주는 데 목적이 있는 듯했다.

1소대가 마을 주위 경계에 임하고 2소대가 50미터씩 분대 간격을 두고 마을 입구를 거의 다 벗어나고 있을 때 어디서 총소리가 났고, 분대원들은 순식간에 흩어졌다. 김창기도 산자락에 몸을 붙였다. 몸을 웅크린 채 시선을 들었을 때 텅 빈 길바닥에 누군가가 쓰러져 있었다. 조 하사였다. 김창기는 직감적으로 알 수 있었다. 순간적이기는 했지만, 나른한 감각 속에서 혼자 길에 엎어져 있는 조 하사의 모습은 참으로 비현실적으로 보였다.

"누구야? 분대장님이야?"

후미의 부분대장 장 병장의 다급한 목소리를 재우기라도 하듯이 다시 몇 발의 총탄이 길바닥과 논바닥에 떨어졌다.

"개새끼들, 산 쪽이지?" 김창기 앞의 개백정 김종수가 속삭였다. 언젠가 하릴없는 수색을 마치고 돌아왔을 때 김종수가 개 한 마리를 끌고 와서는 소리도 냄새도 없이 그놈을 그슬려 소대장 몰래 먹은 뒤부터 그의 별명은 개백정이었다.

김창기는 길바닥에 쓰러진 조 하사를 보고 있을 뿐이었다. 작전 전에 그가 툭 쳤던 자신의 왼쪽 정글화가 간지러워 왔다. 조 하사의 어깨가 아주 천천히 들먹였다.

"끌어와야 하잖아?" 누군가가 다급하게 말했고 "앞에 분대놈들은 뭣 하는 거야?" 김종수가 씩씩거렸다. 그러고도 얼마나 지났을까, 앞쪽에서 산등성이를 오르면서 M16 갈기는 소리가 났고, 김종수와 김창기는 동시에 조 하사 쪽으로 뛰었다. 하지만 먼저 김종수가 "아이쿠" 하고 쓰러졌고, 당황한 김창기는 조 하사와 김종수의 목덜미를 동시에 잡았다가 조 하사에게만 매달렸다. 김종수는 머리를 싸안은 채 길 밑 논으로 굴렀고, 늘어진 조 하사는 무진장 무거웠다. 엄폐가 될 수 있는 산자락 옆으로 다 왔다는 생각이 드는 순간 길바닥에 끌리면서 흘려놓은 조 하사의 핏자국이 튀는 걸 보고 김창기는 종아리가 뜨금해 왔다. 건십까지 동원된 뒤에야 그들 소대는 겨우 한 구의 베트콩 시체를 발견하고 철수할 수 있었다. 그리고 조 하사는 후송되기 직전에 죽었고, 그의 특명은 그날 연대본부에서 작성한 명단에 타이핑되어 있었다.

8
부부간에 미리 이야기해야 할 것

김창기는 그날 밤 설민구의 노래를 들을 수 없었다. 둘 다 가라오케 같은 델 그렇게 좋아하지 않는데다 손 마담도 따라 나설 형편이 아니었다. 꽤나 마셨지만 김창기는 취기가 별로 오르지 않았다.

집에 돌아왔을 때 아내 안성혜는 거실에 앉아 있었다. 문을 열어주고는 말없이 소파로 가 앉는 거로 봐서는 그가 오기 전에도 그런 모양새로 있은 것 같았다. 텔레비전이 켜져 있지 않은 것이 당장 김창기의 마음을 무겁게 했다. 집으로 오는 동안 그는 그저 마음이 무겁기만 했을 뿐 그게 아내와 관련지어—물론 거기에는 선재와의 어젯밤도 포함되지만—딱히 구체적으로 잡혀 온 건 아니었다. 다시 말해 아내에게 새벽 귀가를 어떻게 변명할까 하는 데 대한 생각은 별로 없었다. 오전에 들른 여자가 있는 병원이며 설민구를 만났다는 데서 오는 어떤 시간 착오 같은 게 그의 마음을 사로잡았기 때문이었는지도 몰랐다.

하지만 이제는 집이었다. 그건 곧 아내를 마주 대해야 한다는 사실이었다. 그는 추궁당하고 변명해야 할 입장이었다.

김창기가 욕실로 가서 양치질까지 하고 거실로 나왔을 때 안성혜는 자세를 바꾸지 않은 채 말했다.

"병원에서는 뭐래요? 일주일 뒤에 오라고 했다면서요?"

김창기는 아내와 조금 떨어져 소파에 앉았다.

"글쎄, 환자가 밀려서 그렇다는데. 의사는 첫날 잠시 봤어. 턱 이야기만 하고는 다른 말은 없었어."

"턱이라니요?"

부부는 TV 세트와 오디오 세트가 놓여 있는 벽을 보고 앉아 있었기에 시선을 마주치지 않아도 되었다.

"그러니까……"

김창기는 첫날, 의사 이순미가 슬쩍 자신의 턱을 살폈던 기억을 되살려야 했다.

"의사가 나를 보자더니 부정교합이 턱하고도 관계있을 수 있다는 거야. 더 이상 설명은 안 해줘서 모르겠는데 심하면 수술까지 하는 모양이야."

물론 뒷말은 복도의 사진을 보고 덧붙인 거였는데, 어째서 그런 말까지 하게 되었는지 김창기는 스스로도 의아스러웠다. 김창기는 무엇인가, 아내가 의심하는 문제를 제외하고는 무슨 말이든지 말을 많이 하고 싶은 건지도 몰랐다.

"시작하는 모양이 오래 걸릴 것 같은데. 소아치과에서

담당한다고 하지만 그것도 문제가 있는 것 같기도 하고, 또……"

김창기는 뒷말을 찾지 않아도 되었다.

"의사에게 그 이야기 들었다고 해서 어제는 대단하게 새벽에 들어왔나요? 턱 때문에 그렇다면 당신이 수명이를 어쨌거나 책임지고 데리고 다녀야겠네요. 나를 닮아 그렇지는 않을 테니."

그때서야 안성혜는 잠시 남편 쪽을 보았지만 김창기가 돌아보기도 전에 시선을 피했기에 그들 부부는 시선을 마주치지는 못했다.

"난 턱이 조금 나오긴 했어도 윗니가 아랫니보다는 밖으로 나왔어. 여자의사가 내 턱을 보았을 때 말해야 하는 건데……"

하지만 안성혜는 웃지 않았다. 무슨 치사한 소리! 그녀의 내면이 번개같이 고함쳤다. 하지만 잠시 마음이 가라앉자 아이의 치아 문제가 확연하게 다가왔다. 같은 학교 선생님에게 들은 요즘 애들 중에는 아랫니를 윗니가 덮지 못하는 경우가 많고 그게 우유병을 빠는 것과 관계있을 수도 있다는 얘기를 들은 기억이 났지만, 아울러 교정을 잘한다는 치과를 소개받기도 했지만, 지금 당장 애써 남편에게 설명하고 싶지는 않았다. 남편을 처음 소개받고 몇 번 만나는 동안 턱이 조금 빠졌다는 생각을 했었는지에 대한 기억은 나지 않았다. 시선을 돌려 지금이라도 남편 턱을 바로 보고 싶은 마음이 급하게 드는 것은 또 얼마나 웃기는 짓인가. 안성혜는 침묵했다.

누가 말할 차례인지, 그 순서라는 걸 따지는 것부터가 우습지만, 거실에는 침묵이 감돌고 부부는 제각기 매화 그림이 걸린 벽을 보며 앉아 있었다.

김창기는 아이의 치과 출입에 대한 화제가 끊기면 아내가 방석을 마주놓고 따지고 들려던 문제로 되돌아갈까 조금 마음이 졸이기도 했지만, 한편으로는 따지고 들려면 들어라!는 심정이기도 했다.

하지만 그의 입에서 나온 말은 다소 엉뚱했다.

"오늘 설민구를 문화원 뒷골목에 있는 술집에서 만났는데, 왜 거기 옛날 마라톤이라는 안주를 잘하던 집 있었잖아, 그거 없어졌데. 아주 흔적도 없더라고."

김창기는 말을 막상 해놓고 보니 도대체 이런 이야기까지 해야 하는 이유가 무엇인지, 더 나아가 그 집이 없어진 게 언제며 전에 아내에게 그 이야길 한 번 한 적은 없었던가, 그런 생각이 들기도 했다.

안성혜는 가만히 있었다. 남편이 무슨 이야기를 하고 싶어 하는지 짐작할 수는 있었지만, 말꼬리를 자른 이상 그걸 이제 알았어요? 라든가 그래서 옛날 우리가 거기 갔던 기억이 나기라도 했어요? 라고 쏘아붙일 수는 없었다. 대신 결혼생활을 이어가는 게 과거 한 시절 보석같이 반짝였던 감정만이 아니라는 사실을 모를 바보가 어디 있단 말인가? 라는 문맥이 빠르게 가슴을 쳤다.

지금 당장 그녀로서는 남편이 어떤 여자를 만나고 있으며—여자가 있다는 것은 짐작이 아니라 확신이었다—어떤 마음을 갖고 있는지에 대해 따지고 싶었지만, 딸애가 어쩌면 턱을 깎아내는 수술까지 받아야 할지도 모른다는 걱정 때문에 짜증이 앞서고 말았다.

“내가 진작 치과에 한번 데려가보라고 했잖아요! 그때는 예사로 넘기더니, 좀 일찍 시작했으면 그래도 나았을 거 아니에요. 이리저리 미루다 이제 수술 말까지 나오다니, 그게 보통 일이에요?”

김창기는 아내가 자기를 탓하는 데 대해 조금 마음이 상하기는 했지만, 그래도 그걸 붙잡고 싸울 마음은 아니었다. 아내의 짜증이 아이에 대한 걱정의 다른 표현이라는 것도 이해 못 할 바는 아니었다.

“이제 6학년인데 뭘 그래? 아직 시간은 있다고 봐야지. 수술은 그냥 말일 뿐이야. 그런 경우도 있다는 거지.”

수술이 자기 생각이었다고 말할 마음을 지운 채 김창기는 말을 이었다.

“너무 걱정 안 해도 될 거요. 괜히 우리가 서둘러 걱정하면 애한테도 자기 얼굴에 대한 열등감을 갖게 할 수 있어. 예사롭게 넘기는 척하면서 세심하게 신경을 씁시다.”

“다음에 가면 의사에게 좀 자세히 물어봐요. 그 사람들이 그냥 있으면 제대로 말을 해주나요. 다른 병원을 찾아보든지.”

"다른 병원을 벌써부터 찾을 필요는 없을 거고, 다음에 가면 내가 상세히 물어볼게."

그 대학병원이 잘한다고 애써 주장한 게 아내이고, 처음 아이를 데리고 병원을 찾았을 때 입구에서부터 짜증이 솟았던 기억이 났지만, 김창기는 입을 다물었다. 개인병원이라면 이토록 일주일씩이나 질질 끌지도 않을 것이 아닌가라는 생각도 곧바로 들었지만 역시 김창기는 입 밖에 내지 않았다. 김창기는 되도록이면 아내의 감정이 상하지 않도록 하기 위해 참는다. 그게 언제 자기 문제로 화살이 날아올지 모른다는 조바심 비슷한 것과 관계도 있겠지만, 어쩐지 쓸데없는 감정이 개입된 말다툼으로 치닫고 싶은 마음이 아닌 것이다. 그는 설민구와 나누었던 이야기와 그때 가슴을 채웠던 감정들만으로도 마음이 무거울 지경이었다.

안성혜는 자세를 흐트리지 않고 무엇인가를 생각하는 모습으로 앉아 있었다. 이대로 잠자리에 든다 해도 달라질 것이 없을 것 같았다. 하지만 마음 갑갑함과 서운함, 배신감 같은 것을 죽일 방법을 그녀는 아직 침묵 이외에는 찾아내지 못하고 있었다. 그녀가 괴로운 것도 바로 그 점이었다. 함부로 말을 꺼내지 말아야 한다는 다짐만큼이나 무엇을 터뜨리고 싶은 마음도 컸다.

"이야기는 언제 하실 거예요? 하룻밤 외박, 아니 어제도 그랬으니까, 난 당신의 며칠 간의 외박을 이야기하자는 게 아니에요."

안성혜는 막혀 오는 듯한 목으로 소리 없이 침을 삼켰다. 편도선이 갑자기 부풀어 터질 듯이 아파 왔다.

"그냥 넘어갈 수 없다는 건 당신이 더 잘 알고 있을 거예요. 지금 당신의 내심이 어떠한지 한번 말을 해봐요."

안성혜는 쏟아지려는 감정을 추슬러야 한다는 속다짐을 하며 말을 이었다.

"당장 이 자리가 아니라도 좋아요. 일회성 변명이 아니라 솔직한 당신의 마음, 처음은 물론 앞으로의 일까지를 이야기해봐요. 시작이 있으면 결과가 있을 테니까. 그래야 나도……"

그 대목에서 안성혜는 조금 격앙된 목소리를 내지 않을 수 없었다.

"그래야 나도 생각을 하고 어떤 준비라도 할 거니까요."

김창기는 일회성 변명이라는 말이 어쩐지 불쾌하게 다가왔지만, 아내의 마지막 말이 그것을 지워버리며 가슴에 와 박혔다. 하지만 그는 겨우 "무슨 소릴 하는 거야!" 그렇게 말했을 뿐이었다.

"틀린 말이 아닐 거예요. 당신이 헤어질 마음이라면 미리 말해달라는 거예요. 그 요구가 무리하게 들려요? 그러니까 당신이 모든 이야기를 한번 해보라는 거 아니에요? 그렇지 않고서야 뭐가 되겠어요? 분명 문제가 있는데도 그냥 또 이럭저럭 넘어가자는 거예요? 나도 이제 지쳤어요. 애정 없이, 아니 믿음이라 해야겠지, 서로 간에 믿음 없이 어떻게 단 하루를 살 수 있어요? 그건 죄악이에요, 죄악!"

목소리는 높지 않았지만, 안성혜의 말속에는 힘이 배어 있어 토막토막 튀어 올랐다.

김창기는 이 일을 어떡하나, 가슴이 답답해 왔다. 도대체 어떤 이야기를 어디서부터 얼마만큼 해야 한단 말인가. 그로서는 도저히 불가능한 일이었다. 선재를 사랑한다고 말할 수도 없는 게 아닌가 하는 생각이 든 것은 그때였다. 그것은 참으로 이상한 일이었다. 그렇다면 그는 어디에도 설 자리가 없어지는 게 아닌가 말이다. 차라리 그는 자신이 누구인지? 그것조차도 헤아리지 못하는 꼴이 되어버리는 것이다.

김창기는 머리를 조금 흔들었다. 술 때문인지도 모른다. 왜 종잡을 수 없는 생각들이 달려드는가. 그는 조금 벌떡이다 싶게 일어나 냉장고의 문을 열어 물통을 찾았다. 안성혜는 남편의 그런 모습을 무시하는 체하면서 가만히 지켜보았다.

김창기는 컵에 가득 물을 부어 마셨다. 나에게는 누구를 사랑할 능력이나 태도가 결여된 것은 아닌지, 김창기는 문득 그런 생각이 들었다. 하지만 그건 전에도 가끔 해본 적이 있으면서도 그저 막연한 감정의 언저리였을 뿐이었다. 정희옥에 대한 그 자신의 숱한 감정의 뒤범벅들이 때때로 그런 문맥으로 그의 가슴에 다가온 적도 있었기 때문이다. 차가운 물을 마시는 동안 김창기는 가슴을 진정시키면서 가장 확실한 것에만 매달리기로 작정했다.

"당신 말을 일단은 다 받아들이겠어. 하지만 내가 무얼 어떻게 말해야 할지에 대해서는 나도 아직은 잘 모르겠어. 이야기를 안 하겠다는 것이 아니라, 당신의 말에서 내비치는 대로 도대체 얼마만큼 심각한 형편인지 그걸 헤아릴 수가 없다는 뜻에서야……"

김창기는 식탁 옆에 기대선 채, 더 말할 게 있다 싶으면서도 이야기를 이을 수가 없었다.

"오늘은 이만 합시다."

김창기는 먼저 방으로 들어갔다. 문턱을 넘으면서, 아까 하던 말에서 더 잇고 싶었던 말이 당신에게 문제가 있는 게 아니라 나에게 문제가 있다고 그렇게 이야길 하려던 게 아니었나 싶기도 했지만, 지금은 그저 가슴 밑바닥부터 서글프고 피곤한 감정만이 가득 차오를 뿐이었다.

9

세상에 존재하는 하나밖에 없는 길

길을 잘못 든 건지 차들은 좀처럼 빠질 줄을 몰랐다. 하기야 비가 오니까 어느 길이나 마찬가지일지도 몰랐다. 2차선이 3차선으로 넓어지더니 다시 2차선으로 줄어든 길목에서의 정체는 특히 심했다. 김창기가 2차선으로 된 차선에 차를 밀어 넣는 데만 10분이 넘게 걸렸다. 그러고는 또 꽉 막혀버린 것이다. 3차선에서 치고 들어와 끝내 김창기의 승용차를 앞지른 버스가 앞에 버티고 서는 바람에 그는 전방을 볼 수도 없었다. 어느 머리 나쁜 공무원이 인도를 줄여 3차선을 내기는 했지만 육교가 있고 더 이상 3차선을 낼 수 없는 지점에 이르자 병목현상을 빚은 것이다. 끊임없이 버스와 화물트럭, 그리고 택시들이 줄줄이 3차선을 타고 오다 2차선으로 머리를 처박았다. 게다가 조금 못 가 좌회전 차선까지 있어 2차선에 선 차들은 속수무책이었다. 그는 이제 교차로를 겨우 건너 이렇게 멈춰 서 있었다.

여자가 있는 병원으로 가는 날을 잘못 잡은 건지 시간대를 잘못 선택한 것인지, 그의 마음은 내리는 비처럼 축축했다. 하기야 날이며 시간이 잘못된 것은 아닐 터였다. 병원에 가보고 싶다는 마음이 이날 이 시간대를 택하게 했을 뿐이었다. 점심시간 전에 가게에 닿기 위해서 늦은 출근시간일 수도 있는 9시에 집을 나섰다는 게 조금 문제일지 모르지만 그것도 그로서는 어쩔 수 없는 일일지도 몰랐다.

아내에게 자신이 어느 정도의 심각한 지점에 서 있는지를 모르겠다고 한 말은 진심이었다. 그런데도 그는 지금 선재가 아니라 정희옥에게로 가고 있었다. 선재가 분명 섹스를 같이 나누고 아내와의 틈새를 파고들 수 있기도 한 현실이지만 그의 내면은 다른 곳을 향해 있는 것이다.

앞이 풀렸는지, 버스가 조금 움직이기 시작했다. 하지만 50미터쯤 갔을까 정류소인지 버스는 멈추었고 그는 차를 1차선으로 넣는 걸 포기한 채 내처 기다렸다.

부슬비보다 조금 굵은 비는 쉬 그칠 것 같지 않았다. 김창기는 앞 유리창에 흘러내리는 빗방울을 바라보았다. 봄가뭄을 해소하는 단비라고 언론들은 말하고 있었다. 그는 한때 총알을 빼낸 오른쪽 다리가 비라도 내리면 쑤셔 오지 않을까 하는 불안감을 가졌던 적이 있었다. 그건 처음 후송병원에 누워 있을 때 동료들이 했던 말에서 비롯된 것이지만 그렇게 지속적이지는 못했다. 상처 부위가 크지 않고 수술이 쉬웠기 때문일지도 몰랐다. 하지만 교통사고나 신경통 이야기를 들을 때마다 20년 전의 부상이 생각나면서 비 오는 날이 은근히 싫어지는 마음은 있었다. 하지만 그의 오른쪽 다리는 튼튼하다. 한동안 수영을 한 적이 있는데 아무런 불편도 없었다. 유심히 보아야 다리의 다른 부분보다 조금 검은색이 돈다는 것만이 스스로 20년 전의 부상을 기억하게 할 뿐이었다. 고엽제에 대한 보도나 이야기가 나올 때, 다리 부상은 티눈 박힌 정도에 불과했다.

김창기는 앞차가 움직이자 액셀을 가볍게 밟았다. 맺혀 있던 유리창의 빗방울이 흐르려다 조금 시간 간격을 두고 작동하는 와이퍼에 밀려났다. 와이퍼가 지나간 자리에 다시 빗방울이 소리 없이 모여들었다. 켜놓은 FM방송에서 비발디의 〈사계〉가 흘러나오고 있었다. 김창기는 이즈음 들어 음악을 잘 듣는 편이 아니지만 〈사계〉가 우리나라 사람들이 좋아하는 곡목 중의 하나라는 사실을 알고는 다소 의아해하면서 제목 때문일 거라고 혼자 생각한 적이 있었다.

그의 승용차는 아주 천천히 앞으로 전진하고 있었지만, 그의 머릿속에는 뒤로 가는 시간이 조금씩 펼쳐지고 있었다. 그가 빗길에 미끄러지지 않기 위해 조심하면서 언제든지 브레이크로 발을 가져갈 수 있는 반사작용이 준비되어 있는 것처럼, 그의 마음속에는 정희옥과의 시간에 대한 조심성도 준비되어 있기는 했다. 하지만 그건 자신 없는 일이었다. 기억의 행위자는 그 자신이었지만 기억을 하고 있는 현재의 자신에 대한 통제는 그렇게 만만하지 않기 때문이었다.

라디오에서 울려 퍼지는 음악 소리가 정희옥으로 생각을 바로 가게 하지 않고, 베트남 전쟁으로부터 치닫는 것만 해도 기억을 선처럼 잇는다는 건 말로써나 가능한 일이라는 걸 보여주는 것이었다.

김창기가 조 하사의 다리를 끌면서 맞았다고 생각한 부위는 종아리가 아니고 허벅지 아래쪽이었다. 그는 후송병원에서 수술을 받고 3주 정도 누워 있었다. 보행연습을 할 즈음 김창기는 일과가 끝난 뒤 간호장교 막사에서 울려 나오는 〈사계〉를 비롯한 클래식을 들을 수 있었다. 어느 마니아가 성능 좋은 녹음기로 들려주는 듯했다. 그때 김창기는 그 자신의 라디오를 떠올렸다. 그것은 금성사에서 처음 만든 FM 수신이 가능한 라디오였다. 대학 합격 선물로 그는 어머니에게 그걸 사달라고 했고 뒤에 라디오를 가져온 사람은 정희옥이었다. 그것은 그녀가 친정 올 시간이 났기 때문이 아니라, 김창기에게 FM방송에서는 주로 음악을 내보낸다는 걸 가르쳐준 본인이었기 때문이었다.

고등학교 다니던 어느 날이던가, 보통 때보다는 분명 빠른 귀가였으니 시험기간이었는지도 몰랐다.

집으로 들어서는데 음악 소리가 퍼져 나왔다. 그것도 라디오에서 흔히 듣는 유행가도 아닌 클래식이었다. 높지는 않았지만 어떻게나 음이 맑고 선명했는지, 클래식을 잘 들어보지 못했던 김창기에게 그 소리는 엄청나게 신비하면서 감동

적이었다. 소리는 은영이네 마루에서 났다. 김창기는 자기 집 현관문을 열 생각도 못한 채 마당에 우두커니 서 있었다. 어머니는 어디 나가셨는지 집은 조용했다. 조금 지났을까, 뭔가가 이상했던지 여자가 자기 집 현관문으로 나왔다. 그 시간에 김창기가 우두커니 마당에 서 있다는 게 조금 놀라웠는지 그녀의 얼굴에는 홍조가 번져났다.

"대문이 열렸지? 어머니는 이웃집에 잠시 가신다고 했는데 아직 안 오셨나 보네. 오늘은 일찍 마쳤네?"

"아, 예. 시험 친다고……"

잠시 뒤 그는 자신의 때아닌 출현에 여자가 조금 놀랐다는 데 생각이 미쳐서 겨우 이렇게 말했다.

"들어오니까, 음악 소리가 나서, 그게 너무 음질이 깨끗해서 그만 잠시……"

"아, FM을 틀어놓았지. 시끄럽다 안 하니 다행이네."

"시끄럽긴요. 그게 전축인가요?" 그때까지도 김창기는 FM에 대해서 아무것도 알지 못했다. 그것보다 더 중요한 것은 어떻게 그리 여자 앞에서 말이 술술 나오는 건지, 스스로도 놀랄 지경이었다. 아마 음악 소리에 대한 호기심이 그렇게 이끌었던 것 같았다.

"전축이 아니라 라디오야. FM방송이라는 게 있거든, 부산에는 방송국이 없는데 일본 게 잡혀. 지금 듣는 것도 일본 방송이야. 참 신기하지? FM에 대해서 몰라?"

"아, 예 전 처음 듣는데요."

"은영아, 여기 앉자. 동생 깨면 밖에 나가구."

그녀는 치맛자락을 끌며 대문 밖으로 나가자는 은영이를 달래어 축대에 앉았다. 현관으로 오르기 전에 조금 낮은 축담이 있었다. 그것은 시멘트로 발라져 있어 앉기에도 좋았다.

"우리가 보통 라디오에서 듣는 방송은 AM방식이라는 건데 전파는 멀리 나가지만 음질이 좋지 못해. 전파가 멀리는 못 가지만 음질이 뛰어난 방식이 FM인데 주로 음악방송으로 이용하지. 서울에는 KBS하고 동양방송이 있어. 그런데 여기 부산에서는 일본 나가사키 방송이 잡히더라구. 물론 라디오에 따라 다르겠지만 나로선 얼마나 반갑던지!"

김창기는 아주 오랫동안 그녀의 티없는 감탄을 가슴에 간직했다. 어떻게 아이를 두 명이나 낳은 여자가 소녀 같은 감정을 탄성으로 내보일 수 있단 말인가.

그때 김창기로서야 읽어낼 수 없었지만, 여자는 부산생활에서 어떤 활기를 찾을 수 없었던 것이다. 시집이 가까운 곳이긴 했지만 친구도 없었고 아는 사람도 없었다. 직장생활을 할 처지도 아니라 그저 무료하게 아이들을 키우는 게 생활의 전부였다. 그러므로 여고시절부터 취미를 가졌던 클래식 듣기를 FM라디오로 할 수 있다는 발견은 정희옥으로서는 참으로 행복, 그것이었다.

"라디오에 따라 다르다니요?"

평소의 암된 구석은 어디로 사라졌는지 김창기는 책가방

을 가슴에 안은 채 여자에게 물었다.

"그러니까…… 라디오를 한번 볼래? 이거 창기 학생에게 우리 집 라디오 자랑하게 생겼네." 여자는 웃으며 자기네 현관 안으로 들어갔다 나왔다. 들고 나오는 라디오에서는 잡음이 들려왔다. 김창기의 시선을 끈 것은 무엇보다 은회색으로 빛나는 라디오의 색깔과 긴 안테나였다.

"이것 봐, 방향을 타니까 소리가 안 잡히지. 이제 보자."

여자가 라디오를 조심스럽게 축담에 놓고 안테나의 방향을 조절하자 거짓말같이 잡음은 사라지고 깨끗한 음질의 음악이 쏟아졌다. 여럿의 바이올린과, 그리고 멀리서부터 울려오는 관악기 소리가 점점 커지면서 심포니가 마당 가득 폭포처럼 쏟아져 내렸다. 고음이 계속되는 동안 여자는 기다리는 듯이 가만히 있었다. 김창기는 황홀하게 은회색의 네모진 라디오를 바라보았다. 그때 그는 SONY라는 은색의 글자를 읽을 수 있었다.

음이 조금 잦아지자 여자가 말했다.

"베토벤 6번 교향곡이야. 체코 필하모닉 오케스트라가 연주하고."

여자는 말을 하면서도 스스로 감동스러운 듯, 얼굴을 환하게 밝혔다.

"5번을 단체로 가서 시립교향악단의 연주로 듣긴 했어요. 그런데 체코라니요?"

"그래, 체코슬로바키아! 그곳 교향악단이라니까 정말 놀라운 일이지. 서울서도 이런 연주는 들을 수가 없거든. 일본이니까 가능하지. 우리나라에는 원판이 어쩌다 들어올지 모르지만 엄청 비쌀 테고, 방송국에선 레코드가 있다 해도 적성국가니까 들려줄 수가 없지."

정희옥은 자기 감정에 겨워 김창기가 잘 이해할 수 없는 이야기까지 한다는 걸 깨닫지도 못했다. 일본 FM방송을 통해 클래식을 들을 수 있는 놀라움이나 기쁨을 그녀는 아직 누구에게도 제대로 이야기해본 적이 없었다. 남편에게는 진작부터 했었지만 음악에 취미가 없는데다 그저 자기가 즐거워하는 것으로 남편은 제 할 일은 다했다는 반응이 고작이었다. 그녀는 얼마 전 서울에 사는 여고시절 친구에게 이 사실을 안부 겸해서 편지로 쓰기까지 했다.

그러므로 김창기 앞에서 열심히 설명하려는 것은 전혀 무리가 아니었다.

"이건 소니라는 일제인데 수출용이 아닌 자기들이 사용하는 국내용이라 자기나라 방송 사이클로 맞추어 놓았거든. 그러니 여기서는 방향이 아주 좋으니까 그대로 잡히는 거야. 어머니가 이 집만큼 전망 좋은 집도 드물다고 하셨는데 정말이야. 앞이 바로 바다니까 전파가 방해받지를 않는 거야."

김창기는 그 말이 조금은 부끄러웠다. 어머니로서야 방세를 조금 더 받자는 속셈에서 한 말일 테니까. 하지만, 그 생각은 잠시였다.

"그럼 하루종일 하나요? 클래식을?"

"그건 아니야. 나도 하루종일 했으면 얼마나 좋을까! 오전 오후 밤, 세 차례 두 시간씩 해. 토요일은 오후에 세 시간 정도 하고, 사이사이에는 우리가 말하는 국악이나, 가곡 같은 것, 팝송, 뭐 그런 편성이더라구. 아, 이제 4악장이 거의 끝나가는데."

그러니까 여자는 어느 소절이 무슨 교향곡의 어느 부분이라는 걸 안다는 소리였다. 김창기는 라디오는 황홀하게 바라볼 수 있었지만, 정말 황홀한 여자는 마주볼 수가 없었다.

그들은 연주가 끝날 때까지 잠시 동안의 시간을 침묵으로 보냈다. 어린 은영이까지도 용하게 칭얼대지 않았다.

마침내 폭풍같이 무겁고 빠른 음이 숨을 죽이자 여자가 말했다.

"어때? 굉장하지? 전축으로도 이런 음질을 들을 수는 없어. 오디오도 그렇지만 레코드가 복사판이니까. 창기 학생도 고전음악 좋아해? 나도 고등학교 때 취미를 붙였어. 오빠가, 은영이 외삼촌이 무척 좋아해서 많이 배웠지."

잠시 그리움과 아름다웠던 시간들을 떠올리는 듯 그녀의 시선은 밝게 빛나는 집 아래 바다로 향해 있었다. 창기의 집은 뒤로는 천마산을 두고 앞으로는 영도와 송도 사이의 바다를 향해 있었다. 바다 앞으로 밀려온 산들이 시가지를 이루고 있는 이 도시에서 동향집은 흔한 편이었다.

라디오에서는 일본말로 아나운서가 뭐라고 했지만 여자는 좀체 말을 잇지 않았다. 자신이 한 말을 곱씹는 것일까.

이상한 침묵 속에서 여자는 자기 자신 속에 빠져 있다고 김창기는 생각했다. 외로움, 그래 외로움이다. 김창기는 여자의 외로움을 그때 보았다고 뒷날 스스로에게 다짐했다. 그러므로 그는 처음부터 여자의 묘한 외로움에 잠겨 든 건지도 몰랐다.

"전축을 쉽게 만들 수가 있는데."

여자가 잠시 뒤 말했다. 정신을 가다듬은 건 김창기였다.

"예?"

"전축을 하나 마련해볼래? 나도 집에서 오빠가 만들어준 걸 한동안 사용한 적이 있는데 음색은 별로지만 만드는 재미도 있고 무엇보다 레코드를 한 장씩 사 모으는 묘미가 보통이 아니거든. 별표 전축 같은 건 어쩐지 나이 든 아빠 엄마들 유행가 듣기 좋다는 느낌이 드니까, 호호. 어쨌든 재미있다구."

무슨 소리인가 했더니, 전기부품을 파는 곳에서 턴테이블과 스피커 등을 사서 조립을 할 수 있다는 소리였다.

"집 밑에 목공소에 가서 턴테이블을 놓을 수 있는 합판을 짜달라면 돼. 선은 내가 연결해줄게. 처음부터 커다란 전축으로 듣는 것보다 재미도 있고 무엇보다 돈이 싸게 치니까 학생으로서는 해볼 만한 일이야."

창기의 집에는 그때까지 전축이 없었다. 독수리표니 별표 천일전축이 나올 무렵이었고 형편도 되었지만 어머니나 누나는 음악에 관심이 없었다. 직장에서 돌아온 누나들은 기껏 라디오나 끼고 연속극이나 대중가요를 들을 뿐이었다.

여자가 전축을 만들어주겠다는 말은 김창기로서는 너무나 반갑고 놀라운 것이었다. 한동안 여자에게 말을 붙여보고 싶은 욕망에 시달리기도 한 그로서는 그 일을 하면서 수시로 만날 수 있게 되리라는 기대만으로도 가슴이 터질 것만 같았다. 아울러 여자가 자기에게 일상적인 호의를 넘어 어떤 별다른 관심을 갖고 있다는 터무니없는 생각에 사로잡히기도 했다.

김창기는 여자가 적어준 목록을 받아 들고 자기가 모은 용돈과 어머니에게 더 타낸 돈으로 전기 전자상가가 있는 광복동 전신전화국 뒷골목을 몇 차례 드나들었다. 그쪽 기기에 대해 제법 아는 학교 친구를 찾아내어 같이 가기도 했다.

그렇게 마련된 김창기의 오디오 시스템은 지극히 간단하고 볼품없는 것이었다. 턴테이블을 합판 위에 놓고 선으로 연결된 스피커가 양쪽으로 늘어진 것에 불과했다. 하지만 여자가 기념으로 사준 생상스의 바이올린 협주곡이 지직거리는 바늘 소리 끝에 울려 퍼졌을 때 그는 천하의 모든 소리를 다 얻은 듯싶었다.

"아이구, 은영아. 무얼 만들어주나 싶었더니 무슨 전축이고? 저기 안 그래도 공부를 안 해 야단인데 저런 알아듣도 못할 소리나 듣고 있으면 어짤라고!"

시끄러운 것은 뒤에 문제고 창기 어머니로서는 당장 아들이 딴눈을 판다는 걱정이었다.

"음악 들으면서 공부하는 학생이 얼마나 많은데요. 걱정하실 필요 없어요. 학교 다닐 때 음악에 취미를 갖는 건 좋은 일이에요. 좋은 음악은 머리도 식혀주고 마음도 가라앉혀 주니까 학습효과도 더 있을걸요. 만일 공부를 제대로 안 하면 제가 압수하든지…… 꾸짖죠 뭐."

여자는 웃으며 그렇게 말했다. 옆에서 듣고 있던 그로서는 여자가 자기를 꾸짖는다는 소리가 전혀 우습게 들리지도 않았다. 꾸짖고 타일러 나를 끌어가세요. 나는 당신의 발 밑에 꿇어앉아 당신이 하라는 대로 다 하겠습니다. 그런 마음일 뿐이었다.

김창기는 자신이 대학에 갈 수라도 있었던 게 여자 때문이라는 생각을 부인하지 않았다. 음악이 학습효과를 높여주었는지 어쩐지에 대해서는 자신이 없었지만, 자격지심이나 방황에서 벗어날 수는 있었다. 하교 후 가끔은 삼류 극장을 드나들면서 영화를 보기는 했지만 적어도 대학에 대한 꿈을 키울 수는 있었다. 여자를 만난 게 더 큰 상처로 인생에 자리했다는 것은 전혀 다른 문제였다.

그러나, 김창기는 잠시 생각했다. 음악 이전에 들어야 할 소리가 있었다. 어쩌면, 여자에 대한 그 자신의 한계를 깨닫게 하는 장치이면서 여자로 향한 자신의 최선이 그 소리에 담겨 있을 수도 있었다.

여자가 이사를 온 지 몇 개월이 지난, 가을 무렵이었을까.

"아이구, 젊고 예쁜 예펀네 데리고 사는 것도 과분할 텐데 손질은 왜 하노? 천하에 못난 망종이 여자 손질하는 사내지!"

은영이네에 관계된 어머니의 얘기는 언제나 누나들을 상대로 하는 것이기에 그날도 김창기는 무심하게 밥상에 앉아 있었다. 하지만 이야기가 심상찮았다.

"은영이 아버지가 무뚝뚝하고 말수는 적어도 사람은 좋아 보이던데 와 그렇노. 일주일에 한두 번 볼까 말까 하지만."

큰누나의 말처럼 은영이 아버지는 집을 비우는 일이 잦았다. 속속들이 알 수야 없지만, 은영이네를 저녁상에 불러 밥을 같이 먹는 일이 잦은 것도 남편의 출타 때문일 것이었다. 무슨 일을 하는지, 어머니 말로는 브로커라고 했지만, 집을 비울 때도 많았다.

"군대서도 행실이 나빠 나왔겠지, 뭐. 방첩댄가 보안댄가. 그런 데 있던 사람인데 성질이 와 없겠노."

그제서야 김창기는 남자가 여자에게 손찌검을 한다는 사실이 확연하게 잡혀 왔다.

"와, 고함이라도 지르지 맞고 있노. 내 같으면 못 참는다. 싸우는 소리도 안 들리는 거 같던데 언제 그라노."

작은누나가 이해가 안 간다는 표정을 지었다.

"니는 모르는 소리다. 한밤중에 오데 이웃에 우사스럽게 언성을 높일 거고, 애 깨는 것만 해도 조심스러운데. 하루종일 애들 소리도 안 나고 바깥출입을 안 해 들어가 보니 글쎄 은영이네가 어쩔 줄을 몰라 안 하나. 얼굴은 멍이 들어 있고 어이구 쯧쯧."

"창기 니도 나중에 니 마누라 때릴 거가? 그래 가지고 붙어 사는 여자는 요새 없을 끼다이. 나는 그날로 이혼이다 마!"

덤벙대고 말이 많은 작은누나가 그의 허벅지까지 꼬집어 가며 흥분했지만 김창기는 그저 멍할 뿐이었다.

방으로 돌아온 그의 머리는 혼란스럽고 뜨거웠다. 나쁜 자식!

여자를 위해서라면 무엇을 못할 게 있는가. 지게품을 팔든 어시장에서 하루종일 생선 냄새를 덮어쓰더라도 그녀를 무조건 행복하게 해줘야 할 게 아닌가. 그런데 천사 같은 여자에게 손질을 한다니. 그가 사는 동네에서는 자갈치시장과 공동어시장이 가까운데다 자신의 아버지부터 그랬지만, 거기서 일을 하는 동네사람들도 많아 그의 상상은 그쪽과 쉬 연결되었다. 그런 분노 섞인 원망은 이내 그 자신이 집 아래에 있는 공동어시장에서 허리까지 오는 긴 장화를 신고 어깨 위로 생선상자를 져 나르는 모습으로 다가왔다. 하지만 그의 상상력은 일을 마치고 여자가 있는 집으로 돌아온다든지 그때 짓는 여자의 아름다운 자태로까지는 연결되지 못하고 거기서 멈추었다. 그는 필름이 끊어진 무성영화 앞에서 절망했다. 여자를 위해서라면 나는 어떤 힘들고 어려운 일이라도 할 수 있다. 집으로 돌아온 자신의 신이 구두가 아니라 여전히 긴 장화라는 사실이 여자로 향한 그의 맹목성을 드러내주는 것이기는 하지만, 어쨌거나 남자에 대한 증오심만은 깊어 갔다.

물론 김창기는 폭력이 수반될 수 있는 부부간의 불화를 이해할 수 있는 나이는 아니었다.

남국도는 바깥일이 잘되지 않았다. 원하지 않는 예편 후 직장을 잡거나 장사를 하는 대신 인맥과 경험을 밑천으로 군 관계 브로커를 했다. 병역 면제나, 배치, 제대 문제 등 인사청탁이 주였고 때로는 군수 물자에도 손을 댔다. 하지만 언제나 위험이 따랐고 좋은 일만 계속되는 것도 아니었다.

그는 처음부터 자기가 하는 일을 정희옥에게 제대로 말하지 않았다. 일의 특수성 때문이기도 하지만 착하고 예쁜 아내로 곁에 있어 주길 원했기 때문이었다. 따라서 밖에서 받는 스트레스가 고스란히 쌓이면서 그게 어쩌다 아주 사소한 가정사로 잘못 터져 나온다는 게 그의 변명이자 후회였다.

하기야 김창기가 그들 부부의 다소 특수한 결혼생활을 어느 정도 이해한다 하더라도 남자에 대한 맹목적 증오와 여자에 대한 애정은 피할 수 없는 것일지도 몰랐다. 잘못은 여자에 대한 일방적 환상, 그 자체였으니까 말이다.

어머니에게 이야기를 들은 뒤로 그에게는 밤늦게까지 책상머리에 앉아 잔뜩 긴장하는 버릇이 생겼다. 전축을 마련한 뒤 어쨌거나 학과 공부에 취미를 붙인데다, 신경이 다른 데가 있다 하더라도 책상머리에서 책을 보는 습관은 우습게도 그 자신을 무난하게 대학에 가게 한 동인이 되었다.

"저 자식이 인자 공부를 하려나 보다. 저기 그래도 국민학교 때는 1등도 몇 번 했다."

어머니는 그렇게 누나들이나 여자에게 새삼스러움을 드러내고 있었지만, 김창기는 오히려 여자와 마주치는 게 두려웠다. 어머니를 통해 남편에게 손찌검을 당한다는 사실이 주인집 가족들에게 알려졌으리라는 걸 아는 여자가 자기 보기를 얼마나 민망해하겠는가 하는 헤아림이었다.

방 세 개 중에서 누나들이 한 방을 쓰고 대문에서 가깝고 마당으로 난 갓방을 쓰는 그로서는 사실상 세 들어 사는 여자 집에서 어떤 일이 벌어지더라도 그 기척을 알 수 없는 위치에 있었다. 무엇보다 어떤 일이 있다는 걸 안다고 해도 어떻게 하겠다는 구체적 계획도 없이 그는 볼륨을 줄인 레코드를 틀어놓고 책상머리에 앉아 있었다. 그러던 어느 날 마당으로 나가 기다려야겠다는 생각을 들게 한 일이 있었다. 안쪽의 현관문이 열리고 여자가 수돗가로 가서 무엇인가를 씻고 들어가는 걸 목격한 것이다. 여자가 발걸음도 조심스레 내고 고개를 숙이고 지나가는 데다 그가 있는 방의 창이 높았기에 여자의 표정을 볼 수는 없었지만, 마당에 나가 여자를 지켜야겠다는 생각을 언뜻 들게 한 건 사실이었다.

그냥 마당을 서성이기도 뭣해서 그는 줄넘기와 역기, 그리고 아령 같은 운동기구를 마련했다. 누나들은 하지 않던 짓을 한다고 놀려댔지만, 마당을 서성이다 인기척이 나면 운동기구를 만지는 시늉을 할 적이 많기는 했다. 하루는 일요일이든가, 은영이 아버지가 일찍 돌아온 저녁이었는지, 마당에 있는 그를 보고 이렇게 말한 적이 있었다.

"역기는 서서 들면 좋지 않아. 왜 벤치라 그러나, 그걸 만들든지 해서 누워서 들어야 한다고."

학교에 가서 친구들에게 그 말이 맞느냐고, 왜 그러냐고 물어보니 서서 들면 키가 크지 않아 그렇다는 대답이었다. 김창기는 그 말에 쓴웃음을 지었다. 작달막하면서도 어깨가 떡 벌어진 은영이 아버지 자신의 모습을 두고 한 말이다는 생각 때문이었다. 남자의 말을 받아들이든지 아니면 역기를 포기해야 하는 선택 중 그는 뒤쪽을 택했다. 키 작고 어깨가 벌어진 남자를 닮기는 싫었기 때문이었다. 그러다 보니 아령보다는 차라리 역기를 몇 차례 드는 일이 잦아졌고 조금 불편하기는 해도 누워서 하늘을 보는 것도 괜찮았다.

가을이 다 갈 때까지 그는 마당을 서성거리거나 책상머리에 앉아 있는 일을 되풀이했다. 어떤 소리도 두 짝짜리 유리창이 반을 가린 현관 저쪽에서 들려오지 않았다. 가끔 운동도 하고 마당을 거닐면서 수학이나 영어가 골치 아프면 번역판 세계문학전집을 읽던 그때가 김창기로서는 불행과 행복의 이편과 저편을 수도 없이 드나들 때였는지도 몰랐다.

그런데 어느 날 어머니의 말을 듣고는 머리를 책상머리에 찧든지 아령으로 자신의 발을 찧어버리고 싶은 심정에 사로잡혀야 했다.

"때려놓고는 핑 하니 집을 나가버리면 다가! 이 순디이 같은 게 그냥 엎드렸다가 흔적이 없으면 나오는 거 있제. 제대로 먹기나 하겠나. 오늘은 내가 죽을 좀 쑤다 억지로 먹였다. 세상에 이런 일이 어디 있노."

그렇다면 김창기 자신은 마당에서 도대체 무얼 했단 말인가. 쓸데없는 상념에 젖어 여자를 지키지 못하지 않았는가.

"은영이 엄마가 불쌍타. 사람이 얼마나 좋노!"

"그래도 사는 재미는 따로 있겠지. 전에 보니 새 옷을 두 벌인가 샀는 갑데, 핸드백 자랑도 안 하더나? 여자가 쓰는 물건 보면 모두 고급이거나 외제다. 그 아저씨도 신경 쓰는 데는 있는 기라."

큰누나가 묘한 웃음을 지으며 말했다.

"그게 되어먹지 않은 거라. 돈이 좀 생기면 왕비같이 대우해주고 없을 때는 쩔쩔매고, 눈치가 전당포도 몇 번 드나드는 갑더마는 살림이 규모가 있어야지 저러면 어짜노. 아무리 고정수입이 아니라 해도 그럴수록 더 알뜰해야지. 젊은 기 철모르고 일찍 결혼해 가지고 고생이다. 여자한테는 황금도 필요 없다, 남편하고 맘 맞차 알뜰살뜰 따시게 사는 기 최고다. 니거들도 함부로 어중잡이는 택하지 마라."

김창기는 정신이 아득한데 어머니와 누나들은 연방 딴소리였다.

어쨌든 그날 이후 더욱 마당에서 보내는 시간이 많아진 건 사실이었다. 겨울이 오고 있었으므로 그건 어지간한 오기를 필요로 하지 않았다. 그리고 그는 남자가 집에 있다는 걸 확실히 아는 날에는 밤늦게까지, 그리고 가끔은 새벽에도 마당을 서성였다. 하지만 중요한 건 스스로 어떤 계획도 세운 게 없다는 것이었다. 어쩌면 그 따위는 문제가 되지 않는다고 생각했는지도 몰랐다. 그는 스스로 어떤 일도 할 수 있다는 자기 최면에 걸려 있었는지도 모를 일이었다.

잠을 설치고 신경이 날카로워졌지만 그럴수록 여자를 향한 안타까움으로 가득 채워진 연정은 그의 심장을 터지게 할 지경이었다.

생각해보라. 겨울밤 마당을 거닐며 세 들어 사는 여자 집에 눈과 귀를 곤두세우고 방 안에 잠들어 있을 여자의 환영에 괴로움을 당하는 고등학교 3학년을. 여자가 사준 생상스의 바이올린 협주곡을 들으며 눈물 흘리다 벌떡 마당가로 뛰쳐나가야 하는 열여덟 살 사내애. 몇 번째인가, 여자가 자신의 방으로 뛰어들어 오는 꿈과 환영에 쫓기어 차갑고도 깜깜한 마당으로 나가던 어느 날 밤중이었다. 여자 집의 현관으로 조심스레 다가간 그의 귀에 환청이 아닌 어떤 소리가 분명 흘러왔다.

툭툭.

그리고 남자의 나지막하면서도 힘이 들어 있는 마디진 소리.

거기에 잠겨드는 흐느낌.

그는 피가 머리끝으로 곤두서는 느낌이었다. 다시 한번 귀를 기울일 여유도 없이 그는 마당 한편의 역기가 놓인 의자

쪽으로 갔다가 축대 한켠에 놓인 아령을 잡았다가 다시 놓고 그러길 몇 번, 그는 결국 담벼락 쪽의 화단에서 돌멩이 하나를 주워 들었다. 여자는 위쪽 반을 유리가 가리운 현관문 안쪽에 있었고 그는 어둠이 덮고 있는 바깥에 있었다. 현관문 안으로 부엌이 있고 손바닥만 한 마루와 방문. 현관문을 열지 않는 이상 유리를 깨는 수밖에 없었다. 여자에게 가는 길은, 김창기 자신이 이렇게 여자를 지키고 있다는 사실을 알리기 위해서는 유리를 깨는 수밖에 없었다.

그 소리. 유리창이 박살 나는 소리. 그는 금단과 금기의 세계를 날카로운 파열음과 가슴을 찔러대는 고통을 통과함으로써 깨뜨릴 수 있었다. 그는 산산조각 난 유리조각에 기어이 피투성이가 되고 말았다.

그러므로 그에게는 서울에서 FM음악을 듣기 전에 들어야 할, 기억해야 할 소리가 있었다.

그날 유리창이 깨지는 소리는 어쩌면 그때 그가 낼 수 있는 최상의 소리였는지도 몰랐다. 그것은 영원히 여자에게 온전하게 다가갈 수 없는 데서 오는 가슴 터지는 비명, 본질의 소리였을지도 몰랐다. 안을 들여다볼 수 있다는 점에서 유리는 투명하지만 깨질 수 있다는 점에서 유리는 파편을 본질로 할 뿐이었다.

김창기는 신경을 곤두세우고 핸들을 잡았다. 그만하게 펼쳐진 앞유리에 달라붙는 빗방울이 몹시도 처연하게 눈에 들어왔다. 그동안 기계적으로 거의 반사신경에 의해 운전을 해왔다는 사실이 신기할 정도였지만 긴장은 오히려 생각을 놓았을 때 오는 건지도 몰랐다.

그러므로 지금 비까지 내려 더 복잡해진 도로에서 짜증스럽고도 조심스럽게 차를 몰아 여자에게 가는 시간은 김창기에게 최선일지도 몰랐다. 그것이 유일하게 과거로 가는 통로라면 그는 그 길로 가야 했다. 아이를 데리고 병원에 가던 첫날 달려들었던 '왜 일이 한꺼번에 일어나는가'라는 짜증 속에 숨어 있는, 이 세상의 그 누구도 피할 수 없는 인생과 시간의 '짐'에 대해 조금씩 생각해볼 수 있는 길일 수 있으므로.

김창기는 마침내 병원으로 가는 길로 들어섰다. 지하철 공사로 차선은 어지러웠다. 그래도 하나의 길을 따라만 가면 된다는 점만으로 마음이 편해졌다. 김창기는 별거 아니게 마음에 다가든 '하나의 길만 따라 가면 마음이 편하다'는 말에 스스로 안도했다. 여러 길이 있으나 하나밖에 선택이 불가능할 때, 그리고 어쩔 수 없이, 다른 길로 접어들 수 없어 차라리 고통스러운 외길. 어떤 선택도 허용되지 않는 외길을 갈 수밖에 없다는 것은 얼마나 우리 인간을 고통스럽게 하는가. 여자에게 가는 길.

만신창이로 파헤쳐지고 각종 중장비들이 널브러진 길이었지만 그의 마음은 편안했다. 아마도 되살려낸 과거에 대한 그리움과, 고통스러워서 더욱 빛나는 순간들에 대한 연민과 사랑의 감정 때문일지도 몰랐다.

하지만 직진은 곧 끝날 수밖에 없었다. 그는 우측 깜박이를 켜고는 2차선으로 들어섰다. 인생이 몇백 킬로미터의 일직선일 수 없다는 것, 도저히 길이 나 있지 않을 것 같은 산이지만 그 안에 들어가 보면 얼마나 많은 소로로 가득한가. 병원으로 가는 길은 버스 노선이 개설되어 있는 만큼 넓었다. 하지만 곧 좌회전을 해야 했는데 그는 신호를 받기 위해 잠시 기다려야 했다. 그때서야 생각나는 게, 비가 내려 저번처럼 여기저기를 거닐 수도 없다는 것이었다. 진작 해보지 않은 생각은 아니었지만 새삼스러웠다. 그런 감정은 여자에 대한 그 자신의 거북스런 감정과 관계 있을 것이었다. 하지만 망각으로 해결될 성질이 아니라면, 어떤 부닥침이 절실한 건지도 몰랐다.

여자에 대한 김창기 자신의 감정은 '이왕 다 타버리고 난 다음에 무엇이 남아 있을 것인가, 화재현장을 돌아본다거나 타버린 물건에 애착을 갖는 것은 필요 없는 일이다', 그런 것이었다. 그는 이미 정희옥을 알고부터 그에게 부여된 사랑의 감정은 다 타버리고 아무것도 남아 있지 않다고 여겨왔었다.

선재를 만나고 또 맞선을 보는 동안 이런저런 여자들을 스치듯 만나고 아내와 결혼한 것과는 관계없이 그 자신의 내부가 만들어낸 그런 감정은 화재현장의 타버린 돌멩이처럼 더욱 단단하게 굳어져 가슴에 박혀 있었다. 그리고 그는 다 타버린 자신의 그런 감정을 어느 누구에게도 털어놔 보인 적이 없었다. 그는 완벽하고도 두텁게 한 여자와 관련된 시간을 묻어둔 것이다. 그런데, 여자는 살아 있었고, 아내는 그 문을 열라고 하고 있다.

그럴까? 김창기는 그 대목에서 잠시 망설였다. 아내에게는 선재에 대한 고백만으로도 충분할 것이다. 사태가 나빠지든 아내가 이해를 해주든 말든, 그것과 관계없이. 하지만 부족한 건 그 자신일 것이었다. 설령 정희옥에 관한 이야기까지 털어놓는다 하더라도 그 자신의 텅 비어버린 마음이 고백으로 인한 가벼움으로 충만될 것인가? 문제는 그것 아니겠는가.

신호가 바뀌고 그는 액셀을 밟았다. 병원 정문이 보였다.

비가 내린다는 게 생활을 바꾸어놓지는 못하더라도 그렇고 그런 영향은 끼치는 것인지, 면회객 숫자며 자동차들은 줄어 보였다. 그는 여유 있게 차를 주차시켰다. 그러고는 잠시 난감했다. 차에서 내릴 만한 이유를 아직 마련하지 못하고 있었다. 차 안에 잠시 앉아 있기로 했다.

FM라디오를 김창기가 가지게 된 것은 여자가 만들어준 허술하기 짝이 없는 간이전축으로 눈물겹게 생상스를 듣던 그 보다도 훨씬 뒤, 대학 입학식을 치르고 서울에서 하숙생활을 시작했을 때였다. 입학 선물이랄까 그런 거로 김창기는 라디오를 어머니에게 사달라고 말할 수 있었다. 하지만 이래저래 어머니가 미루는 바람에 서울로 올라갈 때 그것을 가져갈 수는 없었다. 입학 후 한 달 뒤든가, 그것을 가져온 사람이 정희옥이었다. 그의 어머니와 같이 산 걸 친정에 올 기회에 직접 준 것이다. 직사각형의 금성사 제품은 여자의 소니 라디오에 비할 무게와 디자인은 아니었지만, 여자가 해준 덮개로 더할 수 없이 빛났다. 안테나를 뽑는 부분에 구멍을 내고 주파수를 맞추는 부분과 다이얼 부분에도 신경을 써야 했던 연한 녹색의 천으로 둘러싸인 라디오는 여자의 분신으로 김창기의 하숙집 책상 위에 놓이게 되었다.

그는 노트 한 권을 사서는 '천국에 가는 길, 그대와 더불어 있는 시간 노트'라는 긴 제목을 달고는 라디오에서 듣는 곡명과 연주시간, 연주자와 지휘자는 물론 그 음악에 대한 자신의 간단한 생각까지를 담았다. 그 메모는 음악감상이라기보다는 어떤 면으로 여자에 대한 자신의 감정을 모호하게 치장한 경우가 대부분이었다.

그러므로 여자가 라디오를 가져온 그날을 김창기는 잊을 수가 없다. 그날은 〈닥터 지바고〉를 같이 보았고, 커피를 마셨고, 천국으로의 나래를 펼치고, 또한 지옥 같은 안타까움이 교차하던 날이었다.

"어제 왔어. 은영이하고 서영이를 외할머니께 맡기고 친구하고 약속도 해놓고 오늘 서울 나온 거야. 실례지만 내가 먼저 들어보았는데 그런대로 음질이 괜찮던데. 시간을 잘 맞춰 들으면 클래식 듣는 시간이 굉장히 많아지지. 그리고 이 덮개는 내가 만든 건데 어떤지 모르겠어. 주인에게 물어보지도 않고 덮어놓았으니…… 마음에 들지 않으면 벗겨내면 돼."

"아니, 좋아요!"

김창기는 황홀한 마음으로 연한 녹색의 천을 바라보고 있었다.

"바느질 솜씨는 형편없지만 정성으로 생각해. 하숙을 옮기거나 술 마시고 친구가 잘못 넘어뜨려도, 그런 일이 있으면 안 되지만, 좀 낫겠지."

여자가 아침 8시쯤 주인집으로 전화를 했기 때문에 김창기는 무조건 강의가 없다고 우기며 하루종일 하숙집에서 기다렸다. 여자가 2시 지나 갈 수 있을 거라고 말했는데도 불구하고 말이다. 이문동에는 처음이나 마찬가지라면서도 하숙집을 쉽게 찾았다고 했다.

"자아, 주인이 한번 틀어봐야지."

김창기는 전원을 넣고 볼륨을 높였다. 주파수는 이미 여자가 동양 방송에 맞추어 놓았던 터였다. 대중가요가 낭랑하게 울려 퍼졌다.

"팝송도 좋은 게 많으니까 듣고 그래. 예쁜 여학생 사귈 때 클래식만 듣겠다고 고집하면 놓쳐."

여자는 웃으며 말했다. 그 말을 듣는 순간 김창기는 너무나 억울해서 얼굴이 달아오르는 한편으로는 딱딱하게 굳어질 정도였다.

"음악도 편식하면 좋지 않으니까 하는 말이지 뭐. 명동에 필하모니나 종로에 르네상스, 아직도 있나 모르겠는데, 그런데도 토요일 같은 때 가봐. 너무 깊이 빠지지는 말고, 아주 이상한 사람들도 있어. 음악이 나오면 막 지휘도 하고 몸을 떠는. 잰 체하는 사람들."

김창기는 그런 말은 귀에 별로 들어오지 않았다.

"나는, 아는 여학생이 없어요."

그는 이야기를 다시 거슬렀다. 바보같이—그 말을 하면서도 김창기는 그런 생각을 했다—그는 그렇게 말하고 말았다.

"그래? 왜, 학과에 여학생이 많이 없어?"

여자는 재미있다는 표정이었다.

"그런 게 아니라, 알고 싶은 마음이 없다는 거예요!"

화가 난 듯 김창기는 말했다.

"부끄러움을 많이 타는 편이지? 그렇지?"

여자가 김창기를 빤히 바라보았다. 여자의 눈과 얼굴은 여전히 웃고 있었다.

"나 같으면 마음에 드는 여학생이 있으면 어떻게든 데이트를 하겠다. 뭐, 별로 심각하게 생각 안 해도 좋을 때잖아. 커피 마시구 영화 보구 이야기하구, 얼마나 좋아?"

이 여자는 내가 던진 돌멩이의 의미를 알기나 할까. 김창기는 한순간 아주 절망적인 기분이 되었다. 뒷산으로 올라가서 밤을 새우고 아침에 돌아왔을 때 아무 일 없었다는 듯이 유리창은 치워져 있었으며 거짓말같이 그 이야기는 누구의 입에서도 나오지 않았다. 시간이 지나면서 김창기가 생각해도 그것은 아주 신기하고 불가사의한 일이었다. 하지만 김창기는 여자만은 그날 누구에 의해 유리창이 깨졌는지를 안다고 믿었다. 불면의 밤들과 찢겨진 마음을 보상받기 위해서가 아니라, 어떻게 안타깝도록 진정한 마음이 의미 없이 허공을 헤맬 수 있단 말인가.

그러므로 지금 여자의 말도 자기를 지키고, 나아가 김창기에게 상처를 주지 않기 위한 연기이거나 완강한 차단의 벽을 치는 거라는 생각에서 한 발도 물러설 수가 없었다.

하숙생들이 모두 나간 하숙집은 조용했다.

"커피 마시고 이야기하는 게 꼭 재미있는 것만도 아니에요. 이쁘다는 것도, 그게 무슨 의미가 있겠어요."

여자가 김창기의 얼굴을 보고 이야기하는 편이라면 그는 방바닥이나 책장이나 뒷길로 난 작은 창을 보고 말하는 식이었다. 하지만 그는 이야기를 끝낼 때쯤이면 스치듯 여자의 눈을 만나곤 했다.

여자는 웃음이 거두어진 얼굴에, 그러나 그녀가 본래 모든 사람에게 보여주는 화사함은 간직한 채 김창기를 물끄러미 바라보았다. 여자는 쉽게 입을 열지 않았다. 한숨 소리였을까? 김창기는 분명 여자의 입에서 가느다랗게 터져나오는 어떤 소리를 들었다. 눈을 들었을 때, 여자가 말했다.

"그러면 안 돼."

그리고 그뿐이었다. 여자는 다시 종전의 표정과 말투로 돌아갔다.

"손님이 왔는데 차도 한잔 대접 안 해? 커피포트가 없어?"

"식사 후에 주인아주머니가 한 잔씩 타주니까. 아주머니에게 미리 말을 해두었는데……"

그리고 조금 있자 기침 소리가 문 앞에서 났다.

"부산서 손님이 오셨어?"

두 잔의 커피가 담긴 쟁반을 아주머니는 김창기가 연 문 안으로 들여놓았다.

"고맙습니다. 잘 마시겠어요."

여자는 붙임성 있는 목소리로 인사했다. 김창기는 다시 앞의 이야기로 되돌아간다는 것이 쑥스러움 이전에 불가능하리라는 걸 알았다. 다만, 그러면 안 돼라는 낮으면서도 못 박는 듯한 소리만이 귀를 울릴 뿐이었다. 수수께끼 같은 그녀의 말은 아주 오랫동안, 어쩌면 지금까지도 김창기의 가슴에 남아 있었다. 그리고 그 말과 아주 닮은 목소리를 여자에게서 다시 나오게 했을 때, 그는 정말이지 죽고 싶었다. "이러면 안 돼!" 그 뒤 언젠가 여자가 김창기에게 한 말이었다.

"그런데 제 라디오로도 부산서 일본 방송이 나오던가요?"

화제를 바꾼 건 김창기였다. 그는 두려웠던 것이다. 혹시나 무거워진 이야기로 여자가 일어나버릴까 봐.

"아, 그걸 나도 해봤는데, 주파수가 틀려. FM은 주파수가 짧아. 이건 우리 국내용이니까 그쪽 주파수가 아예 나와 있질 않지."

하숙집 아주머니가 부산서 친척이 온 걸로 알고 내놓은 커피잔을 놓고 여자와 앉아 있으려니 김창기는 어딘가 미진하여 불만스럽고 쑥스러우면서도 그지없이 행복했다. 그냥 이렇게 같이 앉아 있다는 그 자체만으로도 행복했다.

"KBS는 어디죠?"

김창기는 다이얼에 손을 대고 물었다.

"응? 그게 어디더라."

여자는 주파수를 말해주는 대신 자신이 주파수를 맞추기 위해 손을 내밀었다. 김창기가 손을 떼고 여자가 다이얼을 쥐는 가운데서 손이 슬쩍 스쳤는데, 김창기는 얼굴이 후끈 달아올랐다. 섬세하면서도 하얀 손, 이사 오던 첫날 보았던, 찬물 속에서 막 꺼낸 손목의 그 선명했던 실핏줄.

"여기구나. 미군 방송도 잡혀."

여자는 세 군데 방송의 주파수를 모두 잡아 보여주었다. 최종적으로 라디오는 팝송이 나오는 KBS에 맞추어졌다.

"어머니가 공부 제대로 하는지 살펴보라고 하셨는데 어떡하지? 그냥 보고야 알 수가 있나. 하숙집 아주머니께 물어볼 수도 없고? 공부 하는 것 같지 않으면 용돈을 주지 말고 오라시던데?"

여자는 앉은자리에서 잠깐 일어나 책상과 책장을 살폈다. 김창기도 따라 일어났다.

"같이 있는 학생은 누구지?"

여자는 또 다른 책상을 살피며 물었다.

"아, 마산 아인데 1학년이고 경영과 다녀요. 자기 집이 어장 한대요. 멸치어장."

김창기는 자신이 생각해도 목소리가 조금 들떠 있는 게 아닌가 싶었다.

"멸치어장? 그거 재밌네. 요즘은 무슨 책 읽어?"

"저요?"

그의 책꽂이와 자그마한 책장에는 교재용 책과 소설책, 그리고 교양도서라고 부를 수 있는 것들이 어지러이 꽂혀 있었다. 스스로 꼭 가고 싶은 학과도 정하지 못한 데다 진로에 대해 조언을 해줄 이도 없어, 그는 취직 잘된다고 누나들이 말하는 대로 법대로 갔다. 하지만 그는 학교공부는 강의실에서만 하는 것으로 알고 고등학교 때부터 좋아했던 소설이나 역사서들을 읽고 지냈다.

그때 그는 영국작가 그레이엄 그린의 『사건의 핵심』을 읽고 있었다. 양문문고판이었다. 노란색과 분홍이 적당히 섞인 예쁘장한 장정이었다.

"이거요."

김창기는 책꽂이서 그걸 꺼내 보였다.

"무슨 이야기야? 재미있으면 내게도 빌려줘."

그는 중년의 식민지 오지의 경찰서장이 난파된 배에서 구출된 어린 여자를 사랑하는 데서 일어나는 고뇌를 쉽게 설명할 수가 없었다. 그것은 가만히 앉아 있기만 해도 땀이 흐르는 후텁지근한 아프리카의 기후를 모르고서는 이해될 수 없는 소설일지도 몰랐다.

선뜻 책을 꺼내 보이긴 했지만 여자는 손에 쥐어 보지도 않았다. 그 문고판은 결국 여자에게 읽히지 않았다. 방학때 집으로 가져가기는 했지만 여자는 기억하질 않았다. 여자는 그렇게 골치 아픈 독서를 좋아하지 않는 걸 김창기는 그 뒤 여러 면에서 읽을 수 있었다. 그러나 그런 면이 여자를 향한 맹목적인 그의 마음을 잠재우지 못했음은 물론이다.

여자는 다시 방바닥에 앉으면서 자신의 핸드백을 끌어당겼다.

"자, 이건 어머님이 주시는 돈이야. 헛돈 쓰지 마라 케라, 그러시던데."

여자가 어머니의 말투를 흉내내며 웃었다. 김창기는 여자가 내미는 봉투를 두 손으로 받았다.

"저 그런데……"

김창기는 아까부터 망설여왔던 말을 입 밖에 내기는 했지만 한꺼번에 다 해버릴 수는 없었다.

여자는 아주 편안한 표정으로 그를 바라보았다. 그냥 이대로 여자가 가버리는 것보다는 결과야 어찌되던 말을 하는 게 낫다는 생각이 그의 마음을 사로잡았다.

"친구 분하고 몇 시에 만나요? 시간이 남으면 제가……"

"뭐 맛있는 거 사주려고? 시간이야 있지. 직장 마치려면 아직 멀었으니까. 난 그동안 오빠 집엘 가볼까 어디 구경을 할까 그러는데?"

"그러면, 제가 영화 보여드릴게요."

"영화? 요즘 뭘 하는데?"

"저, 대한극장에서 〈닥터 지바고〉도 하구요, 또……"

"〈닥터 지바고〉를 또 해? 그럼, 창기 학생 덕에 그 영화를 한번 더 볼까."

여자의 말에 김창기는 뛸 듯이 기뻤다.

여자를 이상하게 볼 이유는 하나도 없을 것이다. 동생이라도 한참 아래일 세 들어 사는 주인집 아들에게 다른 일로 오는 길에 부탁한 물건과 돈을 건네주고, 시간이 남아 영화 보기를 승낙한 일이 잘못일 리는 없다. 잘못은 여자의 호의를 연정으로 키워가려는 어린 남자에게 있을 것이었다.

3시가 지나 그들은 퇴계로에 있는 대한극장에 도착했다.

"아, 내가 창기 학생에게 영화를 얻어 볼 거라고는 상상도 못했는데!"

표를 끊기 위해 김창기가 매표소로 앞장설 때 정희옥이 말했다. 그 말 한마디가 창기의 마음과 극장 앞에서의 분위기를 편안하게 만들었다. 여자에게는 타고난 그런 면이 있었다. 애가 둘이나 되는데도 '곱상하고 심성이 맑아 보여서' 그녀를 세입자로 택했다고 김창기의 어머니가 처음에 말했듯이, 여자에게는 타고난 독특한 자질이 있었다.

"아, 그림을 보니 정말 영화가 보고 싶은데. 물론 창기 학생도 처음은 아닐 테지?"

설원과 더불어 오마 샤리프와 줄리 크리스티가 실물 이상으로 잘 그려진 대형간판을 올려다보며 그녀가 말했다.

"입시 공부한다고 못 보았어요."

"그래? 영화는 소설의 실제 배경인 소련이 아니고 스페인과 핀란드의 헬싱키에서 촬영했다는 말을 미리 해주면 김이 빠질까."

여자는 영화관에 들어가 어디론가 전화를 걸었다. 그리고 둘은 어둠으로 들어갔다.

영화관이 어두운 것은 스크린에 빛을 모으기 위해서가 아니라 현실과의 차단을 위해서이다. 화면의 세계로 몰입하기 위해서는 의자의 모습, 옆사람의 얼굴, 이런 현실과의 격리가 필요한 것이고 그 최대의 효과는 빛의 차단에서 얻을 수 있는 것이다. 그런 어둠은 인간 내면의 갖가지 잠재된 욕망을 부추겨 현실에서의 못난 자기가 아니라 스스로 바라는 자기, 혹은 스스로 바라지 않는 자기 자신에 도달할 수 있는 열망을 획득할 수 있는 것이다. 화면의 세계와 자신을 동일시시키기 위해서 우리는 잠시 눈을 감아야 할 필요가 있는 게 아니겠는가.

그때로서야 그런 면을 헤아릴 겨를이 없었지만, 어쨌거나 김창기에게 어둠 속에 펼쳐진 화면은 그 자신과 여자 사이에 가로놓인 현실적 불가능성을 모조리 잊게 하거나 거둬낼 수 있는 시간과 공간이었음은 틀림없었다.

김창기는 단지 어둠 속에 여자와 나란히 앉아 있다는 사실만으로도 가슴이 터질 지경이었다. 그러므로 그는 자신의 가쁜 숨소리, 심장의 박동조차 여자에게 전달될까 조심스러웠다.

1인 장기 집권으로 암담하고 처연한 정치 사회적 분위기가 지배하는 시기였지만, 갓 대학에 입학한 남자와 못다 피워본 처녀시절의 꿈에 지배당할 때가 많은 여자는 인류 역사를 뒤흔든 대혁명의 소용돌이 속에서 펼쳐지는 사랑과 운명이 그저 감격스러울 뿐이었다.

우리가 비극적 삶을 원하지 않는 만큼 비극적 로망스는 언제나 감격일 것이다. 후일 김창기는 『닥터 지바고』의 모델이 된 여인이 살아 있고 파스테르나크 때문에 굴라그(강제수용소) 생활을 했다는 사실을 알았다. 그리고 더 감동적인 것은, 동시대를 살다 간 사람들에 대한 죄의식이 그 작품을 쓰게 했다는 작가 자신의 말이었다. 하지만 20 수년의 시간이 지난 지금의 김창기에게 죄의식은 시대에 대한 것일 수는 없었다. 영화의 마지막 장면에서 전차를 타고 가다 라라를 보았다고 생각한 순간 일으킨 주인공의 심장발작이 자신에게 더 가깝게 느껴질 것이었다. 그것은 영화 속에서 제시된 적군(赤軍)과 백군(白軍)에 대해 명확하게 모르고도 그때 영화를 보는 데 불편함이 없었던 것과 마찬가지로, 어차피 인간이란 이 세상을 자기가 볼 수 있는, 엄지와 검지손가락을 이었을 때 만들어지는 구멍만큼으로 파악할 수밖에 없는 것일지도 몰랐다. 인생은 지성이 아니라 그 인간이 살아가면서 만난 순간의 감격과 상처에 대한 응집력으로 파악되는 건지도 몰랐다.

후드득, 비가 다시 거세어졌다. 엔진을 끈 차 안은 습기와 냉기로 썰렁했다. 하지만 내가 쉴 곳은 여기뿐이라는 심정으로 그는 편안한 마음을 느끼고 있었다. 세계와 절연된 채, 그래서 다른 시간, 다른 세계로 빠져들 수 있는 공간이라는 기분이 가슴을 가득 메우고 있었다.

그리고 그때 극장에서 무슨 일이 있었던가.

그는 1970년도의 서울 퇴계로, 아니, 혁명과 사랑의 소용돌이가 설원과 제정러시아의 오래된 석조 건물의 우중충함으로 펼쳐지던 극장 안으로 다시 들어갔다.

여자도 그랬지만, 김창기도 외면적으로는 화면 위에 펼쳐지는 숨 가쁜 사건과 만남과 이별, 그리고 풍경에 빠져 있었다. 여자는 두 번째 보면서도 장면에 대한 어떤 코멘트도 하지 않았다. 김창기는 영화 속의 인물과 상황들을 자신과 여자로 바꾸어 보고 있다는 사실에 한 번씩 놀라곤 했다. 적군에서 빠져나온 지바고가 수염까지 얼어붙은 채 지방 소도시에 머물고 있던 라라를 찾았을 때, 그는 자신의 몸이 그대로 얼어붙고 또한 녹는 듯했다. 그리고 마침내 라라가 탄 썰매가 하나의 점으로 사라질 때는 자신의 모든 이별과 비극을 보는 듯하여 눈물이 났다.

영화가 끝났을 때 앉은자리에서 여자가 말했다.

"정말 대단하지!"

"정말 그러네요. 몇 번을 봐도 좋겠어요."

"저번에 본 기억이 없는 건 아니지만, 지금도 보는 순간 너무 강렬하고도 생생하게 다가오는 거 있지?"

다음 상영시간에 맞춰 들어온 사람들이 자리를 찾고, 김창기는 무언가 얼른 이을 말이 생각나지 않아 둘은 일어났다.

4월 초순의 저녁은 느리고 한가했다. 김창기는 어떻게 해야 하나 망설였다. 여자가 이제 그만 친구를 만나러 가겠다고 한다면 그는 학교 부근으로 가는 버스를 타는 수밖에 없었다. 어떻게 떼를 써서 같이 있는 시간을 연장할 수 없다면, 무슨 계기를 만들어야 하는데 김창기의 머리나 마음은 그냥 여자와 조금이라도 더 있고 싶다는 생각만 가득할 뿐 어떤 새로운 화제도 만들어낼 수가 없었다.

그때 여자가 말했다.

"전화를 한번 더 해야겠는데, 어디, 다방으로 갈까."

김창기는 여자와 나란히 필동 쪽으로 걸었다. 바람이 조금 차갑기도 했지만 봄은 그의 마음속에 가득했다. 다방 간판은 연이어 보였지만 여자는 선뜻 걸음을 멈추지 않았다. 아는 다방이라도 있는 건지, 친구에게 전화할 시간이 남아서인지 알 수는 없었지만 그로서는 아무도 둘을 알아볼 사람이 없는 서울의 한 거리를 거닌다는 게 그냥 달콤하기만 했다. 어쩐지 지나는 사람들, 특히 남자들의 시선이 그들에게 머무는 것 같아 기분이 좋았다.

"부산보다 서울이 더 익숙하죠? 거긴 아는 사람도 없어 답답하고, 일본 FM방송밖에 없으니."

김창기는 한참을 생각한 뒤 겨우 그렇게 말했다.

"창기 학생이 내 생각 해주네."

그리고 여자는 한동안 말없이 걸음만 또박또박 옮겨놓다가 천천히 말했다.

"그러나 부산에는 바다가 있으니까. 은영이나 서영이 데리고 집 밑에서 버스 타고 송도에 가지. 한나절은 보낼 수 있으니까."

내가 그 풍경 속에 있어야 한다! 김창기는 가만히 외쳤다. 누군가에게 달려가는 마음은 한순간이다. 뒤에 김창기는 자주 그런 생각을 했다. 그때 김창기는 여자의 느릿한 말에서 깊이 모를 비애와 함께 참을 수 없는 사랑을 느꼈다. 그리고 여자를 향해 급하게 달려가는 자신의 몸과 마음을 고스란히 받아들이자고 다짐했다. 여자가 다시 말했다.

"창기 학생은 나중에 서울서 살 수 있겠네. 대학 나오고 취직하고 그렇게들 서울시민이 되는 거니까. 고향이 좋다 해도 서울에 무엇인가가 있으니까 다 서울로 올라오지. 나는 어떻게 될지를 몰라. 지금 기분으로는 서울은 점점 멀어지는 것 같기만 한데."

김창기는 망설이지 않고 말했다.

"영화처럼 전쟁이나 혼란기도 아닌데요 뭐. 그때야 자기가 살고 싶은 곳이 있어도 못 살았지만 그래도 만날 사람은 만나고 그러잖아요. 그 넓은 땅에서도."

"응, 그렇긴 하지. 하지만 일상은 진부해서 아무런 자극이나 변화를 못 주지. 그게 영화여서가 아니라 변동이 있고 혼란, 그러니까 죽음과 이별, 그런 게 주위에 가득할 때 사람들은 깊고도 깊은 열망을 가질 수 있는 모양이지. 그러니까 그 무엇도 가능하지."

김창기는 마음이 아팠다. 아니예요! 내면은 소리쳤지만 입에서 떨어지지는 않았다.

"내가 지금 무슨 되지 않은 소리를 하고 있지? 저기, 저 다방이 괜찮아 보이는데."

여자가 당황한 듯 자기 말을 거두었다. 하지만 일상적 생활이라는 건 진부해서 아무런 자극도 열망도 갖게 하지 못한다는 말은 두고두고 김창기의 기억을 파고들었다. 어쩌면 그 말 한마디가, 아주 오랜 뒤 여자에게 못할 짓을 하게 만들 때도 김창기 자신의 유일한 변명이 되었는지도 몰랐다.

"다방 이름이 일곱시의 데이트, 재미있네. 그리고 입구도 멋져."

즐거운 목소리로 여자가 말했다.

여자는 걸음까지 멈추었다. 지금 같으면 고급 제과점이나 카페에서 흔히 만날 수 있는 하얀 나무문과 유리창, 빨간색 차양이 돋보이는 곳이었다. 여자는 자리를 잡고는 전화를 걸러 갔다.

김창기는 극장을 나오면서부터 피우고 싶던 담배 생각이 간절했다. 그는 화장실에 가서 피우지 않는 한 지금 피우는 게 낫겠다 싶어 불을 붙여 물었다. 대학에 들어와서 얻은 자유가 있다면 집을 떠났다는 것과 술 담배를 한다는 것이었다. 그게 자유인지는 모르지만, 집을 떠나 다니는 대학이란 곳이 아버지가 없는 집의 외동아들로 어딘가 열등감과 우울감에 사로잡혀 있던 고등학생을 해방시킨 것만은 사실이었다. 그런데, 이제 문제는 자신이 터무니없는 열정이나 욕망에 사로잡혀 있다는 거였다. 같은 또래의 여학생들이 그의 눈에는 들어오지도 않았다. 미팅도 한두 번 해보았지만 유치한 게임으로만 보였다. 서울아이들은 발랑 까져 보였고 시골애들은 한없이 촌스러웠다. 다른 여학생들이 어떤 눈으로 그를 보든 상관없이 그는 제 또래의 여자들에게 흥미를 느낄 수 없게 되어버린 것이다.

"담배를 피우네?"

"아, 예."

여자가 다가와 앉으며 눈을 조금 흘기는 시늉을 하며 말했다. 김창기는 얼른 담배를 비벼 껐다.

"두어 달 되었어요." 변명처럼 그렇게 말하자 여자는 가만히 웃기만 했다. 어쩌면 마냥 고등학생으로 알아왔던 세들어 사는 집 아들이 남자가 다된 느낌에서 오는 새삼스러움이 깔려 있었는지도 몰랐다.

"친구 분이 온대요?"

김창기는 쫓겨 가야 하는 시간이 다가오는 데에 대한 초조감이 제일 앞섰다.

"그래, 요 밑에 명보극장 앞에서 만나기로 했어."

그리고 여자는 김창기를 바라보았다. 그 시선은 평범하게 본다면 '이제 어쩌지, 내 일을 보아야 하는데'라고 읽을 수도 있었지만, 어쩐지 김창기에게는 다른 애틋한 의미로 받아들여졌다. '너와의 짧은 만남이 끝나는구나. 헤어지려는 건 내 본심이 아냐. 나는 열망과 정열을 스스로 만들 수 없잖아.' 그래서 김창기는 얼굴을 붉혔고 안타까웠다. 시선을 먼저 돌린 건 김창기였다.

커피는 맛과 향이 다 좋았지만 김창기는 긴 머리와 가느다랗고 하얀 손, 연두색 바바리에서 여자의 체취를 더 깊이 흡입하고 있었다.

"어디서 주무세요?"

그건 정말 생각지도 못했던 말이었다. 듣기에 따라서는 아주 이상한 말일 수도 있지 않은가. 친정이 서울 부근이고 친구들이 많은 서울에서, 김창기 자신보다도 서울을 더 잘 아는 그녀에게, 그리고 유부녀에게 어디서 자겠느냐라니. 하지만 헤어져야 한다는 안타까움이 어떤 오해를 불러올 수 있는 말도 가능케 했던 건 사실이었다. 김창기의 물음 속에 티끌 한 점 불순한 마음이 없었다 하더라도 그건 전적으로 받아들이는 여자의 영역이었다.

과연 여자는 '그냥' 받아들였다.

"서울 지리도 익숙하지 않을 텐데 남 걱정 말고 돌아갈 버스노선이나 잘 기억해."

여자의 얼굴이 밝아지는 걸 보고서야 김창기는 여자가 모처럼 얻은 자유를, 김창기 자신이 끼어들 틈은 전혀 없는, 결혼하지 않은 친구와 누릴 수 있는 자유에 빠져 있다는 사실을 깨달았다.

"친구들과 자주 어울려. 여학생들도 그냥 친구라 여기면 마음이 편해. 데이트는 아니더라도 관심은 두어야지."

여자가 그렇게 말했을 때 별로 흥미 없다는 듯이 그냥 웃으며 고개를 조금 저어 보일 수 있었던 것도 그 깨달음 덕분이었는지도 몰랐다. 그러면서도 아, 이 여자는 나를 걱정하고 있구나, 하는 생각에 확실히 사로잡힌 건 사실이었다.

"아, 나도 대학을 다녔으면…… 창기 학생 고등학교 졸업식 때, 저번 대학 입학식이 아니라 그때 그런 생각이 맹렬하게 났었어."

여자가 웃는 낯으로 말했다.

"사실, 전 대학 갈 마음도 자신도 없었어요. 그런데……"

김창기는 마땅한 말을 찾아 아주 짧고도 긴 시간을 헤매다가 가장 단순한 정답을 내뱉었다.

"고마워요."

여자는 낮게 웃으며 말했다.

"무슨 소리야. 난 그저 음악에 빠지지 않는다는 책임만 진다고 했을 뿐인데. 고등학교 시절에는 이런저런 생각들이 많지. 그게 꿈이기도 하고 절망이기도 하고, 또… 모르겠어. 어쨌든 잘된 일이야. 내 일처럼 기쁘기도 하구. 잘 지내. 얼마나 좋은 시간들만 남아 있겠어? 부러워 죽겠네."

여자는 다시 명랑하게 웃었다.

"자 일어날까. 그럼 부산서 여름에 보게 되나?"

밖으로 나왔을 때는 엷은 어둠이 내리고 있었다.

"자, 이제 나는 길을 건너야 해, 여기서 한번 타고 어디서 바꾸어 타도록 해. 우리가 바꾸어 탄 곳이 어디였지?"

"알아요. 걱정 마시고 친구 분과 재미있게 지내세요. FM방송 잘 들을게요."

"으응. 그럼."

그리고 여자는 4월의 햇살 아래 선명하게 보였던 연둣빛 바바리의 색깔을 불빛과 어둠에 적신 채 사라졌다. 인파와 경적과 헤드라이트와 육교에 묻혀 여자는 사라졌다.

그날 밤 김창기는 FM라디오의 덮개를 만지며 노트에다 이렇게 적었다.

음악에는 시작과 끝이 있다. 그러나 우리에게는 시작만 있다. 지금 이 시각 어느 서울 아래 있을 그녀에게 축복을. 여인에게 탈출의 욕망과 정열의 폭포를! 일상은 너무 진부하여 빛나는 삶에 대한 열망을 갖지 못하게 한다고 말하던 여자. 판단이여 물같이 내려오소서, 가 아니라, 모든 이성을 삼키어 버릴 해일이 나에게 덮치기를.

김창기는 차창 밖을 보았다. 비는 여전했다.

그 여자가 저기에 있다. 병든 몸으로, 이제 죽음을 앞에 두고. 어머니가 처음 지나가듯이 여자의 입원 이야기를 했을 때 모든 상황은 다 드러났다. 위암, 수술, 상태 좋지 못함.

김창기는 문을 열고 밖으로 나왔다. 그리고 트렁크에 든 우산을 꺼낼 생각도 잊은 채 병원 건물로 걸음을 빨리 했다. 어쨌거나 여기는 들어와야 하지 않겠는가. 비 내리는 날의 종합병원 로비. 아픈 사람과 그들을 위해서 일하는 사람과, 환자들의 가족들. 바깥 날씨 탓인지 어딘지 무겁게 가라앉아 보이고 끊임없는 소음에도 불구하고 활기가 없다.

그는 혼잡한 접수창구를 피해 의약국 쪽으로 걸음을 옮겼다. 거기에는 의자들이 있었고 대기 번호와 더불어 기다림이 있었다. 그는 비어 있는 구석진 긴 의자에 앉았다. 세 군데 램프에 수시로 숫자가 표기되고 의자에 앉았던 사람들이 일어나 가만히 그쪽으로 다가갔다. 56번과 57번, 그리고 31번이 램프에서 빛나고 있었다. 그가 기다릴 번호는 없었다. 새삼스러울 것도 없이 당연한 그 사실에 그는 조금 당혹스럽고 또 서운했다. 31번은 왜 사람이 없는가. 약을 타러 왔다가 다른 일을 보고 있는가. 아니면 지루해서 자리를 비웠는가. 그렇다면 다른 번호를 당길 수도 있지 않을까. 그 사람이 돌아와 자기 번호가 지난 걸 안다면 물어볼 게 아닌가. 김창기는 또 다른 생각을 해보았다. 가령 은행에서처럼 창구는 마련되어 있지만 다른 일을 하기 위해 하나의 번호를 계속 붙들어 매고 있을 수도 있다는. 그는 계속 불이 들어온 채 번호가 바뀌지 않는 31번이라는 숫자에 신경이 쓰였다. 기다릴 번호가 없는 사람이 초조해질 수가 있을까. 김창기는 차라리 저 번호가 자기의 것이라면, 하는 생각에 사로잡혀 보았다. 돈을 지불하고 약은 버리면 되지 않는가. 조금씩 마음이 편하지 못했다.

그가 차를 타고 오면서 붙잡았던 시간은, 그리고 공간은 지금 기다림만이 늘어진 대기 의자들 그 어디에도 없었다. 점심시간이 다가오면 진주곰탕집으로 돌아가야 할 김창기만이 있을 뿐이었다. 그렇다면 우리의 인생은 너무나 초라한 것인가. 아니 김창기 자신의 인생은 얼마나 참혹한 것인가. 여자가, 비 오는 거리를 헤쳐 나오며 그와 같이했던 여자가 이 건물에 있다. 그것은 그가 진주곰탕집으로 돌아가야 한다는 사실만큼 자명한 것이다. 그러나, 김창기는 아득한 절망에 사로잡혔다.

유리창을 깨던 예전 집으로, 대한극장으로, 녹색 커버가 입혀진 FM라디오의 소리로 돌아갈 수는 없는 것이다. 그리고 여자의 몸, 그가 폭력으로 붙잡았던, 그래서 유일하게 도달할 수 있다고 믿었던, 그 날씬한 다리와 부끄러움과 모욕으로 달아올랐던 목덜미와, 용서와 회한의 세계로 돌아갈 수는 없는 것이다.

인생은, 인간이란 때로 얼마나 황당한 것이냐. 그가 가슴과 머리로, 20 몇 년 전에 도달했던 것은 오직 그의 내면에 자리했을 뿐 구체적인 것은 아무것도 없지 않은가. 엘리베이터로 지금 12층에 도달한다고 해도, 그가 만날 수 있는 건 무엇일까. 텅 빈 복도, 아니면 환자들과 가족들이 붐빌 수도 있는 복도, 또는 창 너머 비 내리는 도시 한 구석의 쓸쓸한 풍광. 몇 초에 한 층씩을 오르는 엘리베이터가 한꺼번에 지나간 시간을 끌어당겨 줄 수 있을까.

그러나, 마침내 김창기는 결심했다. 철부지 생각이 아니었다면, 그렇다 하더라도 우리 인생의 출발은 모두 거기서부터 비롯되는 것일 테니까. 여자를 위해, 여자와 살 수 있다면 전투 중에 죽어도 좋았다고 생각한 게 사실이라면, 대학 다닐 때 어떤 여학생에게도 눈길 한번 두지 않은 채, 여자를 범하고 그 발 아래 사랑한다고 엎드린 미친 사랑을 위해서, 내 마음은 모조리 타버렸다는 걸 안 뒤에 남겨진 시간을 주체하지 못했을 때를 생각한다면, 여자에게 지금이라도 가는 게 최선이다. 김창기는 그렇게 생각한 것이다.

어떤 모습이든, 여자가 그를 기억하기만 한다면 그대로 다 된 것이 아닐까.

그는 대기 번호인 31번의 불이 바뀌기 전에 일어서야만 한다는 듯이 급히 일어나 엘리베이터를 찾았다. 엘리베이터는 천천히 뜸을 들여 내려왔고 열렸다. 그는 환자도 가족도 의료진도 아닌 몸으로 거기에 발을 디밀었다. 층층마다 문이 열리고 닫히고 사람들이 바뀌었다.

마침내 12층, 그는 여자에게로 가기 위해 수직으로 오르는 기계 칸에서 내렸다.

복도는 한산하지도 붐비지도 않았다. 간호사실이 중앙에

있고 좌우로 펼쳐진 복도가 그를 부르고 있었다. 1207호 쪽을 가리키는 화살표는 그냥 평범한 푸른색 페인트였다. 화살표는 김창기에게 두려움과 기대와 그리움과 절망을 가리키는 신호로 보였다. 어머니가 병원에 다녀온 것은 한 번이다. "인생이 불쌍해서" 어머니는 그렇게 말했다. 김창기로서는 차마 듣기 비참해서 귀를 막고 싶은 순간이었다. 어머니는 어떤 다른 이야기도 하지 않았다.

김창기는 여자의 병실을 알려주는 화살표를 빤히 보면서도 한 걸음도 옮기지 못한 채 복도로 난 창밖을 보고 섰다. 두려웠다. 그는 스스로를 향해 부르짖었다. 이 연약한 육체와 정신아! 부르짖음은 그의 발걸음을 겨우 한 발짝 걷게 만들었다. 그러나 걸음은 다시 멈추고 말았다. 병든 여인, 사랑했던 여인, 내가 죽어도 좋았던 여인, 그 여자에게 그는 다가가지 못하고 있는 것이다.

돌아서서 엘리베이터 속으로 숨는다면 형편없이 안타깝고 비참해지리라는 사실을 확연히 알수록 그는 돌아서야 한다고 스스로에게 재촉했다. 여자를 잊기 위해서가 아니라 여자로 하여금 과거로 돌아가지 않게 하기 위해. 그 생각은 여자가 자신을 기다리고 있을지도 모른다는 생각만큼이나 강렬한 것이어서 그의 내면은 지랄같이 뒤범벅되고 혼잡스러웠다.

창밖으로 도시의 한 자락이 비에 젖어 가라앉아 있었다. 엘리베이터를 타고 다시 내려간다면 그 자신은 저 속 어딘가에 묻히고 만다. 그게 두려웠지만 여자에게 가는 것도 두렵다. 그러나 결국 김창기는 엘리베이터를 타고 지상으로 내려왔다. 빗발은 더 굵어져 세상 모두를 덮고 있었다.

그는 자신이 얼마 전에 머문 공간에서 내려다본 비에 젖은 도시의 어느 한 자락, 삶의 어느 한구석으로 스며들었다. 아스팔트와 시멘트로 포장된 이 도시의 수많은 거리 위에 떨어져 소리도 없이 하수구로 스며드는 비처럼.

10
곰탕의 김처럼 인생이 녹아내리는 두려움 속에서

진주곰탕집으로 돌아온 그는 비가 내려 더욱 안으로 잠겨 드는 듯한 고기국물이 뿜어내는 김 속에 자신을 적셨다. 삶은 그런 것이었다.

하루종일 김이 나는 (김창기의 의식이 그랬다) 가게에서 시간을 보내다가 집으로 돌아간다. 고기와 고기뼈를 고는 김이 인생을 비참하게 하거나 젖어 있게 하지는 않는다. 깍두기나 배추김치가 그의 인생을 냄새나게 하지도 않는다. 그건 생활이다. 소금과 후추가 그의 삶을 짜게 하거나 매콤하게 쏘지도 않는다는 걸, 그리고 설렁탕에 들어가는 국수처럼 자신의 인생이 힘없이 늘어져 있지도 않는다는 걸 안다. 하지만 그는 모든 일들이 시들하고 맥이 풀리는 기분이었다. 느닷없이 다가온 과거 앞에서, 그리고 그리로 빠져드는 자신에 대해 그는 당황하고 있었다.

오후 내내 김창기는 문밖을 보았다. 비는 계속 내리고 있었다.

아내 생각이 났다. 어쨌든 아내는 현실이었다. 그러나 그는 직장 대신 집으로 전화를 했다. 퇴근시간에 가까웠기 때문이기도 했지만 따로 특별히 할 말이 없는 상태에서 직장으로 전화를 하기는 뭣했다. 집이라면, '그냥' 용건 없이도 할 수 있는 것이었다.

한참 신호가 간 뒤에야 딸의 목소리가 들렸다.

"아빠다, 뭐 하니?"

"학원 갔다 와서 숙제하지. 아줌마는 조금 전에 가셨다."

아이는 한꺼번에 모든 걸 답해준다.

"그렇구나, 숙제 마치면 텔레비전 할 시간이겠네. 엄마한테서는 전화 왔었니?"

"아까 전에. 오늘 모임 있다고 늦게 오신다는데."

"그래, 저녁은 어떡하니."

"아줌마가 전화 받고 다 차려놓았는데 뭐."

수화기를 내려놓으면서 그는 다시 아내를 생각했다. 이번에는 모임 때문에 늦는다는 아이의 전갈 때문이었다. 아내도 늦을 수는 있다. 그럼에도 그의 마음은 편치 못했다. 아내가 학교선생님들과의 모임이거나 친구들과의 모임이 아니라면, 그는 그런 부분을 생각하고 있는 것이다. 아내의 틈새를 읽어내려고 하는 자신의 마음 한구석이 그는 조심스러웠다. 그의 머릿속에는 해운대나 광안리 바닷가를 비를 맞으며 거닐거나 어느 커피숍에 앉아 비 내리는 바다를 바라보는 아내가 잡혀 오기도 했다. 하지만 무엇을 어떻게 해볼 수 없는 자신의 무기력함 앞에 그는 잠시 절망했다.

비가 오는 날은 손님이 많지 않다. 날씨가 사람을 움직인다는 것은 아직도 인간이 인간답다는 사실을 보여주고 있는 건지도 모른다.

한 번씩 들르는 직장팀이 몰려와 잠시 바빴을 뿐 8시가 지나자 거짓말같이 손님의 발길이 뚝 끊겼다. 김창기는 어머니와 먼저 저녁을 들었다. 어머니는 누나와 같이 나서겠다고 내처 계셨다. 수육 부스러기와 같이 그냥 국물에 밥을 말아 먹는 정도인데 먹기가 힘들었다. 특히 수육은 고기의 근기는 국물로 다 빠지고 껍데기만 씹는, 인생의 빈 껍질이나 공허함만을 씹고 있는 기분까지 주었다. "왜 입맛이 없나, 집에는 별일 없제?"

어머니의 말을 듣고서야 그는 퍼뜩 정신을 차렸다. 깍두기를 한 점 집으며 "그렇죠. 수명이 엄마가 학교에서 늦을 때가 있으니까 그때 조금 신경이 쓰이죠"라고 대답했다.

김창기는 집에 전화를 다시 내어보아야 한다고 생각했다.

"학교에도 일이 안 있겠나. 애들한테는 그저 엄마가 집에 있어야 하는데."

어머니로서는 하나밖에 없는 며느리에게 서운한 점이 많을 것이다. 이제는 입 밖에도 내지 않지만 손자 문제로 받는 상심도 클 것이었다.

김창기가 병원에 있는 여자 이야기를 어머니에게 물어볼까 망설일 즈음에 누나가 쟁반에다 수육 부스러기와 소주를 담아왔다. 누나의 저녁은 곰 국물에 국수만 가득하다.

"남은 소주다. 수명이 애비도 한잔할래?"

"그러죠."

김창기는 누나 앞으로 잔을 놓고 붓는다.

"어머니도 한 모금 하시죠?"

"난 싫다. 운전할 건데 입에 대도 되나."

"한 잔이야 괜찮아요. 오늘은 비도 오니 제가 두 분을 모셔다 드리죠."

김창기는 남은 잔에다 소주를 가득 차게 부어 반쯤 마셨다.

"수명이 혼자 있는데 일찍 가야자." 어머니가 말했다.

"걱정 마세요. 참, 고기는 어때요? 전화로 정 사장에게 이야기를 했었는데."

"그랬더나, 저번 거하고는 다른 거 같더라. 오늘은 수육이 제법 남았다." 누나가 말했다.

"일찍 마치죠."

일하는 아주머니들과 이 양이 식탁에 앉는 걸 보고 김창기는 집으로 전화를 했다. 아내는 아직 돌아오지 않고 있었다. 김창기는 딸에게 엄마가 오시기 전에 숙제를 해놓으라고 이르고 잠이 오면 씻고 일찍 자리에 들라는 말도 덧붙였다. 수화기를 내려놓고 나니 무언가 허전하고 화가 끓어오르는 기분이었다.

아내가 들어왔다는 사실을 확인하기만 하면 아이에 대해서만은 안심이겠지만 그 이상 아무것도 아닐 수도 있었다. 어쩌면 애가 저녁을 챙겨 먹지 않고 잠들 수도 있다는 정도, 그뿐 아니겠는가. 그런 일이 중요하지 않고 무엇이 중요하냐고 물으면 할 말이 없기는 했다. 그는 마음과 머릿속이 복잡해졌다. 아침에 여자의 입원실이 있는 병원 복도에 섰다가 결국은 떨어지는 비처럼 지상으로 곤두박질치고 말았던 일이며, 어질러져 있을 집의 식탁이며 숙제를 남겨둔 채 텔레비전을 보고 있을 딸의 모습, 사실대로 이야기하기를 기다리겠다는 아내의 목소리. 거기에다 나도 바람을 피울 거야라는 목소리까지 들려오거나 짐혀 오고, 모든 게 뒤범벅되어 그의 마음을 헝클어놓았다.

유예? 그러나 그것도 아니었다. 아이의 치과 출입은 날짜를 잡고 미루어지지만 사진을 찍고 진단이 나오고 처방이 있을 것이다. 그런데 내가 부닥친 것은 무어란 말인가. 목적이 없으니 경과도 결과도 없는 그런 일에 빠져 있는 건 아닌가?

그는 일하는 사람들을 보내고 셔터를 내렸다. 아주 오랜만에 가족과 같이 있다는 기분이 들었다. 좀 둘러 가기는 하지만 누나부터 내리고 어머니를 모시는 게 나을 것 같았다. 시내 길은 느렸다. 비 때문에 자동차 불빛들이 물에 풀어져 흘러내리는 것처럼 보였다.

"이제 수명이 애비 내외는 아이 문제는 다 끝났나?"

아이를 갖는 문제를 이제는 아예 포기했느냐는 누나의 말이었다.

"수명이 엄마 나이가 있는데요."

그는 그렇게 말할 수밖에 없었다.

"예전에는 사십이 넘어서도 낳아쌌다. 그렇지 엄마? 수명이네는 어째 고집이 있어 보이더라, 무슨 방법을 열심히 찾아보려고도 안 하는 것 같고. 지금이라도 병원엘 가보면 안 될까? 마음이 안 좋다야."

세상의 모든 누나들은 남동생 내외의 금실에 대해 본능적인 직감을 갖고 있을지도 몰랐다. 어머니는 아무 말도 하지 않았다. 완강한 침묵이 손자 보는 것을 포기했다는 뜻일 수도 있겠지만 허튼소리라도, 늙은이의 욕심이라도 보여주었으면 해서 아들은 안타까웠다.

누나가 사는 연립주택 골목길을 빠져나오면서 시간이 조금 지체되었다. 앞에서 들어오는 차를 보내주기 위해 후진도 하고 한쪽 편으로 피해야 했기 때문이었다. 빗발은 약해졌지만 조심스럽고 초조한 마음도 일었다. 더구나 어머니와 단둘이 있다 보니 여자에 대한 생각이 되살아나기도 했다. 그는 어머니에게 여자 이야기를 꺼내볼 것인가에 대해 망설였고 그게 초조감을 불러왔는지도 몰랐다. 정희옥이 어머니와 더불어 연상되는 건 가족 중에서 어머니와 같이 나눈 시간이 가장 많았기 때문이다. 여자를 두고 이야기를 해 볼 수 있는 사람은 어머니뿐이었다. 예전 고등학교 시절 그가 듣는 여자에 대한 모든 게 어머니에게 의존했듯이.

"왜 병원에 입원했다는, 은영이 어머니 있잖아요."

"그래, 은영이네."

"그 뒤에 다시 갔었나요?"

"마음뿐이지 그게 잘 돼야지. 의사가 수술이 늦었다는데 뭔 희망이 있겠노. 아이구 무슨 놈의 팔자가, 암은 또 머꼬! 내 마음이 아파서 못 간 건지 모르지."

"그래도 한번 가봐야죠, 내일 제가 모시고 갈까요?"

내키지는 않지만 여자를 직접 볼 수 있는 편안한 방법일 수는 있었다. 그는 벌써 몇 번째 병원길에서 망설이고 맴돈 자신에 지쳐 있었는지도 몰랐다. 내일 또 병원에 간다 하더라도 그 걸음 정도를 벗어난다는 보장이 없다는 자기 진단에 쫓기기도 했다.

"니도 가볼라꼬? 아, 니 대학 입학했을 때 서울까지도 같이 갔제? 사람은 괜찮았다, 교양도 있고 행동거지도 바르고."

"내일이라도 한번 가보세요. 돈을 좀 드릴까요?"

"나둬라, 50만 원을 줄 끼가 백만 원을 줄 끼가. 말 나온 김에 일간 내 혼자 가보께. 저기 어데 세워라, 느는 기 자가용뿐이라 여기도 하루가 다르다."

어머니는 이제 겨우 동리의 초입에 들었는데도 그저 자식이 비 오는 날 무사히 집으로 들어가는 데만 신경을 쓰고 있었다.

버스 두 대가 겨우 비킬 만큼 좁은 길은 그대로였다. 시내가 가깝기는 하지만 산허리를 두르고 형성된 동네라 길에서 집까지는 얼마간을 걸어야 했다. 지금도 차가 들어가지 못하니 집값도 대단치 못하다. 그러나 어머니는 살던 동네를 떠나기를 마다했다. 예전부터 내처 사는 이들도 많아 이웃과 친구가 좋은 것이다. 김창기는 어머니의 고집을 인정하기로 마음먹은 지 오래였다. 갑갑한 아파트 생활이 불효일 수도 있다는 생각이었다.

김창기는 차를 길가에 세워두고 어머니를 집까지 모셔다 드리고 싶었지만 세울 공간도 없는데다 그가 아는 주차장은 한참이나 멀었다. 다행히 비는 그쳐 있었다.

김창기는 바로 집으로 가지 않았다. 불빛에 쌓인 송도 앞바다를 그냥 지나칠 수가 없었기 때문이다. 횟집과 여관 등이 대부분인 건물들에서 비추는 불빛들이 호리병 모습의 바닷가를 고스란히 보여주었다. 그것이 비록 선에 지나지 않는다 하더라도 짧은 해안선만큼이나 그의 과거를 고스란히 담아내주는 듯했다. 파도 소리는 들리지 않았다. 비가 내린 뒤라 바다에 얹힌 불빛들은 젖어 있는 듯이 고요했다. 바다는 호수같이 가라앉아 있었다. 그는 차를 도로가에 붙였다. 젖은 저 백사장에 20 몇 년 전 그때 정희옥과 같이 앉아 있었다는 생각이 물컹하는 그리움으로 다가왔다.

어머니와 같이라도 여자를 보아야 한다는 초조감은 소식을 알았으니 만나야 한다는 그런 뜻에서만은 아니었다. 정희옥의 얼굴을 그리움으로 확인하고 싶은 생각에서도 아니었다.

잠재워졌던 아내와의 불화가 단순히 선재와의 외도로 인해 불거진 것이 아니라는 걸 김창기는 너무나 잘 알고 있었다. 정희옥의 소식을 들은 뒤로 그는 혼란에 빠졌던 것이고 주체할 수 없는 감정들이 선재를 더욱 가까이 끌어당기면서 아내와의 간격을 벌여놓고 있다는 사실을 그는 인정해야 했다. 그러므로 그는 여자에게 다가가야 했다. 정희옥은 그의 모든 과거였으며 이제는 현재가 되고 있었다.

그는 차에서 내려 백사장을 보고 섰다. 흐리고 젖은 바람이 그의 몸을 감쌌다. 멀리 영도 앞바다로부터 시선을 해안으로 모으자 스며들듯 물결 소리가 잡혀 왔다. 아주 어린 은영이가 밀려오는 바닷물을 따라 깡충깡충 뛰고 있었다.

11

한 장의 흑백사진이 있는 바다

정희옥이 FM라디오를 가져다 준 그날, 대한극장에서 〈닥터 지바고〉를 보면서 느꼈던 흥분을 지속시키는 것, 그게 김창기의 모두였다.

하지만 첫 방학의 시작은 매우 한심스러웠다.

공무원이 되어 고향에서 근무하는 게 유일하고 확고한 목표였던 친구를 따라 며칠 안동에 머물다 그는 부산으로 왔다. 넉넉지 못한 형편의 종손 노릇이 친구로 하여금 소박하지만 야무진 희망을 갖게 했다는 사실만을 겨우 이해하고서였다.

집에서 머무는 동안 그는 친구의 소박한 꿈이 차라리 부러웠다. 그에게는 내일은 물론 오늘조차 아무런 기대나 실체가 없었기 때문이다. 여자를 본다는 기쁨도 혼자만의 것이었다. 손수 덮개를 씌워 갖다 준 FM라디오 이야기도, 빌려달라던 소설책도 여자는 까맣게 잊은 듯했다. 확실히 여자는 달라 보였다. 여자는 평범해빠진 가정주부 티를 내면서 김창기를 피했다.

초조함 속에서 얼마 동안을 보내다 고등학교 친구들이랑 남해 상주 해수욕장엘 갔다. 친구 한 놈이 여고 동기 사이인 세 명의 여학생들을 데려왔지만 그는 관심 밖이었다. 그런 자신을 한 번씩 깨달으며 이래서는 안 되는 게 아닌가 하는 마음이 들 때도 있었지만, 같은 또래의 여학생들에게 어떤 호기심이나 매력을 가질 수 없었다. 결국 지치도록 수영을 하고는 몸을 녹초로 만들어 소주에 취해 자는 것으로 사흘을 보냈다. 집으로 돌아와서도 음악다방 '오아시스'의 의자에 멍청히 파묻혀 지낼 정도였다. 그야말로 그의 마음과 몸은 초조감과 절망감으로 부서질 지경이었다.

그러던 어느 날 은영이가 아침부터 칭얼대며 어디로 나가자고 조르는 걸 본 김창기는 "아저씨가 바닷가에 데려다 줄까?"라고 말했다. 애들은 그에게 여자를 자유롭게 하지 못하는 족쇄거나 그와 여자 사이를 가로막는 장애물이라는 막연한 감정으로 작용했을 뿐이었다. 그러므로 그는 여자와 같이 있을 수 있는 기회 만들기에 아이들을 염두에 둔 적이 없었다.

여자는 칭얼대는 은영이에게 지쳤는지 "그러자, 서영이 데리고 바닷가에나 가자"고 말했다.

여자는 모자를 쓰고 어린애에게 필요한 가방을 들었다. 그는 제법 큰 파라솔을 받아 들고 은영이의 손을 잡았다. 송도 해수욕장은 버스로 겨우 두 구역이었다. 평일 오전이라 해변은 한산했다. 그들은 색깔이 화려한 비치 파라솔을 모래에 꽂고 그늘에 서영이를 누일 자리를 깔았다. 은영이는 강아지처럼 모래밭과 바닷물 사이를 오가며 뛰놀았다. 여자 대신 은영이를 돌보는 게 당연하다는 듯이 그는 은영이 곁에 머물렀다. 가끔 여자 쪽을 뒤돌아보면 여자는 그늘 끄트머리에 앉아 환하게 웃고 있었다. 은영이가 모래밭에 넘어져 수건으로 털어주기 위해 여자 곁으로 왔을 때 "선글라스를 한번 써볼까. 서독제라던데"라면서 가방에서 그걸 꺼내 썼다.

선글라스를 쓴 여자가 얼굴을 이리저리 돌리다 그의 시선 앞에 잠시 머물렀을 때 김창기는 엉뚱하게도 아, 여자는 햇빛 가득한 이 세상으로부터 숨으려 하는구나라는 생각이 들었다.

"생동감은 없겠죠, 가라앉은 듯이."

"그래 맞아. 그것도 좋은데, 한번 써봐, 멋있는가 보자."

여자는 정말로 선글라스를 벗어 그의 손에 넘겨주었다. 김창기는 아주 조심스럽게 그걸 썼다. 다르게 보이는 풍광이 중요한 게 아니라 여자의 체취가, 눈이 그의 눈에 맞닿는 기분에 그는 황홀했다. 하지만 그는 재빨리 그걸 벗었다. 여자에게 우스운 모양으로 보일까 하는 염려에서였다. 미끄러지려는 안경테가 자신의 낮은 코 때문이라는 생각이 들기도 했다. "왜 어울리는데." 여자는 다시 그걸 받아 썼다.

은영이는 제 엄마 옆에 앉아 음료수를 마셨다. 은영이 옆이 그의 자리였다. 당연한 자리배치였음에도 김창기는 조금 서운했다. 아, 이 애들만 없다면. 김창기는 아이가 있는 유부녀를 사랑한 젊은이가 나오는 소설이나 영화를 떠올리려는 자신을 발견하고는 무연해지고 말았다. 여자가 말했다.

"처음 인천서 바다를 보았는데 기대가 컸기 땜에 그랬는지 참 시시한 거 있지. 쪽빛 바다며 넘실대는 파도는 책에나 있는 소리더라구. 하긴 해운대에서 그래도 책이 맞구나 싶었지만. 송도는 좀 시시해, 그렇지?"

"여긴 해안선이 너무 좁으니까……"

"집에서 해수욕장이 가까우니 수영을 잘하겠네? 바닷물에 한번 들어가봐."

학교 다닐 때부터 이곳은 여름날 동네아이들의 놀이터나 다름없었다.

"조금 할 줄 알지만, 물도 차가울 거고."

여자 앞에 맨몸을 보이다니. 꿈에서도 그는 옷을 입은 채 여자를 안고 있지 않았던가. 얼굴이 벌겋게 달아오르는 기분이었다.

"보트 타면 재미있겠다. 저을 줄 알어?"

언제 나왔는지 몇 척의 보트가 눈앞에 있었다.

"헤엄만 쳤지 보트는 별로. 그렇지만 저으면 되지 어려울게 있겠어요?"

"남의 옷 다 적시게!"

여자는 즐거운 듯 웃었다.

아, 여자를 태우고 바다 저 멀리 갈 수 있다면.

"〈무기여 잘 있거라〉라는 영화에 헨리가 캐서린을 태우고 보트를 저어 스위스 국경을 넘는 장면이 나오잖아요."

"그런 장면이 있었나. 록 허드슨은 멋없이 덩치만 큰 배우지. 나는 산에서 스키 타는 장면만 떠오르는데."

"남자가 탈영병이니까, 폭풍이 치는 밤에 호수를 건너 스위스로 가죠. 스키 타는 건 그 뒤의 일이에요."

"그랬나?"

여자는 선글라스를 낀 채 바다를 보며 말했다. 아주 무심한 말투였다. 김창기는 여자가 그저 바닷가에 나와 바람을 쏘이며 편안하게 쉬고 싶어 한다는, 그래서 쓸데없는 말로 여자를 방해하지 말아야 한다고 생각했지만 한편으로는 무척이나 서운했다. 왜 여자는 서울서 음악실에를 가보았느냐고, 서울에서 영화를 얻어보았으니 이번에는 내가 보여주겠다고 말하지 못하는가. 서울에서의 그날을 까맣게 잊었단 말인가. 아니면 아이들 앞이라 조심을 하는 걸까.

그때 제법 거친 바람이 한차례 불어왔고 여자의 모자가 날리고 파라솔이 한쪽으로 기울었다. 서영이 잠을 깨고 울었다. 김창기는 일어나 모자가 굴러가는 쪽으로 뛰어갔다. 빨간 리본의 테가 달린 모자는 바람을 따라 도르르르 굴러갔다. 순간 김창기는 여자를 쫓아가는 기분에 사로잡혔다. 모자를 집어 돌아보니 여자는 서영이를 안은 채 서서 마주 걸어오는 그를 바라보고 있었다. 바람에 여자의 치마가 나풀거렸다. 그는 깜짝 놀라 시선을 돌렸다.

"달음박질을 잘하네! 자 우리 서영이를 잠시 안아요."

여자는 모자를 좀 더 단단히 눌러쓰고 서영이를 다시 받았다. 어색한 건 김창기였을 뿐이었다. 그는 겨우 파라솔을 다시 세우는 것으로 민망함을 벗었다. 은영이는 조금 높아진 물결이 재미있는지 물가에서 옷을 적시고 있었다. "언제 오아시스라고 음악다방에 가지 않을래요. 집에서도 가까워요." 김창기는 급하게 말을 끝내고 은영이를 돌보기 위해 돌아섰다. 그때 여자가 등 뒤에서 말했다.

"난 아닌데." 그뿐이었다.

그리고 여자는 망개 잎으로 싼 송편을 샀고 김창기가 사온 캔맥주를 반쯤 마셨다. 그들은 점심으로 국수를 사 먹은 뒤 김창기가 잠이 든 은영이를 업고 집으로 돌아왔다. 오는 동안 두 사람은 버스 정류소 가는 길, 타야 할 버스, 더위, 가뭄, 그런 걸 두고 몇 마디 주고받았을 뿐이었다. "난 아닌데." 김창기의 머리에는 여자의 목소리만 생생했다.

한 장의 사진, 그가 사진 속에 들어 있기도 하고, 그가 그런 사진을 찍으면서 사진 밖에 있는 (그게 또 하나의 사진으로 눈에 잡혀 오는) 한 장의 흑백사진으로 그날은 기억되었다.

김창기는 빗물에 젖어 발이 빠지는 감각이 더 심한 백사장에서 도로로 올라섰다. 횟집들의 불빛은 휘황했지만 손님들은 없었다. 비가 온 데다 해수욕장으로서의 기능을 상실해버린 밤바다는 적막하고 쓸쓸했다. 생활오수로 인해 폐쇄된 해수욕장을 회복시킨다는 건 거의 불가능할지도 몰랐다. 그건 지나간 시간을 되돌려놓는 일처럼 불가능한 일로 김창기에게는 생각되었다. 자동차 시동을 걸면서 그는 가만히 한숨을 내쉬고 말았다. 쓸모없는 집착이라는 생각 때문일지도 몰랐다. 하지만, 기어를 바꾸고 액셀을 밟으며 그는 말했다. 아내에게 설명해야 한다면 선재만으로는 부족하다. 아내를 납득시키는 문제가 자신의 문제라는 걸 김창기는 인정하지 않을 수 없었다. 아내를 이해하게 하는 것은 곧 자신을 이해하는 것과 마찬가지가 아니라면 그는 역시 아내에게 한 걸음도 다가갈 수 없는 것이니까. 과연 아내에게 여자 이야기를, 그 자신의 상처를 이야기할 수 있을 것인가에 대해서는 자신이 없었다. 하지만 그러지 않고서는 아내와의 관계는 허위일 수밖에 없을지도 모른다는 점만은 분명히 인식할 수 있었다.

김창기는 명확하지는 않았지만, 그런 것이 두려웠다. 아마 그가 깨달았든 그렇지 않든 병원의 여자를 찾지 못하는 것도 깊이 파묻어두었던 과거를 햇빛 아래 꺼내어 보이는 데 대한 두려움이거나 망설임일 것이었다.

방학이 끝나갈 무렵, 여자가 창기 어머니가 있는 데서 말했다.

"서울 보낼 준비를 하시나 보죠. 외동아드님 떼어놓기 서운하시겠어요."

"아이고, 오니 반갑더니 옆에 있으니 또 모르겠다. 한약도 한 제 못 해 먹였다.”

“내가 서울 올라가는 기념으로 영화를 보여줄까? 뭐 살 게 있을지도 모르니까, 누나들과 같이 아직 시내엘 못 나갔다면 제가 도와줄게요.”

어떻게 그리 선선하게 여자가 나설 수 있는지, 말 한마디 못하고 들으면서 김창기는 놀라울 뿐이었다. 바닷가에 다녀온 뒤 방학이 다 가도록 김창기가 여자에게 다가갈 수 있는 통로는 없었다. 음악다방에 가자는 말을 다시 꺼낼 기회도 없었다. “난 아닌데.” 귀가 울릴 정도로 그 말이 귓가에 맴돌았다. 여자의 제의는 참으로 뜻밖이었다.

아이들을 어머니에게 맡기고 버스 정류소로 나와 여자가 말했다.

“내가 서울 빚을 갚아야지.”

하지만 여자의 말을 그는 유머로 받아들일 마음의 여유가 없었다. 그는 오직 여자와 나란히 어둠에 묻혀 지낼 수 있는 두어 시간으로 행복해지기를 마음으로 바랐을 뿐이었다. 여자는 한국영화 보기를 원했다. 하기야 개봉 외화는 이상한 액션물뿐이기도 했다. 서울에서와 같은 감동이나 흥분은 없었다. 화면이 너무 밝았고 대사는 유치했다. 여자는 화면에 열중해 있는 듯했지만 건성인 것 같기도 했다. 아, 나를 그냥 형식적으로 대하는구나. 그는 속으로 탄식했다.

“재미없었어? 화난 표정 같애.”

출입구를 빠져나오며 여자가 말했다. 더운데다 한낮이라

영화관을 찾은 손님도 별로 없었다.

"제 마음이 다른 데 있나 봐요."

"어디에?"

놀라는 듯한 표정과 장난기가 뒤섞인 눈으로 여자가 물었다.

"그냥 복잡하네요. 〈닥터 지바고〉가 워낙 뛰어난 영화라 그런지 오늘 본 건 그냥 시시하고, 또, 어쩌면 일부러 이런 영화를 보려고 한 것 같기도 하고."

"내가 의도적으로 시시한 영화를 보여준 것 같다? 글쎄, 그랬을까?"

잠시 후 여자가 말을 이었다.

"내가 심각해지기가 싫은 거겠지. 창기 학생은 나를 너무 어렵고 복잡한 마음으로 대하는 것 같애. 그렇다면 내가 부담이 되겠지."

거리는 너무나 밝았다. 그는 뜨거운 햇볕 아래 얼굴은 물론 마음까지 달아올랐다.

"그건……"

"그 이야기는 그만해요. 뭐 필요한 물건이 있으면 사서, 가고 싶다던 음악실에 잠시 들러볼까."

광복동 번화가의 옷집과 가방가게에서 그는 가을옷 한 벌과 여행용 가방을 샀다.

오아시스도 한가했다.

"여기가 그 유명한 곳이야?"

"유명하긴요. 전문음악실이 별로 없으니까."

"그래도 분위기는 있는데, 이건 뭐야, 슈베르트의 가곡인가 보네."

키 높은 고무나무가 테이블들 사이에 있어 실내는 다소 무겁고 어두웠다. 그 사이로 맑게 가라앉은 음색의 남자가 노래하고 있었다.

"르네상스에 가보았어?"

커피를 한 모금 마시고 여자가 물었다.

"두어 번요. 혼자라서 그런지 견디기 어렵더군요."

여자는 무심한 듯 실내를 살피다 눈길을 다시 그에게 두었다.

"그랬어? 그건 마음을 편히 가지지 못해서 그런 거 아닐까? 그냥 음악을 들으러 간 거로 다 아냐? 괜히 다른 생각하고 다른 사람들 의식하니까 쑥스럽고 그런 거지. 어때 내 말이?"

여자가 얼굴을 조금 숙여 김창기의 눈을 찾으며 말했다.

"그런 것 같아요."

김창기는 눈길을 피하면서 정직하고 수월하게 답했다.

"내가 어른이니까 그런 것도 알아맞히지, 호호, 내가 창기 학생보다 어른이라는 걸 인정하겠지?"

김창기는 우물쭈물 할 말을 찾았다.

"창기 학생이 나에 대해 얼마만큼 어떻게 알고 있는지 모르지만, 아는 그대로가 맞겠지? 결국 나는 세 든 아주머니일 뿐이야. 그걸 알고 그렇게 대해주면 되는데, 복잡한 감정을 섞으니까 힘든 거야. 송도에서 내가 '난 아닌데'라구 말했듯이 나는 창기 학생이 어려운 마음으로 보거나 대할 만한 그런 대상이 아니야."

여자가 잠시 숨을 돌렸다 말했다.

"몰라. 내가 지나치게 생각하는 건지는."

김창기는 더 이상 우물쭈물할 수 없었다. 어쨌든 여자가 자기의 마음을 알고 있다는 사실만이라도 기뻤기 때문이었다.

"그런데, 그게…… 잘 안 돼요."

"대학생이면 어른인데 뭐. 앞으로 좋은 일들만 남아 있을 테구. 난 너무 일찍 결혼해서 볼 것도 제대로 다 못 보구 할 것도 제대로 다 못한 것 같애. 그게 재미있게 노는 것뿐이라 해도 쓸데없는 시간은 아니었을 텐데 말이야."

여자는 잠시 딴전 피우듯 다른 데로 눈을 두었다.

"어쨌든 나 때문에 신경 써서 마음이라도 다치면 미안하잖아. 내가 지나치게 비약해서 생각하는 건지는 모르겠지만, 이건 멘델스존인가?"

김창기는 딴전 피우듯 주위를 둘러보는 여자의 눈길에서 쓸쓸함의 흔적을 엿보았다. 멘델스존의 교향곡 〈이탈리아〉는 전혀 밝고 화사하지 않았다. 손에서는 땀만 배어날 뿐 입에서 맴도는 사랑하면 왜 안 되느냐는 말은 죽어도 할 수가 없을 것 같았다.

생각해보면 이제 갓 대학에 들어간 주인집 아들을 데리고 음악다방에 앉아 정희옥이 했던 말들은 그녀로서는 최선이었는지 모른다. 철없는 연정은 마른 섶의 불길 같은 것이기에 우선 끄고 봐야 한다는 생각, 너무 빨리 인생을 시작한 그녀로서는 그런 판단을 할 만도 했다.

"다른 재미나는, 아니 어떤 변화의 계기를 찾아보면 안 될까? 내가 대학을 다니지 않아 잘 모르겠지만 무슨 활동이나 공부에 몰두하는. 아니면 또……"

그때 군대라는 말이 떠올랐다.

"군대에 가야죠."

"군에? 어머니가 걱정하실 텐데. 그렇지 않아도 전에 은영이 아버지에게 의논을 하시던걸."

김창기가 기를 쓰고, 그리고 재빨리 군에 가버린 것은 어머니가 은영이 아버지를 통해 자신의 병역 문제를 의논한다는 말을 듣고서였을지도 몰랐다. 그때의 심정으로 은영이 아버지의 신세는 절대 지고 싶지가 않았다. 김창기 소견으로 그는 여자에게 가는 길의 유일하고도 절대적인 방해자였으므로.

어쨌거나 대책 없이 여자 옆에서, 자신을 그저 평범한 가정주부로 알아달라는 여자 곁을 맴돈다는 것도 김창기로서는 더할 수 없는 고통이었다. 군대에 가면, 군대를 갔다 오면 무슨 변화가 있으리라. 모든 대한민국의 남자애들이 순간적이나마 한 번쯤씩 자기 최면을 거는 주문에 김창기도 그대로 빠져들었다. 또한 김창기에게는 이런 주문까지도 유효했다. '군대를 가고서도 잊지 못한다면, 그때는 영원히 사랑하리라.'

그러므로 김창기는 여자 때문에 군엘, 베트남전엘 갔다는 자기최면을 걸 수 있었다.

2학기 복학을 하자마자 군에를 가겠다는 결심을 밝혔을 때 가난한 집안의 장손인 안동 친구도 말했다.

"남자는 군대 갔다 오면 영 달라진다이. 다른 세상 앞에 서는 거란 말다."

12
아내와의 문제도 딸의 치료처럼 유예된다면

4월 말, 아이를 데리고 병원에 갔다.

김창기는 소아치과 접수구에 진료카드와 약속된 날짜와 시간이 적힌 쪽지를 내밀었다. 그것을 받아 보던 간호사가 "날짜를 다시 받아야겠는데요"라고 말했다.

"그게 무슨 말씀이에요. 오늘 날짜가 맞는데."

김창기는 항의했다.

"담당 선생님이 다른 병원으로 옮겼거든요. 잠깐 기다리세요."

이순미, 김창기는 의사 이름부터 떠올리며, 그녀가 다른 병원으로 갔단 말이지. 그러니까 수련의였는데 정식 의사가 되어 취직을 했다 그 말이구나, 그런 생각을 했었다. 멀뚱한 눈으로 아이가 아버지를 쳐다보았고, 아버지는 이거 어쩌지, 라는 표정을 딸에게 지어 보였다. 늦추어지는 건 질색인데. 김창기는 속으로 조바심이 일었다.

어디로 갔다 왔는지, 한참이나 있다 간호사가 자리로 돌아와서는 말했다.

"잠시 기다리세요. 담당 PK가 올 거예요."

하릴없이 아버지와 딸은 비어 있는 긴 나무의자에 앉았다.

강남희는 꽤나 시간이 지난 뒤에서야 나타났다. 가운 주머니에는 여전히 갈색 다이어리가 무겁게 꽂혀 있었다.

"담당 선생님을 바꾸어야겠네요."

그 말을 하곤 강남희는 소아치과 안으로 들어갔다.

"그러면 사진을 또 찍어야 되나, 입에 이상한 거 물고 본도 다시 떠야 하고."

딸이 말했다.

"뭘 그래, 자료가 다 있는데."

아버지는 걱정할 거 없다는 투로 말은 하고 있지만 개인병원이 아닌 데서 오는 불편함에 다소간 짜증이 나는 건 사실이었다.

"교정과로 가죠."

복도로 나온 강남희가 말하고는 앞장서서 걸었다. 그녀의 손에는 엑스레이 사진이 틀림없을 커다란 봉투가 들려 있었다. 한 층 위였다. 강남희는 복도에서 아버지와 딸을 기다리게 하고는 교정과로 들어갔다. 인생이란 끊임없는 토막난 기다림으로 이어져 있다. 아버지는 그런 문장을 만들어내고 딸은 복도를 두리번거렸다. 기다리는 사람들이 이제는 중 · 고등학생들이었고 여학생들이 대다수였다.

강남회가 입구에서 딸 이름을 불렀다. 젊은 남자의사였다.

"그럼 전 가보겠습니다."

강남희가 의사에게 깍듯하게 고개를 숙여 보이고는 사라졌다.

"이리 앉아라. 어디 한번 보자."

마른 몸매의 젊은 의사는 싱글거리며 말했다.

"엄마 아빠 말을 잘 듣지 않는가 보구나. 그러니 이가 제멋대로 자라지. 아이구 제법 어긋났네."

의사는 아이의 입을 다시 한번 크게 벌려 보게 하고는 "편도선도 엄청 크구나"라고 했다.

"잘 때 입을 아, 하고 벌리고 자지? 코는 왜 있니?"

아이는 멀뚱하게 아버지에게 구원의 눈길을 보냈다.

"숨을 쉬라고 코가 있는 거다. 그런데 왜 입으로 쉬니?"

"편도선이 치아하고 관계가 있습니까?"

아버지가 나섰다.

"근본은 턱이 지나치게 자라서이지만 잘 때 입을 벌리고 자면 턱이 더 자라나죠. 사진을 좀 찍어둘까."

의사는 바로 옆에서 카메라를 손에 들었다. 그러고는 앞모습과 옆모습을 돌아가며 두세 번 셔터를 눌러댔다. 편도선을 찍는지 입을 벌리게 하고는 또다시 두 번이나 찍었다. 김창기는 복도에서 보았던 사진들이 기억나 기분이 좋지 못했다. 의사는 봉투에서 엑스레이를 꺼내 살펴보았다. 아이와 아버지는 그런 의사를 조심스레 살폈다.

"우선 말이죠, 이비인후과에 가서 편도선 제거수술부터 받으세요. 그리고 나서 다시 오세요. 너는 잘 때 말이다, 입을 다물고 자는 습관을 들여라. 입을 벌리고 자면 파리가 들어갈 수도 있으니까."

의사는 아이의 어깨를 가볍게 치며 말했다.

"어디서 그걸 하죠?"

"어디서 하든 그건 관계없습니다."

"꼭 그걸 해야 교정이 됩니까?"

"수명이 경우는 원인이 상당히 복합적인데다 성장 중이기 때문에 미리 원인 제공을 없애는 게 좋지요."

김창기는 갑자기 물어볼 말이 더 이상 생각나지 않았다. 아버지와 딸은 병원 밖으로 나왔다. 아버지는 뭔가 개운하지 않고 마음이 무거웠다. 턱에다가 이번에는 편도선이라니. 5시가 조금 지난 시간이었다.

"편도선 수술을 하면 어떡해? 다른 아이들은 그냥 교정기만 끼는데."

거리에서 딸애가 말했다.

"편도선 수술이라는 건 아주 간단한 거야. 그리고 꼭 그 의사선생님 말이 다 맞는 것도 아닐 테고."

"이가 많이 어긋나고 편도선도 크다 했잖아."

"걱정할 것 없다. 의술이 얼마나 좋은 세상인데. 아빠가 우리 수명이 미인 되는 데 절대 부족함이 없도록 약속할게."

그건 진심이었다.

아버지와 딸은 지하철역으로 갔다. 병원을 처음 찾았을 때부터 들었던 예감처럼 아이의 진료는 짜증스럽게 늦추어지고 있었다. 유예라면, 아내와의 사이에 불거진 문제들도 유예라면 차라리 그런 상태를 받아들이는 게 나을까.

지하철에서 내린 딸은 혼자 갈 수 있다고 우겼다. 아버지는 택시를 태워 보내는 거로 타협했다. 동생을 잃은 상처가 있지만 딸애를 형편없이 연약하게 키우고 싶지는 않았다. 집까지는 15분 거리였다.

"아저씨가 창문을 열지 못하게 하면 어떡해."

아이는 차를 타면 언제나 창문을 열었다. 냄새에 유난히 까다로우니 의사 말처럼 호흡기에 문제가 있는 건지도 몰랐다.

"말을 하면 되지, 속이 좋지 않아 창을 열겠다고."

그는 개인택시를 골라 태우면서 기사에게 부탁도 하고 차량 번호도 기억했다.

그날 저녁에는 예약손님들이 장지문을 턴 방 두 개를 차지하고 두 시간 넘게 머물렀다. 방을 원하는 뒷손님들은 돌아가기도 했다. 예약 손님들의 계산서는 24만 원이나 되었다. 김창기는 자리와 시간의 상관관계에 대해 헷갈릴 적이 많았다. 제과점을 하면서나 화장품 회사에서도 겪지 못한 일이었다. 학교는 그런 게 아예 문제가 되지 않았다. 제과점은 빵을 사 가는 손님들이 대부분이었고 화장품 영업은 그날 돌아볼 대리점을 시간 내에 도는 거로 끝이었다. 지방출장의 경우는 시간 때문에 일정에 차질이 생기기는 하지만 그게 판매와 수금에 직접적인 영향을 주지는 않았다. 그러나 손님이 드는 집중된 시간이 있고 자릿수가 정해진 이 장사를 하고부터는 그게 아니었다.

곰탕 두 그릇 시켜놓고 소주 두 병을 마시면서 죽치고 앉은 손님은 돈이 안 된다. 그 사람들 때문에 돌아가는 손님이 생긴다면 그건 눈에 보이는 손해다. 그러니 자리가 거의 다 찼다 싶어도 매상이 신통치 않을 경우가 있었다. 시내버스의 경우 승객이 많이 탔다 해도 그 승객들이 대부분 종점 손님들이라면 이익이 없다. 내리고 타는 승객이 많은 노선이 좋은 노선이라는 이야기를 들은 적이 있었다. 하지만 설렁탕과 꼬리곰탕, 그리고 수육의 종류에 따른 가격 차이, 같은 소주라도 그게 또 다르니 쉬운 계산법이 설 수가 없었다.

"편도선 수술이라니 그것도 일이구나."

주방일을 정리한 누나가 병원 다녀온 이야기를 생각난 듯 꺼냈다.

"수명이가 백일해를 심하게 했다. 어릴 때 더러 한다고는 하지만 좋을 게 뭐 있겠노."

어머니의 말을 듣고 보니 애가 기침 끝에 몇 번이고 숨이 넘어가던 일이며 입원까지 시켰던 기억이 났다.

"어디 다른 병원에도 데리고 가봐라. 대학병원이라고 다 박사교수는 아니잖니. 예전에는 이빨 교정이라는 말도 모르고 잘들 컸는데 별 신경을 다 써야 하는 세상이 되었네."

"딸앤데 신경 써야지." 어머니는 누나의 얘기를 듣고는 그렇게 말했다.

13
에스컬레이터에 발을 얹고

아파트 주차장에서 빈 곳을 찾느라고 김창기는 다소 헤맸다. 늦은 귀가는 언제나 쓸쓸하다. 술이라도 몇 잔 마시지 않고 돌아오는 남자들에게는 더욱 그렇다.

아내는 거실에서 텔레비전을 보고 있다가 그걸 껐다. 소리와 같이 스러져 가는 화면이 이즈음의 둘 사이의 마음이나 분위기를 보여주는 것 같았다. 첫말은 아이에 대한 거였다.

"편도선 수술이 무슨 말이에요?"

김창기는 아내 옆에 앉을 수밖에 없었다.

"글쎄 말이야."

언제나 그렇듯 사태를 애매하게 몰고 가는 서두로 그는 입을 열었다. 안성혜에게는 남편의 그런 버릇이 첫마디를 듣는 순간 확연하게 잡혀 왔다.

"담당의사가 바뀌었는데, 레지 끝낸 의사가 일반병원으로 갔나 봐. 소아치과에서 교정과로 옮기고. 근데 새로운 담당

이 편도선 이야기를 한 거야."

"수술을 하고 오라고 했다면서요?"

"글쎄, 그렇게 말하더라고."

안성혜는 남편의 다음 설명을 기다렸다.

"편도선이 큰 편인데다 애가 입을 벌리고 자는 버릇이며 턱이 자라는 것 모두가 부정교합의 원인들이래. 우선 편도선부터 수술하라는 거지."

김창기는 어쨌든 최선을 다해 요약해서 설명했다.

안성혜는 아무 말도 않았다. 김창기는 아이가 입을 벌리고 자는 게 묵과할 수 없는 나쁜 버릇이라도 되는 듯이 몸을 일으켜 딸애 방으로 갔다. 과연 아이는 입을 반쯤 벌린 채 자고 있었다. 그전에도 그런 모습을 여러 차례 보았을 것임에도 불구하고 그는 급히 애의 턱을 손으로 밀었다.

"수명아, 입 다물고 자거라."

아이는 입맛을 한번 다시더니 벽으로 돌아누워 버렸다.

"입을 벌리고 자는데."

"애들 때는 다 그래요."

아내의 예사롭고도 단호한 반응에 그는 다소 화가 났지만 가만있었다.

"그래, 수술을 시킬 거예요?"

"수명이가 숨쉬는 버릇이 잘못된 건 사실이야. 음식도 까탈스럽잖아, 그게 다 냄새 때문에 그런 거야. 차를 타도 문을 열어놓으려고 하질 않나. 편도선이 커서 호흡에 이상을 준다면 수술을 해야지."

"편도선이 아무것도 아닌 것 같지만 신체상의 여러 이상을 감지한다구요. 특히 열이 날 때, 감기가 먼저 오고 그게 다른 증세가 된다는 걸 생각해봐요."

"쉽게들 하잖아, 수술 뒤에 아이스크림 먹고."

"필요 없는 부분이 우리 몸에 어디 있겠어요. 더 알아보고 해야지 쉽게 결정할 일이 아니에요."

"또 어디서 알아본단 말이오?"

김창기는 그 대목에서 소리를 조금 높였다.

"그래도 더 알아봐야지. 한 군데 말만 듣고, 그것도 자라는 아이의 멀쩡한 몸에 칼을 대요?"

"그래도 대학병원인데……"

김창기는 아이를 처음 병원에 데려갔을 때 자동차들로 미어터지던 입구며 아이가 내보이던 호기심을 떠올렸다.

"어쨌든 수술은 지금 안 돼요."

안성혜는 어쨌든이라는 단서를 붙인 걸 후회했고 김창기는 아내의 단호함을 이유 없이 그냥 받아들이기로 마음먹었다. 부부가 나란히 소파에 앉아 거실의 그렇고 그런 벽면을 보며 우두커니 앉아 있는 광경이었지만, 두 사람이 침묵의 어색함 외에 앉아 있는 위치나 자세의 부조화를 알아차릴 수는 없었다. 마주 앉지 않은 그들 부부는 줄곧 텔레비전이나 그 옆의 소품들, 그리고 벽에 걸린 안성혜의 부친이 구해준 매화 그림을 보고 이야기를 나누고 있었다.

대화가 잠시 끊긴 사이 안성혜는 자신을 들여다보고 있었다. 그녀는 오늘 늦게 귀가했다.

마지막 수업을 마치고 담임들이 종례시간을 갖는 동안 그녀는 여성지를 뒤적이면서 카풀을 하는 김인숙 선생을 기다렸다. 안성혜는 지금 있는 학교로 옮기고부터 같은 아파트에 사는 김인숙 선생의 차를 이용하고 있었다. 아주 오래전 일이지만 한동안 남편이 차를 태워준 적도 있었다. 그러나 시내에 음식점을 열고 늦은 귀가에 아침에 조금이라도 눈을 더 붙이고 싶어 하는 남편을 보고는 언제부터인가 방법을 바꾸었던 것이다. 어떤 선생님들은 출근 방향이 다른데도 불구하고 남편이 데려다 주고 있었다. 하지만 그런 광경이나 관습이 그녀의 결혼생활에 심각함으로 작용하지는 않았다. 아니, 심각함을 동반한 채 의식을 지배하지는 않았다.

그런데 이제는, 안성혜는 건성으로 두고 있던 여성지에서 눈길을 들어 드나드는 아이들과 교사들로 시끄러운 교무실을 살피다 문득 생각했다. 그래, 결혼생활. 바로 그 단어였고 거기에 뒤따르는 말은 위기이거나 심각함, 파탄, 그런 거였다. 그것은 지금 그녀가 보고 있는 여성지는 물론 어느 책에서도 한두 번 눈에 띄었을 결혼생활을 '지킨다'거나 결혼생활이 '위기'에 도달했다는 식의 표현에 대한 부닥침이었다. 막내아이가 사고를 당한 뒤 그녀의 생활리듬이나 의식을 지배해온 게 바로 여성지의 그렇고 그런 특집 제목이었다. 하지만 이즈음 안성혜의 어금니를 온통 흔들고, 마음을 숯덩이같이 태워버리는 것은 '배신'이라는 말이었다. 외박을 내놓고 따졌음에도 남편은 설명하지 않고 있을뿐더러 태도의 변화를 보여주지도 않고 있었다. 무슨 일이 남편에게 일어나고 있는 것일까. 남편은 정말 파탄으로 가는 길이라도 택하고 있는 것일까.

다시 머리가 뜨거워 오는 기분을 느끼며 보던 잡지를 덮었을 때 김 선생이 다가왔다.

"어머, 어떡하죠. 종례 들어간 사이에 전화가 왔었는데 시댁으로 바로 가야 할까 봐요."

"어떡하긴, 버스나 택시 타고 가면 되지. 미안해할 거 없어요."

하던 생각 때문에 김 선생의 말은 매우 당황스럽게 들려왔을 터인 데도 자신의 대답이 의외로 담담한 데 대해 안성혜는 스스로 조금 놀랐다.

"같이 갈 선생님 누구 없나?"

김인숙은 교무실을 두리번거리기까지 했다.

"관둬. 내가 어디 우리 집 못 찾아갈까 봐서."

안성혜는 김 선생에게 장난기 묻은 눈길을 두면서 그녀의 등을 밀었다.

이것도 일탈인가. 안성혜는 느닷없이 다가온 '혼자됨'에 대중교통 수단을 이용해야 된다는 번거로움 따위는 신경도 쓰이지 않았다.

그녀는 근 20년 가까이 교사생활을 하고 있었다. 결혼 전부터 출퇴근은 익숙한 일상이자 생활 그 자체였다. 어쩌면 모든 직장인들에게 출퇴근은 삶의 한 단위일지도 모른다. 그것이 삶의 하나의 단위 그 자체라면 출퇴근은 사회적인 삶, 하루의 시작과 끝이다. 결혼을 한 뒤에도 사표 내는 문제로 고민해본 적 없이 안성혜는 출퇴근이라는 사회생활의 한 단위를 되풀이해왔다. 아이 양육과 교육 문제로, 시부모 등 여러 문제로 여자들은 결혼 후 직장생활을 다시 생각해볼 수 있다. 그런 데 대해 무감각했음이 다행인지 어쩐지 그건 아무런 문제가 아니다. 막내아이를 잃은 뒤 가졌던 짧은 휴직기간은 한시라도 번잡스런 잡다함 속에 자신을 던지지 않고는 견딜 수 없다는 자각심을 주었다. 어느새 그녀는 남편과의 소원해진 간격을 직장생활만이 채워줄 수 있다는 확신에 빠져 있었다.

안성혜는 교문을 내려오는 길에 몇몇 오너 선생들과 손을 흔들어 인사를 나누며 아이들도 거의 빠져나간 버스 정류소에 다다랐다.

몇 번 버스를 타더라. 집으로 바로 가는 노선이 없다는 거는 알고 있다. 그러나 택시를 탈 마음은 전혀 없었다. 바쁠 일이 없다는 생각이 그녀를 억누르고 있는지도 몰랐다. 택시를 타고 바쁘게 집에 들어갈 당위성이 무너졌다는 것, 아이들이고 남편이고 알뜰하게 챙기고 가사를 돌보아야 할 마음이 우러나지 않는다는 사실이 그녀 자신을 형편없이 초라하게 하고 화나게 만들었다.

버스 노선, 출퇴근. 그래, 문제는 출퇴근이 일상 그 자체이듯이 남편도 부부생활도 일상, 타성이 붙은 일상 그 자체라는 사실이다. 출퇴근이 다소의 짜증과 더불어 한 달치 봉급이라는 생활의 기반을 보이지 않게 축적시켜주듯이 부부관계도 어느 정도의 짜증과 어느 정도의 위안, 그런 게 되풀이 되면서 각질처럼 굳어지는 게 아닐까.

부부간의 애정이란 학교라는 직장처럼 담보된 그 무엇으로 먼지를 덮어쓰고 창고에나 처박힌 건 아닌가. 누구도 그것을 매일 꺼내 닦으면서 윤기를 내지는 않는다. 한 달에 몇 차례, 매일 보는 거울을 휴지나 마른걸레로 별다르게 신경도 쓰지 않고 닦듯이 섹스를 나누는, 그걸 애정이라 할 수 있을까. 그런 섹스처럼, 부부생활은 잘될 때도 잘못될 때도 있고, 그것은 또 그런대로 무난하게 넘어가는 것이다. 그러므로 사랑이나 애정은 같이 쓰는 침실과 같이 나누는 섹스와 아이들에 대한 간섭과 반찬 장만 속에 분해되어 있다고 흔히 생각해버린다. 애정은 일상 속에 분말처럼 녹아버리거나 또는 딱딱하게 응고되어버린다. 덤덤함. 좋다.

안성혜는 이제 때묻은 일상, 싱크대 아래쪽의 얼룩지고 눅눅한 바닥같이 곰삭은 그런 가정생활이 차라리 그리운 것이다. 덤덤하게 살지 못하는, 행복과 불행을 구분하지 못하는, 그런 걸 따져볼 여지도 없는 생활로 돌아갈 수 없다는 사실이 기막히게 안타까운 것이다. 신경질적으로 승용차들을 피하고 제치며 버스 한 대가 달려오는 걸 보면서 그녀는 남편에 대해 아주 격한 분노를 느꼈다. 타야 할 노선이 아니라는 걸 알면서도 그녀는 버스에 올랐다.

방석을 내놓으며 굳이 남편을 침대 아래 방바닥에 앉혀 이야기를 듣고자 한 것은 침대나 가구 따위가 가정, 그 자체는 아니라는 의식이 작용했기 때문이 아닐까. 남편이 왜 거기에 앉아야 되느냐고 물었을 때 그녀는 눈을 똑바로 마주하여 진실을 알자는 거라고 말했던가. 그런데도 남편은 실없다는 웃음을 띠며 방석에 내려앉는 것만큼은 한사코 거부했다. 그 웃음이 당혹감 뒤에 얹힌 쑥스러움이라는 건 아무것도 아니다. 그 속에는 남편의 태도와 마음의 진실이 담겨 있었던 것이다. 남편은 가책을 얼버무리고 방석이라는 소도구 때문에 웃은 게 아니라 문제의 본질에 대해 웃음을 보낸 것이다. 그걸 그 순간에 알아챘지만 안성혜는 공격하지 않았다. 감정의 깊은 곳까지 다 후벼 파고 났을 때 다가올 미래에 자신이 없었던가?

버스는 정체로 멈추어 서 있다. 차들은 겹겹이 앞뒤를 매운 채 바뀔 신호를 기다렸다. 혼란스럽게 보이면서도 체증은 신호 주기에 따라 조금씩 풀리면서 그리고 또다시 되풀이될 것이다. 안성혜는 자신 앞에 닥친 위기가 이러한 숨막히는 교통체증이라면 차라리 나을 것이 아닌가 싶었다. 부부간에도 일시적인 막힘이나 혼란은 있을 수 있다. 만성적인 체증이라 하더라도 익숙해지면서 조금씩은 풀려간다. 그러나 그녀 앞에 닥친 문제는 체중이 아니라 사고인 것이다. 언제 남편은 스스로 입을 열지도 모른다. 자신은 남편에게 정리해서 이야기해달라고 했다.

남편은 내일이라도 입을 열지 모른다. 바람피운 걸 부인할 수도 있을 테고 일시적인 과오라고 말할 수도 있다. 그녀의 감정이 헤쳐내기 어려운 점은 그 말의 차이가 전혀 느껴지지 않을 거라는 데 있다. 차라리 사랑하는 사람이 생겼으니 헤어지자고 남편이 말한다 하더라도 크게 놀라지 않으리라는 심정이 자리할 만큼 그녀는 남편의 외도를, 배신을 확신하고 있었다. 결국 그녀는 그동안의 이상스러운 부부관계에 지쳐가고 있었던 것이다. 남편의 두드러진 외도는 그런 면을 일깨워준 것에 지나지 않았다.

신호가 바뀌었는지 차들은 참아주었던 인내를 거친 속도로 앙갚음하고 있다. 하지만 밀려 있던 차들 사이에서 속력이 날 리가 없다. 한번 상처난 가슴이 쉽사리 아물 수 없듯이.

문득 안성혜의 눈에는 남편과 선을 보고 사귀던 시절이 떠올랐다.

아이를 잃기 전까지는 적어도 아무런 문제가 없었다고 그녀는 생각하고 싶었다. 그렇지 않다면 자신의 인생은 너무나 가엾지 않겠는가.

몇 개의 헝클어진 장면들과 감정들이 머릿속에 또는 가슴 한편에 자리 잡다가 이내 창밖의 풍경들에 스러졌다. 그러나 헤아려내기 어려우면서도 바로 드러내기에도 아직 미분화된 통증이나 아련함이 잔물결로 흔들리고 있음을 느낄 수는 있었다. 그게 뭘까. 안성혜는 붙들고 있는 손잡이보다 더 굳세게 그것을 붙잡고 싶었지만 도식화되어버린 단어와 딱딱하게 굳어버린 마음으로 인해 그 일은 불가능했다.

맞선을 본다는 것은 이미 하나의 행사이다. 중간에 사람을 넣어 당사자들이 지정된 시간과 장소에서 만난다는 것. 중개자의 간명한 소개말이 있고 본인들의 간단한 수인사. 어느 시점 중개자가 퇴장한 자리에서 본인들만의 치열한 탐색과 저울질. 한마디의 말과 행동도 서로 놓칠 수 없는 긴박한 대결. 현수막만 붙이지 않았다는 것뿐 그것은 완벽한 행사다. 맞선자리라는 게 그런 의미가 담겨 있다는 사실을 안다면 그 사람은 이미 그런 일에 익숙해졌다는 뜻이다. 남편을 만났을 때의 자신이 그러했다.

차에서 내려야겠다는 작정을 하고 몸을 돌려 출입구로 다가갈 때, "여자 분들하고 걸음 맞추기가 어렵습디다"라는 남편의 말이 느닷없이 떠올랐다. 첫 번째 만나 차를 마시고 어디로 가기 위해서인지는 모르지만 거리를 걸을 때 남편은 그렇게 말했다. '불쑥'이라고 해도 좋을 말이었다. 처음 만난 남녀 사이에서 말을 한번 꺼내거나 대화를 이어간다는 건 어렵고도 조심스럽다. 그때 자신이 무슨 생각을 하고 있었는지는 모르지만 남편의 말은 조금 당혹스럽게 들렸다. "빠른 걸음도 아닌데 내가 늘 앞서 있더라고요. 어떨 때는 멈추어서 한참 기다리기도 했어요. 앞서 가는 나를 보면서 여자가 무슨 생각을 했겠어요? 한심한 일이죠."

선을 본 여자들과 어디로 가기 위해 길을 걸을 때 여자는 뒤처지고 자기 혼자 저만치 앞서 있더라는 이야기였다. 선을 자주 보았다는 걸 내세우자는 뜻은 아닐 테니 데이트 경험이 별로 없다는 사실을 강조하겠다는 것일까. 무슨 대꾸를 해야 했으므로 안성혜는 잠시 망설이다 "같이 걷는 연습도 필요하겠군요." 그렇게 대답한 것 같다. 다른 승객들과 어깨를 조금 부딪치며 버스에서 내리면서 안성혜는 그래서 지금도 그 사람은 혼자서 마구 앞서 가고 있구나라는 생각이 퍼뜩 들었다.

어디로 가나. 내리고 보니 도시의 또 다른 변화가였다. 버스에서 내려야겠다는 작정이 무심결이기는 했지만 본능적으로 인파에 휩싸이고 싶었던 건 아닐까. 안성혜는 막연하게 영화관이 생각났지만 가까운 거리에 있는 서점이 떠올라 우선은 반가웠다. 그녀는 젊은 아이들, 그런 표현이 막연하기는 했지만, 차림새와 머리 스타일부터 이질적이거나 당장 표가 나는 젊은이들을 헤치고 서점으로 다가갔다. 건물 앞에서 있거나 지나치는 젊은 여자애들의 머리카락이 햇빛 때문인지 약간은 빛나 보이기도 했는데, 마주친 아가씨 하나와 서로 길을 피하느라고 얼굴을 맞대고서야 노랗게 염색을 했다는 사실을 알았다. 변하는 게 세상이라면 자신은 지금 어디에 서 있는가, 문득 안성혜에게 그런 질문이 던져졌다. 하지만 지금 당장, 안성혜는 그런 물음에 붙잡힐 마음은 추호도 없었다.

그녀는 만나는 약속장소로 자주 이용되어 입구가 혼잡한 서점 안으로 조금은 힘들게 들어갔다. 끝이 잘 보이지 않을 만큼 너르고 사람들도 꽤나 많았지만, 게다가 낮은 음악이 깔려 흐르고 있음에도 불구하고 매장 안은 아주 가라앉은 분위기였다. 입구의 월간지 코너부터 여러 코너가 아크릴 팻말들로 구분되어 있었다. 안성혜는 학생들로 붐비는 입구를 피하고 보자는 생각으로 매장 안으로 계속 걸어 들어갔다. 사회과학, 정보, 컴퓨터, 경영, 여행, 처세술, 그리고 디자인과 건축, 그녀는 크게 두리번거리던 눈을 거두었다. 눕혀 있는 책들과 세워져 있는 책들. 그녀가 분류할 수 있는 모든 책들의 종류는 결국 그 두 가지뿐이었다. 누워서 쌓여 있는 책들은 쉽게 손이 닿는다는 것이고 꽂혀서 세워져 있는 책들은 드물게 찾는 사람들만 찾는다는 것.

그녀는 사회과학 코너 앞에 멈추어 섰다. 정치, 사회, 이데올로기, 비평, 이해, 그런 낱말들로 책들은 제목을 달고 있었다. 지질과 표지가 매끄러운 책들을 몇 권 뽑아보았지만 머리말이든 펼치는 어느 페이지의 글귀들은 오직 외따로 떨어진 섬 같은 단어들로 다가올 뿐이었다. 안성혜는 제목만을 두리번거리다 눕혀 있는 책들이 나란히 놓여 있는 매장 중앙으로, 소설 코너 쪽으로 갔다. '다가가는, 또 다른, 다시 시작하는, 비애, 사랑, 목마른', 제목들은 훨씬 서술적이었다. 작가의 얼굴이 표지를 장식한 책들이 한 권 한 권 부지런히 일어나서 독자의 손에 쥐어지기를 기다리는 모습으로 보이기도 했다. 안성혜는 소설을 별로 읽지 않았다. 생각해보면 다정다감하거나 애틋하거나 무엇이 절실하거나 결핍됨도 느껴본 적 없이 사춘기와 대학생활을 보낸 것 같다. 시 구절을 어디에 숨겨 써두거나 소설의 주인공에게, 영화를 보고 그 배우를 이야기하거나 스토리에 빠져본 적 없이 어물쩍 사춘기를 보낸 여자들 중의 한 명인지도 몰랐다. 그렇다고 그런 여자들의 생이 무미건조하다고 생각해본 적도 없다.

딱히 무엇에 빠지지 못하거나 빠질 필요성조차 느끼지 못하고 확정되지 않은 십대와 이십대를 보내는 여자들이 의외로 많다는 걸 인정한다면 평범함이란 우리 인생과 이 세상의 최대의 찬사를 받아야 할 가치인지도 모른다.

안성혜의 경우 대학 다니는 동안 제대로 미팅 같은 걸 해본 적이 없는 쪽이었다. 소도시에서 대도시로 대학을 다니기 위해 온 것도 그렇지만 같은 여고동창, 같은 과 친구들이 그런 일에 그녀를 빠트려놓았다는 표현이 더 맞을 것이었다. 저 애는 이런 일에 흥미가 없을 거다. 너무 순진하거나 아니면 저 혼자 잘나 이런 따위를 경멸할지도 모른다, 그런 식으로 아예 제쳐두는 쪽에 안성혜는 속했다. 그런 그녀에게 왜 인생과 결혼생활이 덤덤하지 못하게 되어버린 것일까.

안성혜는 서점 안에서 시간을 보낸다는 게 의외로 피곤한 일이라는 걸 깨닫고, 들어왔으니 아무 책이나 한 권 사 가지고 가야겠다고 작정했다. 그녀는 살펴보지도 않고 시집 한 권을 샀다.

밖으로 나오니 출입구는 서 있는 젊은이들로 꽉차 있었다. 집으로 갈 마음은 여전히 없었다. 그런 자신의 마음가짐에도 그녀는 놀라지 않았다. 그녀는 몇 걸음 옆에 있는 백화점이 생각났다. 입구는 서점처럼 기다리는 장소로 이용하는 사람들로 붐볐다. 안도 마찬가지였다. 안성혜는 짜증보다는 차라리 마음이 놓였다는 기억을 되살려냈다. 에스컬레이터를 타고 몇 번이나 오르내리면서 그녀는 매장들을 둘러보았다. 하지만 곧 가방 속에 상품권 한 장이라도 없다는 사실이, 그리고 바꾸어야 할 물건이나 가격을 미리 알아보아야 할 것도 없다는 사실이 심각한 문제처럼 다가왔다. 밝은 조명 속에 드러난 상품들을 보면서 그녀는 비애를 느꼈다. 어떤 대단한 물건도 그녀에게는 '남편'의 배신을 떠나 존재하지 않았다.

"마음대로 하세요. 당신 말대로 있어도 그만 없어도 그만이라는 편도선을 떼어내는 게 뭐 그리 중요한 문제겠어요."

안성혜는 다시 현실로 돌아왔다. 그러나 그 순간 그녀는 자신을 억제하지 못했다.

"도대체 누구예요, 상대가?"

안성혜는 늦은 저녁 무렵 사람들 사이를 헤매던 자신의 초라한 모습과 더불어 거실의 소파에 나란히 앉아 익숙한 벽면의 그림이나 도자기, 그리고 TV세트를 바라보고 앉았다는 사실에 마침내 화가 나고 말았다. 옆에 앉았다는 것뿐이지 정말 남편이라는 자가 여기에 있기라도 한단 말인가. 느닷없이 그녀의 눈에는 사람이 타든 말든 관계없이 언제까지나 쉼 없이 오르내리는 텅 빈 에스컬레이터가 그려졌다. 그녀의 내면은 밑도 끝도 없이 절망으로 빠져들고 있었다.

"아니, 그만둬요!"

그녀는 터지려는 팽팽한 고무호스의 물살을 황급히 틀어막았다.

"당신 스스로 먼저 이야길 해요, 내가 물어서 답하지 말고, 그리고 이리저리 미꾸라지 빠지듯이 할 바에는 아예 꺼내지도 마세요."

먼저 소파를 박차고 일어난 건 김창기였다. 그건 아주 반사적인 행동이었다.

"그러나 우물쭈물 넘어갈 생각은 말아요. 미봉책은 안 통해요!"

당신이 먼저, 미꾸라지, 우물쭈물, 미봉책, 그런 말들이 등줄기를 감아 오는 기분 속에서 김창기는 방으로 들어갔다.

다소간 멍하니 의자에 앉았다가 밖으로 나왔을 때는 거실의 불도 꺼져 있었다. 그는 욕실로 들어갔다. 샤워기 아래에서 그는 물줄기가 회초리가 되어 자신의 온몸을 갈겨주었으면 하는 기분에 사로잡혔다. 비누에 손도 대지 않은 채 그는 얼마의 시간이 지났는지도 모르게 한동안 그냥 샤워기 아래에 서 있었다.

불도 켜지 않은 채 소파에 다시 앉자 조금 전에 쏟아내었던 아내의 말이 다시 배열되어 떠올랐다. 과연 최선은 그 단어들의 배열 속에 있을지도 몰랐다. 우물쭈물하는 거로 사태가 수습된다면 그보다 더 현명한 방법이 어디 있겠는가. 그렇지만 그게 불가능하다면.

선재를 통해 정면돌파가 가능하다면 그 정도로 족하지 않을까. 그건 선재에 대한 가벼움이 아니라 모든 이야기를 꺼낼 방법이 막연하기 때문이었다. 정희옥과 관련된 문제는 선재처럼 진행되는 일도 아니고 깊이 파묻힌, 자신조차 제대로 갱도를 찾을 것 같지 않은 폐광을 뒤지는 일이 아닌가. 그 자신, 박쥐가 날고 곳곳에 물이 고인 폐광에서 찾으려는 게 무엇이든 그게 아내에게 무슨 소용이 있겠는가. 그는 비 그친 송도 바닷가에서 여자를 찾아야 했던 이유가 아내와의 관계 때문이라는 생각들을 깡그리 부정하고 있었다.

그는 자리에서 일어나 주방 찬장에서 위스키 병을 꺼냈다. 냉장고의 얼음을 꺼내기에는 마음이 너무 급하게 타올라 선채로 한 모금, 그리고 또 한 모금을 마셨다. 목을 타게 하고 폐부를 찔러 오는 아픔이 오고 이윽고 글라스 바닥이 보였을 때는 다소 아늑한 열기가 머리를 감싸 안았다.

여자의 이야기를 아내에게 꺼낼 엄두는 도저히 나지 않았다(아내와 방석에 마주보고 앉은 모습이 언뜻 그려졌다). 아내가 그로 인해 더 좋지 못한 결단을 내리지 않는다는 보장도 없었다.

그는 어두운 주방의 식탁의자에서 일어나 냉장고 문을 열었다. 음식냄새와 더불어 새어나온 불빛이 주방의 모노륨 바닥을 조금 밝혔다. 그는 마음을 조금 밝게 가지려고 애썼다. 물을 한 잔 마시면서 그는 선재와 같이 사는 모습을 그려보려는 자신을 발견하고는 놀랐다. 하지만 생글거리거나 톡톡 쏘는 그녀의 얼굴만 잡혀 올 뿐 같이 사는 데 따르는 어떠한 실감나는 장면도 잡혀 오지가 않았다. 그는 이유도 분명하지 않은 상태에서 선재에게 미안함을 느꼈다.

병원에서 딸애의 진단은 미루어지고 있었지만 그들 사이의 문제에 아내는 유예를 원하지 않았다. 아내는 일치감치 에스컬레이터에 올라 있었고 그 자신조차도 이미 발을 딛고 있었다. 그 끝은 알 수 없었지만 두 사람은 에스컬레이터를 멈추게 할 수도 거기서 뛰어내릴 수도 없었다.

14
누구에게나 빗나간 사랑은 있다

그는 선재를 생각하며 우산이 부딪치는 광복동의 좁아터진 인도를 걸어 약속한 카페로 갔다. 선재를 만나러 가면서 선재를 생각한다? 이상한 말이지만, 거기에는 선재에 대한 그 자신의 억눌린 의식이 담겨 있었다.

김창기가 아는 선재는 어쨌거나 상처를 받았다는 거였다. 선재가 한 이야기는 두 가지였다. 그것도 모두 술에 많이 취해서 한 것이어서 어느 쪽도 명료하지는 않았다. 어쩌면 그럴 수밖에 없으리라는, 이해도 가지만 한편으로는 그런 만큼 둘 사이에는 어쩔 수 없는 거리가 놓여 있다는 생각이 김창기에게는 들기도 했다. 선재는 그에게 여전히 모호한 존재였다.

선재가 이야기한 내용은 서로 다른 것이었다.

국책연구소의 연구원이었던 남편은 중소기업을 이어받은 친구의 대출보증을 섰다가 법적 문제로 비화되는 바람에 미국으로 피신을 했다. 결혼했을 당시 남편은 박사과정 중이었고 목표는 대학 전임이었다. 고위 공무원 출신의 시어른은 전화위복의 기회일 수도 있다고 귀국할 수 없는 기간 동안 박사과정을 미국에서 하게 했다. 남편에게는 집과 학교의 실험실과 도서관이 전부였지만 선재에게는 좁은 방 하나가 전부였다. 대학촌이라 생활은 지극히 단조로웠다. 영어를 잘 못하는 그녀로서는 바깥출입도 자유롭지 못했다. 학위취득이 남편이 할 수 있는 전부였고 선재가 기다릴 수 있는 전부였지만 그녀는 견디지 못했다. 첫 1년 동안에는 두 번, 다음 해에는 네 번이나 한국엘 나왔다. 3년째에는 거꾸로 2개월씩 두 번 미국에 갔을 뿐이었다. 4년째에는 단 한 차례, 그게 별거로 이어졌고 이혼이었다.

그 이야기에서 잘못은 남편에게 있었다.

얼마 뒤 선재는 술에 취해서는 또 다른 이야기를 했다. 김창기가 오직 성적 대상으로 자신을 만나는 것 같다는 비난을 한 뒤였다. 그런 인상을 준 것도 무리는 아닌 게 김창기에게 선재와 현실은 육체적 욕망을 퍼내는 우물임을 부인할 수는 없었던 것이다. 어쩌면 사랑도 그 속에 있다는 생각이었고, 그런 면은 지금까지도 여전히 지속되고 있는지도 몰랐다.

그녀의 남편은 여전히 학위 중이었다. 다만 국내에서였고 남편은 지도교수와 사이가 좋지 않은 다른 심사위원 교수의 틈바구니에 끼어 있었다. 그러므로 남편은 실험실과 도서관에 머무는 시간이 더 길었다. 연구소에서 곧장 학교로 달려갔고 그 길로 출근하는 일도 잦았다. 집에 와서는 서재에 처박히거나 피곤하여 몸을 못 가누는 두 가지 형태뿐이었다. 물론 선재는 학위가 연구소를 벗어나 대학으로 가는, 그들 인생의 필수적인 면허라는 걸 모르는 바 아니었지만 그녀의 성격으로는 견디기 힘들었다. 그녀도 대학원에 적을 두기도 했지만 몰두할 수는 없었다.

시아버지가 공직생활 때 숨겨둔 52평짜리 아파트가 잘못일 수도 있었다. 시부모는 그런 아파트가 중매를 통해서 아직도 공부하는 아들을 만난 며느리에 대한 보상이라고 생각했을 수도 있었다. 학교를 줄곧 부산서 다닌 선재로서는 서울서 친구들을 만나지 못했다. 이웃과 가까이 지냈는데 대부분 중년 이상이었다. 사업으로 바쁜 남편을 둔 1201호와 음식점을 하다 혼자된 1702호가 이웃이었고 그 둘은 친구 사이였다. 반상회 때는 물론 이 집 저 집을 드나드는 일이 잦게 되었다. 그들은 새댁의 처지를 알았다. 둘은 심심해빠진 새댁을 위로한답시고 그들이 은밀하게 한 번씩 드나드는 고급 호스트바로 이끌었다. 선재는 술을 마시면서 화풀이를 할 생각으로 남편이 그 시간에 지키고 앉은 실험실로 전화를 했다. 호스트바라는 소리는 장난으로 들으면서 남편은 조금 마시고 일찍 집으로 들어가라는 소리만 퉁명스레 하고는 전화를 끊어버렸다. 더욱 서운하고 화가 난 선재에게 1201호가 짝을 데리고 위층으로 올라가 보라고 놀렸다. 선재는 첫

걸음이었지만 옆에 앉힌 사내들과 잠시 자리를 비우는 이웃집 아주머니들의 모습에서 무엇인가를 읽을 수는 있었다. 선재는 계집애같이 예쁘게 생겨먹은 짝에게 위층으로 자기를 데려가 보라고 말했다.

그날 술집에서 장난기와 화가 뒤엉킨 감정으로 남편에게 전화만 하지 않았다면, 남편이 또 그렇게 화를 내면서 급하게 수화기만 내려놓지 않았다면 아무 일도 없었을까. 선재는 틀림없이 그랬을 거라고 말했다. 어쨌든 선재는 두 번째 그 집엘 갔고 세 번째는 사내애를 밖에서 만나게 되어버렸다. 그러고는 애걸 섞인 집요한 협박에 시달려야 했다. 첫 번째와 두 번째는 세 번째의 잘못을 위해 마련된 자리였다. 가게 안에서의 일은 책임지지만 밖에서의 일은 관계할 수 없다는 게 중재에 나선 1702호가 주인에게서 받아 온 답이었다. 돈이 문제가 아니라 자책감이 결국 더 큰 문제였다. 선재는 서둘러 이혼을 선언하고 말았다.

"그 악당 같은 애가 기교만은 얼마나 뛰어났는지 알어? 나를 아프로디테라고 부르면서 침대 저 먼발치에서부터 기어서 온다고." 선재는 깔깔거리며 이야기를 마쳤다.

선재는 두 이야기를 딱 한 차례씩만 했을 뿐이었다. 다른 어떤 경우에도 그 이야기들의 뒤끝을 끌어 붙이거나 토막 내어 한 적도 없었다. 한동안 김창기는 혼란스러웠다. 그녀의 사연도 그랬지만 그녀의 종잡을 수 없는 심리적 진폭이 더욱 혼란스럽게 했다.

파고들어 물어보기도 하고 별거 중인 게 아닌가 하는, 치사하지만 어쩔 수 없이 파고드는 불안감이 들기도 했지만 선재는 두 번 다시 신상에 대해 입을 열지 않았다. 어떤 경우에는 "내가 그런 이야기를 했어요? 나도 드라마를 너무 많이 보았나"거나 "선생님은 어떤 이야기를 들어보고는 이게 픽션인지 아닌지 그런 것도 가늠 못해요?" 그렇게 말막음을 했다.

어쩌면 그 이야기 속에는 그녀가 기억하고 싶지 않은 복잡하게 뒤엉킨 무엇이 있어, 자신조차도 만들어낸 이야기거나 어디서 본 비디오같이 믿도록 되어버린 두텁고도 두터운 방어기제가 작용하고 있는지도 몰랐다.

김창기는 비가 내려 더욱 복잡한 거리를 걸어 겨우 약속장소에 다다랐다.

선재는 창가 테이블에 앉아 있었다. 언제 다시 만날 수 있나, 기약도 할 수 없는 이별—저음임에도 바이브레이션이 많이 들어간 남자 가수의 노래가 실내를 채웠다.

"노래가 너무 가라앉았네. 좀 늦었지?"

테이블에는 맥주 두 병이 놓여 있고 한 병은 다 비어 있었다.

선재는 가만히 고개를 돌리기만 했을 뿐 아무 말도 않았다.

"화났군?"

웨이터가 잔을 가지고 왔다. 김창기는 맥주와 얼른 생각나는 대로 과일안주를 주문했다.

한 잔 안 부어줘? 라고 말을 할까 하다, 김창기는 자기 잔에다 술을 따랐다. 선재의 잔은 반쯤 차 있었다.

"한잔해."

김창기는 잔을 들었다. 선재가 마지못한 듯 잔을 들어 부딪는 시늉을 했다. 그러나 그녀는 잔을 비웠다. 3분의 2쯤 마시고 잔을 내려놓은 김창기는 선재의 빈 잔을 채워주었다.

"그동안 뭘 했어?"

"언니네 가게에 놀기 삼아 나가 있었어."

"이 부근이라면서? 전화도 안 해?"

"하고 싶지 않았어요. 일정하게 시간 정해놓고 나간 것도 아니고. 또 서울에도 있었고."

"전화번호가 어떻게 되는데."

김창기는 양복 안주머니에서 수첩을 찾았다. 선재가 서둘러 말했다.

"그만둬요."

"왜?"

"계속 나갈지도 모르고, 선생님이 굳이 신경 쓸 필요가 있는 것도 아니니까."

"무슨 고집이야?"

"처음부터 그랬는데 새삼스럽긴. 우린 서로 일방적인 사이 아니에요? 터무니없이 결혼 생각하고 접근한 선생님부터. 그리고 뒤에는 내가 선생님을 찾았고, 그리고 만나는 동안 선생님은 어떤 면으로 내게 일방적이었죠? 호텔의 그렇고 그런 방에 가는 거, 그것밖에 무엇이 있었어요? 그러니 만나고 싶어 하는 것도 내 일방적인 자유일 수도 있는 거잖아요."

얼마간 보지 않은 시간이 선재를 도전적으로 만든 기분이었다.

"무슨 엉터리 같은 논리야? 서로 연락처를 알자는 것뿐인데."

"선생님에 대한 나의 거리라고 생각하세요."

선재는 설핏 웃으며, 그러나 단호하게 말했다. 처음 부산에 내려왔을 때부터 선재는 자기 전화번호를 가르쳐주지 않았다. 서울에 자주 가야 하기 때문에 자신이 연락을 하겠다는 것이었다. 서울에 뭐가 있느냐고까지는 묻지 못했지만, 아파트가 서울에도 있는데라는 말로써는 자기 명의의 집이 있는 것만은 사실인 것 같았다. 부산에는 언니 집에 있다고 했다가 전셋값이 터무니없이 비싸다는 말을 한 적도 있었다. 만나는 사람에 대해 연락처를 모른다는 사실은 어쩌면 그 사람의 모든 것을 모른다는 뜻이 아닐까. 선재에 대해 내가 무얼 얼마만큼 알고 있는가? 김창기는 바로 앞에 앉아 있는 선재가 막막하게 느껴졌다.

선재는 다시 잔을 비웠다.

"선생님은 도대체 왜 날 만나는 거예요? 만나서 내게서 무얼 얻죠? 사랑하지도 않잖아요. 내 전화가 귀찮을 때도 있을 거고, 그런데도 왜 만나죠? 부인에게서 얻지 못하는 무엇을 내게서 얻나요? 남녀의 그 일이 무어 크게 다를 바가 있겠어요. 그냥 그렇게 느끼는 기분일 뿐이지."

"그만해!"

김창기는 선재의 쏟아지는 말을 막고 술잔을 들었다. 가게에서 저녁을 먹으면서 마신 두어 잔의 소주가 맥주 맛을 갈증 나게 하고 있었다. 그는 선재의 전화를 받고는 운전을 이내 포기했다. 어젯밤 아내와의 언쟁이 선재와의 시간을 연장시키고 싶은 반작용을 불러일으켰는지도 몰랐다.

"할 이야기가 없죠? 자기는 본래 그래. 이야기가 없다는 건 의견이 없다는 것과 같은 거야. 내게 대해 무슨 의견이 있어요?"

선재가 고개를 들어 김창기의 눈을 똑바로 찾았다.

"없죠?"

그리고 선재는 자기 잔에 술을 부어 급하게 마셨다.

"미안해요. 내가 당신에게 무엇이 될 수 있겠어요."

형편없이 가라앉은 목소리로 선재가 다시 말했다.

"아주 예전, 지나간 시간을 붙잡고 비집고 들려는 틈입자에 불과할 거예요. 어떨 땐 내가 미쳤다고 전화를 하는가 싶을 적도 있어요. 이제 전화하지 않겠어요. 우리 끝내요."

선재의 혼잣말이 끝나고도 김창기는 한동안 술잔을 매만지며 그대로 있었다.

"무슨 일이 있는 거야? 저번에는 아내와 싸웠다니까 이제 시작이라고 생각해야 한다고 말했잖아."

"그랬었죠, 그 말이야 기억하죠. 그러나 선생님이나 나나 그렇게 새로 시작할 수 있는 사람들이 아니에요. 내가 생각한 게 그거예요."

김창기는 선재의 눈을 바라보았다. 선재 역시 그랬다. 선재의 눈은 쓸쓸하면서도 맑았다.

"사람을 만나고 헤어지는 일이 계획대로, 마음먹은 대로 되는 게 아니라는 건 알잖아?"

선재는 대꾸하지 않았다. 침묵의 틈 사이에서 김창기는 문득 정희옥을 떠올렸다. 병원에 누워 있는 여자에 대한 감정이 정리된다면 선재에 대한 태도도 어떤 형태로든 정리될 수 있으리라는 생각이 든 것은 그때였다. 그동안 가슴 어느 구석진 곳에 자리 잡고 있었을 법한 생각이었지만 이토록 확연하게 달려든 건 처음이었다. 물론 선재로부터의 연락이나 만남은 그 이전부터 이루어져 왔지만, 어쩌면 여자의 소식을 들은 뒤로 김창기 자신의 모든 이성과 감정의 실타래는 모조리 헝클어져 버렸거나 매듭이 끊어져 버린 건지도 몰랐다.

한동안 까맣게 묻혀졌던 여자와의 시간이 되살아나면서 그는 형편없이 뒤엉켜버린 실타래의 매듭을 찾기 위해 안절부절못하고 있는 건지도 몰랐다. 딸애를 데리고 맨 처음 대학병원 정문 앞에 섰을 때 달려들었던, 일이 왜 한꺼번에 일어나느냐는, 그런 짜증스런 감정이 마흔 중반에 접어든 한 남자의 과거와 미래를 뒤흔들고 있었다.

어쩌면 가슴속에 묻어버린 불씨를 되살리기 두려워하거나 다른 대책 없이 그냥 그렇게 지내온 삶에 대한 배반이 일어나고 있는 건지도 몰랐다. 그런 점에서 인생은 몇 번이고 다시 살 수 있는 불가사의한 것인지도 몰랐다.

"요즘은 자주, 지나가 버린 시간들이 너무 선명하게 되살아날 때가 많아. 손에서 스르르 빠져나가 버리는 한 줌 모래나 바닷물 같은 과거들이 안타까워 미치겠어. 앞이 불투명한 만큼 지나간 세월들은 오히려 뚜렷한가 봐."

김창기는 아주 힘들게 이야기했다.

"남자도 그런 면이 있어요? 어디서 들은 적이 있는 보바리즘 같은 건가, 아니면 선생님도 나이를 먹는 건가? 선생님 같은 분에게도 과거가 있나요? 다른 뜻에서 하는 말이 아니라, 너무 깔끔하고 정돈되어 보여서 하는 소리예요. 왜 예전에 내게 다가왔다 싹 물러나버린 일부터 그렇고. 그때 그런 생각이 들었어요. 아, 이 사람은 상처 입기를 두려워하는구나. 선생님이 내게 연애감정이라는 걸 불러일으키기나 한 줄 아세요? 다가오는가 했는데 어느새 지나가 버리고는 끝이었어요. 내가 선생님을 미워한다면, 그건 내게 매달려보지도 않고 물러나서는 접근했다는 흔적조차 보여주지 않으려는 그 태도 때문일지도 몰라요."

"기다려보지도 않고 내가 돌아섰기 때문이라는 말이지."

김창기는 선생님 같은 분에게도 과거가 있나요, 라는 말을 들었을 때 가슴 한구석이 찡하게 울려왔지만 그냥 지나치기로 했다. 그건 설명할 수 없는 일이었다.

"전에도 얘기했지만, 그때 나는 결혼 적령기를 넘긴 나이였어. 그냥 바쁘다는 생각뿐이었어. 감정의 허비랄까, 그런 게 싫었던 거지. 선재에 대해 그때 내가 무얼 얼마나 알았겠어? 그냥 몇 가지 인상이나 좋은 감정, 그런 것뿐이었지. 그러니까 쉽게 포기할 수도 있었던 게 아닌가 싶어."

선재는 말을 듣는 동안 또 술 한 잔을 비웠다.

"이제야 본심을 털어놓는군요. 감정의 허비라고요? 그런 생각이나 하는 사람이 무슨 참된 사랑, 아니 사랑의 감정을 알기나 하겠어요. 참으로 이상한 분이시군요. 내가 세상을 잘 모를 나이일 수도 있지만 선생님이 떠나가도록 만든 건 잘한 일이었군요. 재미없는 이기주의자 같으니라고, 엉터리!"

김창기는 아득한 기분이었다. 취중이라 하더라도 자신에게 쏟아진 비난에 대한 실감은 조금도 상쇄되지 않았다. 어찌 생각하면 내가 왜 이 자리에 앉아 선재로부터 비난을 받아야 하는가 하는 짜증도 솟았지만, 선재와의 인연도 선택이었다면 자신에게 쏟아지는 비난 또한 스스로 자초한 건지도 몰랐다. 하지만 정작 김창기의 마음을 사로잡은 것은 그런 게 아니었다.

선재의 비난이 아내의 말투와 비슷한 면이 있다는 사실의 환기였다. 아내는 때로 "도대체 당신은 마음을 딴 데 두고 있는 사람 같아요"라거나, 말다툼이라도 벌어지면 "자기밖에 모르는 사람 같으니!"라는 말을 던질 때가 있었다. 그런 비난이 부부간의 일상에서 흔히 있을 수도 있는 거라고 해버리면 그만이지만 그는 그 말들을 가슴에 새겨두거나 쓸쓸한 마음을 가질 때가 많았다. 그건 어쩌면 비난에 대한 시인이거나 인정일 수도 있었다.

그가 술 한 잔을 비우는 동안 선재는 자세를 고치지 않았다. 그는 흐트러진 선재의 감정부터 다스려야겠다는 생각이 들었다.

"그냥 우울해진 거야, 아니면 무슨 일이 있는 거야?"

"만나지 않는 동안 여러 생각들을 해봤어요. 이제부터 시작일 수도 있다는 말이며, 그런 게 다 허망한 내 욕심인 것 같아서. 내 스스로에게 짜증스럽고 종잡을 수 없어서 머리가 다 아프고 그래요. 선생님 옆에서 서성거리는 것 같은 내 자신이 싫으니까. 선생님이 나 때문에 심각해진다고 내가 마음 편할 게 뭐 있겠어요? 난 아무것도 아니잖아, 그렇죠? 난 선생님에게 아무것도 아니지 뭐야!"

목소리는 낮았지만 선재는 점차 격렬해지고 있었다.

"다친 상처에 새살이 차오르듯 사람에게는 자기 회복력이 분명 있을 텐데, 내 인생은 정화능력을 잃은 막힌 호수 같기만 해! 바닥난 우물, 돌멩이가 부딪치는 그런 우물에서 두레박을 끌어올리는 기분을 누가 알겠어?"

김창기는 피곤하고 암담했다. 그러나 침묵으로 버틸 수만은 없었다.

"과거 때문에 괴롭지 않은 사람이 이 세상에 어디 있겠어? 자기 회복력, 그런 게 있다면, 그걸 믿을 수밖에 더 있겠어?"

김창기는 겨우 그렇게 말했지만, 자기 말에도 믿음을 가질 수는 없었다. 그는 선재가 빠져 헤매고 있는 상처에 대해서 파고드는 게 두려웠는지도 몰랐다. 일방적인 위로를 받아들일 선재가 아니었기에 자신의 과거를 내보이는 게 싫었는지 모를 일이었다. 그러므로 그는 완강한 자기 방어와 더불어 자신의 상처만을 소중히 싸안으려는 아집 같은 데서 한 발짝도 빠져나오지 못하고 있었다. 선재는 김창기의 말을 들으면서도 술잔을 놓지 않았다. 김창기는 당장, 형편없이 취한 선재의 모습이 걱정이었다.

"그리고, 술이 해결책이 아니라는 것도 알잖아. 그만 마셔."

"그 말은 내게 할 필요가 없어요. 나도 마실 만큼은 마셔보았으니까."

술집을 나왔을 때 선재는 꽤나 취해 있었다.

"집엘 들어가세요. 나는 조금 걷다 택시 타고 갈게요."

"지금 차를 잡아줄까?"

"싫어요. 걷겠다니까."

그런 몸으로 어떻게 걷느냐는 말을 한다면 선재가 다시 파르르 화를 낼 것 같아 김창기는 그냥 입을 다물었다. 아내라면 이런 소모전은 없을 게 아닌가! 선재를 만나면서 김창기를 괴롭히는 것에는 이런 생각도 있었다. 그로서는 선재의 어쩔 수 없는 흐트러짐과 앙탈이 두 사람의 불안한 관계에서 오는 심리적 파멸의 흔적이라는 걸 완전히 이해할 수는 없었다. 이해는 하더라도 그걸 해소시킬 수는 결코 없는 입장이라는 생각이었다.

"내가 귀찮고 우습지?"

셔터가 내려진 상가 앞에 멈추어 선 선재가 말했다.

"무슨 그런 말을……"

"그러지 말고, 솔직히 말해봐요."

"글쎄, 끝없는 소모전이구나 하는 생각, 뭐 그런 거야."

"소모전! 그래 맞아. 모처럼 솔직한 말을 하셨군. 내가 당신을 진흙탕 같은 싸움에 끌어들였지."

선재는 까르르 웃어댔다.

"벗어나 봐요, 어디. 내가 발목을 꼭 잡고 있을 테니까. 아니야. 선생님이 아냐!"

선재는 고개까지 흔들며 중얼거렸다.

"선생님은 내게 그럴 이유가 없는 사람이야. 빗나간 사랑이야 누구에게나 있는 거니까. 아주 싹싹하게 상처 주지도 입지도 않고 퇴각한 병사니까. 자 이제, 집으로 들어가세요. 어서."

"전혀 취하지 않았네?"

"내가 옳은 소리 한다고?"

선재는 다시 걸음을 멈추었다.

"이 세상에서 제일 비참한 여자가 어떤 여자인지 알아요?"

김창기는 지나가는 취객들이 그들을 힐끔거리는 걸 방심한 상태에서 바라보며 말했다.

"그거야, 유행가인가 그런 데 있듯이 잊혀진 여자지."

"틀렸어요, 김창기 씨! 세상을 온실같이 여기며 산 여자야. 세상과 부닥쳐 갈 힘을 기르지 못하고 철없이 자란 여자. 인생을 그저 볕 잘 드는 베란다에 놓인 화분에 물 주고, 남편 와이셔츠 깨끗하게 다리며 마흔 몇 평짜리 아파트에 사는 그 자체로만 아는 여자. 그런 여자가 이 세상에서 제일 비참한 거야. 아무 준비도 없이 이 세상에 내던져져 과오를 저지른 여자. 그리고 겨우 어쩌다 인연을 가졌던 남자에게 기대려는 여자. 얼마나 실없고 비참한 여자야!"

"선재야, 왜 너 자신을 약하게만 몰아가니? 재혼할 기회가 생기면 하면 되는 거지, 다른 걸 생각할 필요가 어디 있어? 문제를 그렇게 보아야지, 그 외 뭐가 더 있어."

"수월하군요. 혼자된 의사와 공무원을 만나보았어. 한 사람은 쉰둘이고, 또 한 사람은 마흔여덟이래. 애들은…… 그만둬요. 우리 술이나 더 마셔요, 네?"

김창기는 이대로 거리를 배회하는 것보다는 나으리라는 생각에 술을 마실 수 있는 곳을 찾기로 했다. 그는 언젠가 유태성과 가본 적이 있는 고급카페를 찾았다.

선재가 원했기에 그도 같이 위스키를 마셨다. 선재를 그렇게 많이 취하게 하지 않고 돌려보내야 한다는 생각도 들었지만, 한편으로는 자기 스스까지 내던지고 싶은 심사이기도 했다.

"어떻게 이런 델 다 아셨어? 하긴 내가 만난 사람들은 호텔 바에서 분위기 있게 술을 마시게 하지만. 선생님도 내가 재혼하기를 바라죠? 어디든 떠나가 주기를 내심 바라죠?"

너무나 내놓고 빤히 바라보고 있는 선재의 눈길을 대하며 김창기는 도망칠 데가 없다는 생각에 사로잡혔다.

"꼭 그런 건 아니야. 선재가 좋은 것, 최상이라고 판단되는 걸 선택하면 좋겠다는 거지."

급한 가운데서도 그는 최선을 다하기로 마음먹었다.

"내가 택할 최선이 선생님이라면 어떡하실 건데?"

선재의 눈이 장난기와 더불어 그것을 지우고도 남을 그윽한 열기로 빛났다.

"솔직히 혼란스러워."

김창기는 약간은 어두운 듯한 조명 아래 진하지 않은 눈화장을 하고 있는 선재의 큼직한 눈을 바라보았다.

"어떻게 해야 할지 내 자신에 대한 판단이 서지를 않아, 미안한 말이지만."

"아니에요. 정답인데요, 뭐."

그러고는 아무 말 없이 두 사람은 술을 마셨다. 선재의 자세가 흐트러진다 싶었을 때 그는 계산을 했다.

밖으로 나와서는 이래서는 안 된다고, 선재를 가게 해야 한다고 생각하면서도 김창기는 선재의 팔을 붙잡고 호텔의 불빛이 빛나는 골목으로 끌었다. 욕망은 상실에 대한 두려움과 자기 혐오의 반사심리일 수도 있었다.

"우리에게는 이런 선택밖에 더 없나요?"

선재가 팔을 뿌리치는 대신 말했다. 한숨 소리도 배어 있었다. 그럴수록 김창기는 여기서 주저앉으면 안 된다는 고집에만 사로잡혔다. 답을 구하기 위해서가 아니라 시작한 일을 포기할 수 없다는 식이 되어버렸다. 목적을 위해서 동원된 수단이 이제는 목적이 되어버린 꼴이었다.

"마음대로 하세요. 나는 그런 여자니까."

선재는 순순히 걸음을 빠르게 옮겼다. 비참한 심정을 털어 내면서 김창기는 선재 뒤를 따랐다.

룸에 들어선 선재는 곧바로 욕탕으로 들어갔다. 김창기가 담배 두 대를 피울 동안에도 그녀는 나오지를 않았다. 김창기는 욕실 문을 두드렸다.

"속이 거북한 거야?"

안에서는 물 쏟아지는 소리뿐 선재는 대답하지 않았다. 김창기는 저고리만 걸어둔 채 침대 위에 누워버렸다. 스탠드 등조차 켜지 않았지만 불빛이 아련하게 커튼 너머로 숨죽여 들어왔다. 설핏 잠이 든 것일까, 피곤함과 짜증스러움과 불안감 같은 게 뒤섞인 채로 김창기는 눈을 떴다. 잠든 것도, 잠들지 않은 것도 아닌 상태에서 풀려나 그는 다시 물 흐르는 소리를 들었다. 벌떡 일어나 다시 욕실 문을 두들겼다.

"선재야, 선재야!"

퍼뜩 불안감 같은 게 달려들면서 입구로 눈을 돌려보니 선재의 신발은 그대로 놓여 있었다. 그때 거짓말같이 문이 열리고 선재가 얼굴을 내밀었다. 물기 묻은 머리와 얼굴이었지만 울었다는 걸 금방 알 수 있었다.

밖으로 나온 선재는 입고 있는 옷 그대로였다. 머리만 감았는지 물기가 흘렀다. 침대 모서리에 걸터앉은 김창기는 표정 없는 선재를 바라보았다. 선재는 선 채 옷을 벗기 시작했다. "당신이 원하는 것이 이것이라면." 재킷을 벗고 선재는 스커트를 내렸다. 김창기는 헤아려 낼 수 없는 미래에 대한 절망감과 다가올 아침에 대한 막연한 두려움에 휩싸인 채 나신을 드러내고 있는 선재의 몸을 바라보았다. 어처구니없게도 선재가 만나보았다는 의사와 공무원에 대한 질투심을 느끼며, 아내와 헤어지면 어떻게 되나를 그냥 말로서 떠올리며 분노처럼 솟아오르는 성욕으로 선재를 침대로 끌고 와 넘어뜨렸다. 사랑과 성욕이 도대체 무슨 상관관계가 있는지, 선재에 대한 미안함과 아내를 향한 턱없는 분노 뒤편에 아득하면서도 금방이라도 손에 잡힐 듯한 정희옥에 대한 그리움과 회한으로, 그는 머리를 침대 상단의 나무 모서리에 찧고 싶은 심정이었다.

15

가장 나중에 있는 것

아침 9시 무렵 어머니에게서 전화가 왔다.

몸이 무거운데다 이웃에 초상이 나서 병원에 가지 못하겠다는 말씀이었다. 그러면서 어머니는 "이왕 연락이 닿은 거, 너라도 오늘 가봐라"고 하셨다.

어머니와 아들은 어제 여자의 입원 이야기를 했다. 어머니가 저번에 한 번 더 들여다보려다 못 갔기에 마음이 쓰인다는 말을 꺼냈기 때문이다. 창기는 그러면 오늘 오전 중에 모시러 가겠다고 했는데 이렇게 전화가 온 것이다.

그는 문병에 대해서는 가슴에 접어둔 채 어머니의 건강에 대해 길게 말했다. 합가 문제도 꺼냈다. 그건 어제오늘의 문제가 아니므로 급할 게 없었는데도 말이다. 그는 자신을 속이고 있었다. 어쨌거나 여자 문제를 곱씹거나 지연시키려는 심리가 다른 말들을 하게 했다.

전화를 끊으면서 그는 마침내 결심했다. 어머니 대신 가는 거라면 훨씬 수월할 수가 있다고 그는 스스로에게 말했다. 그 수월함이라는 게 단지 병실을 지키고 앉았을 여자의 가족을 대하는 데 그친다 하더라도, 그에게는 병실 문을 열 수 있다는 사실이 중요했다. 병실 문을 연다는 건 그에게 과거의 문을 여는 것과 같았다. 열어보기를 스스로 포기한, 그래서 문이 있다는 사실조차 애써 모르고 지낸 문.

그는 차를 몰고 다시 여자가 있는 병원으로 갔다.

어머니 대신 문병 간다는 방어기제가 명확했으므로 가는 길은 복잡하지 않았다. 이제까지는 묻어둔 과거를 어떻게 대해야 할지 갈피를 잡을 수 없었기 때문에 여자에게 가는 길은 더디고 미로같이 복잡했다.

하지만 그는 그동안 한 번도 보지 못한 걸 보았다. 유치원 통학버스였다. 시간대로 보아서는 어디 견학을 가는 것 같았다. 그는 그 차의 몇 대 뒤에 서 있었기에 끝자리에 앉은 아이들의 모자만 보였다. 노란 모자들이 커다란 꽃송이처럼 움직이고, 재잘거리는 소리가 들리는 것만 같았다. 아이는 저 나이가 아니다. 꽃송이가 아닌 씩씩하고 거칠고 애를 먹이는 머슴애가 되었을 것이다. 사내아이, 땀내 나고 얼굴도 대충 씻으며 무엇을 곧잘 잃어버리고 덤벙대는 사내아이. 그는 뒤차의 경적을 듣고서야 앞차와 간격을 좁혔다.

아내는 물론이고 선재에게조차 무슨 말이라도 하기 위해서는 여자를 만나야 했다.

그는 병원 주차장에 차를 세우고 심호흡까지 하고서야 밖으로 나왔다. 면회객들이 몰려 있는 엘리베이터에서는 두 번이나 뒤로 밀려났다. 또 한편의 망설임과 죄의식이 그렇게 했을지도 몰랐다. 양보하는 기색을 보일 필요도 없이 한순간 붐비던 사람들이 줄었다. 그는 엘리베이터를 탔다.

몇 번인가 문이 닫히고 열린 뒤 그는 12층에서 내렸다.

그는 잠시 복도의 창밖을 보다가 병실로 걸어갔다. 그때서야 그는 자신의 손에 아무것도 쥐어져 있지 않다는 걸 깨달았다. 주스 한 박스나 과일 한 꾸러미가 쥐어지지 않은 손은 매우 초라해 보였다. 어쩌면 그런 허전함이야말로 여자를 만나려는 자신의 처지같이 여겨지기도 했다. 병실 문 앞에서 머뭇거린다는 게 더 이상해 보일 것 같아 그는 성큼 문을 밀었다. 문을 밀면서 동시에 그는 네 사람의 명찰 중 정희옥이라는 이름을 똑똑히 보았다. 병실 안은 조용했다. 잠시 두리번거리는 사이 힘없이 낮은 목소리가 들려왔다.

"누굴 보러 왔나?"

문가의 침대에 앉은 할머니였다. 두 곳의 침대에는 보호자거나 면회객이 한 사람씩 있었다. 보호자들이 잠시 눈길을 두는 사이 그는 창가 침대에서 눈길을 뗄 수 없었다. 그는 천천히 그쪽으로 걸어갔다.

"좀 전까지 딸이 있었는데……"

등뒤에서 누군가가 말했다. 여자는 잠이 든 듯 기척도 없이 누워 있었다. 두려움과 설렘이 그의 가슴을 심하게 요동치게 했다. 여자는 자고 있었다.

그는 완전하게 침대 쪽으로 붙어 서지 못한 채 여자를 보았다. 여자를 알아볼 수 있다는 사실만으로도 가슴이 뛰고 얼굴이 달아오르는 기분을 그는 느꼈다. 화장기 없이 한없이 가라앉아 보이는 얼굴 저편에 건강하게 미소짓는 여자의 얼굴이 겹쳐졌다. 그가 월남에서 가슴에 품었던 입학사진, 서울의 영화관 앞, 송도 바닷가. 그것은 완벽하지 못했다. 너무 늦게 왔다는 막연한 허탈감이 그의 내면을 서늘하게 스쳤다. 그러면서도 그는 여자의 얼굴에서 시선을 떼지 않았다. 움푹 꺼진 눈마루 주위의 주름살이 음영을 짓고 있었다. 머리카락 몇 올이 흩어진 이마에는 땀이 배어 있었다. 그는 어느 누구의 방해도 받지 않은 상태에서 여자를 보고 싶었다. 이상스런 정적이, 여자의 정맥으로 흘러드는 주사액 소리라도 들릴 듯한 정적이 흐른다고 그는 생각했다. 주사를 맞고 있는 여자의 하얀 팔이 그리움으로 김창기의 목을 감아들었다. 깊은 수면이 아니었는지 헤아려낼 수 없는 이끌림이 있었는지 여자가 가만히 눈을 떴다. 그는 자신도 모르게 한 걸음 다가갔다. 누구? 엷은 놀라움이 묻은 여자의 눈이 말했다. 그리고 이내 여자의 눈이 무엇인가를 헤아려낸 듯 떨렸다.

"저, 김창기예요."

여자의 입술이 가볍게 움직였지만 말은 되지 않았다. 그리고 여자는 고개를 가만히 돌려버렸다. 김창기는 잠시 당황했다. 그렇다고 당장 달리 할 말도 떠오르지 않았다. 녹색 줄무늬 환자복에 가려진 여자의 어깨가 보였다. 그리고 흩어진 침대 시트의 주름이 확대되어 보이기도 했다. 그는 시선을 들어 창밖을 보았다. 산허리를 두른 주택과 아파트촌이 몇 걸음 떨어진 듯 가깝게 보였다. 그래도 보는 게 낫지 않은가. 미래는 없지만 현재는 이렇게 존재하지 않는가. 눈을 돌렸을 때 여자가 돌아누웠다. 눈이 마주치자 여자의 눈에 눈물이 번져 올랐다.

"많이 아파요?"

던져진 말을 돌이켜보니 한심할 정도였다. 하지만 어쩌랴, 그게 여자를 향해 김창기가 처음 물어볼 수밖에 없는 말인 것을. 여자가 무슨 말이냐는 듯 가만히 있다 힘들게 웃음을 지어 보이며 말했다.

"예전 얼굴이 그대로 남아 있네."

"병원까지 몇 번 왔다가……"

김창기는 왠지 마음이 급했다. 가족 누군가가 지금이라도 들어올 수 있다는 조급증보다는 자신에 대한 쫓김 때문이었다.

"아주…… 오래됐지?"

무엇인가를 간절히 찾는 눈빛으로 여자가 말했다.

"그럼요. 아주 오래됐죠."

여자가 시트 속에서 다른 쪽 팔을 내미는 낌새를 읽은 김창기는 침대가로 더욱 다가가 가만히 여자의 손을 잡았다. 서늘하게 여윈 손이 그의 손에 잡혔다. 어린 새를 잡고 있는 기분이었다.

"기다리고 있었다는 기분이야."

여자의 목소리는 속삭이듯 가라앉아 있었다.

"힘들었어…… 모든 게. 서울서 살지 않으리란 생각을 한 번도 해 본 적이 없었는데, 그때부터였을까……"

여자와 거닐던 필동 거리와 나무문이 이색적이던 다방 입구와 명보극장 앞에서 몸을 돌려 어스름이 내리는 거리의 인파 속으로 사라지던 여자의 모습이 흐린 흑백의 장면으로 그의 눈에 잡혀 왔다.

"힘내세요."

대답 없이 여자는 반듯하게 천장을 보았다. 제법 오랫동안 여자는 그러고 있었다. 그러더니 얼굴을 돌리며 말했다.

"잠깐 앉을래."

두 사람이 앉을 수 있는 소파가 있었지만 벽으로 너무 붙어 있어 침대와는 멀었다. 그는 여자의 손을 놓고 의자를 당겨 앉았다. 철제 등받이에 비닐이 바닥에 깔린 것이었다. 피고석이나 증언석처럼 그것은 딱딱했다. 그의 기분은 한없이 무거웠다. 여자는 자신에게 증인인가. 아니면 여자에게 자신은 피고인가. 무슨 말을 먼저 해야 할까. 여자가 말하도록 기다려야 할까. 김창기는 가늠할 수 없었다. 이상한 침묵이 매우 오래 지속되는 기분이었다. 여자가 속삭였다.

"막내가 있는데…… 돌봐줘."

그리고 여자는 눈을 깜박이며 무엇인가를 헤아리는 표정이 되었다.

"더 물을 것도…… 해줄 말도 없어. 그냥 멀리서."

그때 문이 열리고 누군가가 그들의 침대 쪽으로 다가왔다. 둘이 나눈 대화에 어떤 순서가 있을 것은 없지만 여자의 마지막 말은 확실히 이상스런 끼어들기였다.

그는 의자에서 일어나며 자신이 앉았던 그것에 눈길을 잠시 두었다. 의식적인 것은 아니었다. 비닐 바닥에 자신이 앉았던 흔적이 서서히 사라지고 있었다. 누구라도 그 자리에 자신이 앉았다는 흔적을 살피지 못했으면 싶었다. 그는 다가오는 젊은 여자에게 눈길을 돌렸다.

"일어나셨네?"

의아한 눈길을 김창기에게로 보내며 그녀는 침대 쪽을 향해 말했다. 키가 크고 이목구비가 뚜렷한 미인형이었다. 정희옥이 아무 말도 않기에 "아는지 모르겠는데 나는 남부민동 할머니 아들이다. 은영이니, 서영이니?"라고 말하면서 김창기는 침대에서 조금 물러났다.

"아, 그러세요. 할머니가 저번에 다녀가셨죠. 전 은영이에요."

그러고는 덧붙였다.

"앉지 않으시고요."

의자를 조금 당겨 보였지만 김창기는 고개만 끄덕이며 괜찮다는 뜻을 표했다. 여자는 어느새 눈을 감고 있었다.

"이야기를 좀 하셨어요? 말하기도 힘들어하세요."

"그래? 잠시."

여자는 다시 눈을 뜰 것 같지 않았다. 조금 전까지 자신과 나누었던 대화를 생각해본다면 믿을 수 없는 일이지만 그게 두 사람이 맺은 관계의 본질일 것이었다. 이번에는 김창기가 자리를 떠야했다.

"사실 전 남부민동에 대해서는 별 기억이 없어요. 그렇지만 어머니가 가끔 하시는 이야기를 듣고, 그리고 남부민동 할머니는 내가 조금 더 커서 몇 번인가 뵙고 했으니 남부민동 살던 때를 내가 기억하고 있는 듯한 착각이 들기도 해요."

복도로 나와 은영이 말했다.

"그럴 수도 있겠네."

송도 바닷가를 팔짝팔짝 뛰어다니던 기억을 그는 말하지 않았다.

대신 김창기는 "동생들은?" 하고 물었다. 그는 분명히 동생들이라고 말했다.

은영이 아버지가 교통사고로 죽었다는 얘기는 어머니에게 진작 들었었다. 하지만 서영이 밑으로 동생이 있다는 말을 들은 적이 없으니, 조금 전에 들은 말을 태연하게 한 것이다.

"서영이는 서울서 내려왔다 회사일 때문에 오늘 아침에 올라갔어요. 원철이, 남동생은 군에 있으니까 마음만 더 아프겠죠."

"그래, 어머니 상태는 어떠니?"

"좋지 않아요, 좀 늦었나 봐요. 기력이 하루가 다르게 약해지고 의식을 놓는 시간도 점점 잦아지고 있어요. 수술도 외삼촌이 후회나 없도록 하는 마음에서 한 거니까……"

김창기는 눈길 한참 아래 보이는 집들과 거리, 그리고 맞은편의 산자락까지 일별하며 잠깐 말을 잃었다. "아주 오래됐지?" 여자의 목소리가 거리의 소음을 뚫고 들려왔다. 그리고, 여자의 부탁은 무슨 뜻일까. 하나 있다는 삼촌은 진작부터 조카들을 돌볼 형편이 아닌 모양이었다. 남편이 죽은 뒤로 여자는 친정 오라비들에 의탁하며 지냈던 것 같았다. 그럼 왜 서울로 옮기지 않았을까. 그럴 형편이야 얼마든지 헤아릴 수 있겠지. 그는 은영이에게 들리지 않았을까 염려가 들 만큼 커다란 한숨 소리를 내며 얼굴을 돌렸다.

"힘들겠구나."

그는 명함을 꺼냈다.

"가지고 있어 보아라, 연락할 일이 있을지도 모르니까. 할머니가 오시려다 몸이 불편해서 못 오셨다. 몸이 좋아지면 내가 모시고 한번 더 오든지 하마. 들어가 보아라."

고개를 숙여 인사한 뒤 은영이 발길을 돌리려다 잠깐 그를 바라보았다. 김창기도 마주 보았다. 은영이 다시 고개를 숙여 인사를 했다. 그뿐이었지만, 김창기는 어쩐지 마음이 무거웠다.

김창기는 본가엘 갔다.

"어쩐 일고? 아침에 전화했는데."

"초상집엔 가셨어도 병원에는 안 가셨을 테니 같이 가

보죠."

"감긴데 가볼 게 뭐 있노."

"주사라도 맞으면 빠르죠."

창기의 어머니는 그래도 자식이 이렇게 찾아온 게 성가신 것만은 아니었는지 옷차림을 다시 했다. 떨어져 있는 자식이 하루 세 번을 찾아와도 마다할 부모가 어디 있겠는가.

"옆집에는 아무도 없는 모양이죠?"

마당으로 나오며 창기가 말했다.

"응, 여자가 파출부 나간다."

동네 아래의 황 내과는 오래된 병원이었다. 걷기도 어중간하고 타고 가기에도 어중간한 거리였다. 어머니가 걸어가기를 고집했다.

"은영이네 있잖아요. 병원에 가보았는데, 안 좋은가 봐요."

"그래 잘했다. 돈이나 좀 주지 그래. 암수술을 받았다 하면 양단간에 결판나는 거 아니가. 지도 못 살 거라는 걸 아는 눈치더라."

"그걸 잊었네, 다음에 줄게요. 그런데……"

김창기는 마침내 말했다.

"막내가 아들이던데요. 군에 있다고 그러던데."

"벌써 군에 간 모양이네."

"우리 집에는 은영이하고 서영이만 있은 것 같은데."

어머니는 잠시 생각하는 눈치더니 "그렇지, 우리 집에서 나가 처음 이사간 집에서 내가 보았다"라고 말했다.

김창기가 군에서 제대했을 때 여자는 이미 이사를 가고 없었다. 그런 헤아림과 같이 더 물을 것도 해줄 말도 없다던 여자의 목소리가 되살아났다. 하마터면 병원을 그냥 지나칠 뻔할 정도로 머리가 아득해 왔다.

어머니는 감기에다 혈압이 좀 떨어져 있었다. 저녁에 수명이 엄마더러 들르게 하겠다는 말을 하고 싶었지만 그는 못하고 말았다. 직장으로 전화를 해야겠다는 생각 정도였다.

다시 집으로 어머니를 모셔다 드리고 그는 가게로 갔다. 주차장의 박 영감은 손자녀석에게서 선물로 받았다면서 프로야구단 모자를 쓰고 있었다. 이상한 모습이었지만 어울린다고 그는 말해주었다.

두 곳의 병원에 들른 시간이 길었는지 벌써 12시가 지나 있었다.

"수명이 애비는 요즘 바쁜 일이 있나?"

누나가 주방에서 그를 보고 말했다.

"아뇨. 집에 가서 어머니 모시고 황 내과엘 갔더랬어요."

"감기제? 올케더러 한 번씩 들르라고 그래라. 나이 들면 그런 것도 다 마음에 걸린다."

잊지 않아야겠다는 다짐을 하면서 그는 바쁘게 가게일에 몰두했다. 적어도 그 순간에는 인생이 곰탕 국물에서 피어나는 김 속에 젖어든다는 생각은 없었다. 어쩌면 정희옥이 했던 이상스런 말에서 벗어나고자 더욱 바쁘게 움직이고 싶었을지도 몰랐다.

그는 조금 한가해진 틈을 내어 아내의 학교로 전화를 했다. 바로 통화를 못하고 수업을 마친 아내가 전화를 했다.

"어머니가 감긴가 본데, 오늘 시간 나면 남부민동에 한번 들러보지 그래."

"심하세요?"

"병원엘 모시고 가서 주사를 맞고 그랬어. 뭐 반찬이나 좀 돌봐드리면 싶어서."

"오늘 모임이 있는데 어쩌죠. 저번 달에도 나가지 않았는데."

"그래? 그럼 할 수 없지 뭐."

그도 아내도 다음 말이 없었다.

"수명이 병원 말이에요."

아내가 입을 열었다.

"선생님 한 분이 개인병원을 소개해주는데…… 그건 나중에 이야기하죠."

"그러지."

우물쭈물 통화가 끝났다.

다잡아 어머니를 뵈러 가라고 주장하지 못한 게 후회되었지만 그게 전화로 가능한 건 아니었다.

누나와 아줌마들이 김치를 담근다고 홀의 테이블 위에 양념들을 내놓는 걸 보고 그는 밖으로 나왔다. 정희옥이 마지막에 했던 말이 발에 달린 무거운 돌처럼 그의 걸음을 느리게 했다. 한가한 시내 거리를 지나 그는 남항 쪽 바닷가로 갔다. 어시장은 한가로웠다. 닻을 내린 원양어선들과 그 위를 맴도는 갈매기들. 봄햇살에도 바다는 푸르지 못했다. 비닐봉지와 페트병, 갖가지 오물들이 탁한 물결을 타고 떠다녔다. 북항 앞에 있는 아치섬을 영도와 연결시키면서 바다의 흐름이 아주 느려졌기 때문에 오염도가 심했다. 어디 좌판에 앉아 소주라도 한잔하고 싶었지만 발 밑에서 흔들리는 탁한 물결 같은 의식을 갖고 싶지가 않았다. 그는 다리와 섬을 바라보면서 담배를 피우다 영도로 가는 도선을 타기로 했다. 다리가 두 개나 놓였지만 자갈치와 대평동을 잇는 도선은 여전히 주요 교통수단으로 한몫을 하고 있었다.

그는 철제 난간을 지나 배에 올랐다. 출퇴근시간이 아니라서 그런지 배는 좀처럼 떠날 기미를 보이지 않았다. 배의 흔들림에 몸은 물론 의식도 맡겨버리자고 그는 생각했다.

여자를 향한 막다른 방법이라는 걸 알기라도 했을까. 귀국선을 탔을 때 그의 심정은 선상을 가득 채운 들뜬 분위기나 투명하게 푸른 바다 색깔과는 거리가 멀었다. 재배치와 남은 군대생활에 대한 두려움이나 부상당한 발목의 후유증 걱정은 아무것도 아니었다.

여자에 대한 자신의 내면에 그는 절망하고 있었다. 여자가 엄청난 벽이나 거리로 느껴져 택한 것이 월남 파병이었지만 이제 돌아가는 길은 무엇인가 하는 스스로에 대한 물음이 무겁게 마음을 억눌렀다.

그는 파월 기간 중 단 한 차례도 여자에게 편지를 쓰지 않았다. 쓰다 보면 어차피 유치해질 수밖에 없으리라는 생각도 있었지만, 혼자 괴롭게 내몰리고 견뎌보자는 마음이 더 앞이었다. 무더위와 죽음의 공포, 그에 못잖은 권태로움이 뒤섞인 파월 기간은 어떤 형태로든 그를 성숙시킨 것은 사실이었다. 그것은 사창가를 찾지 않고 동정을 지켰다는 것과는 아무 관계없는 것이었다. 하지만 전쟁에서 살아 돌아온다면 영원히 여자를 사랑하리라는 결심은 귀국선을 타고 바다에 떠 있는 기간이 점차 줄어들수록 무력해져 갔다.

"결국 나는 세 든 아주머니일 뿐이야. 그걸 알고 그렇게 대해주면 되는데, 복잡한 감정을 섞으니까 힘든 거야. 송도에서 내가 '난 아닌데'라고 말했듯이 나는 창기 학생이 어려운 마음으로 보거나 대할 만한 그런 대상이 아니야." 그는 가슴이 다 탈 지경이었다. 한밤중에 갑판으로 뛰어올라 검은 심해 앞에 서고 싶은 충동에 그는 시달렸다.

강원도에 위치한 보충대 귀대까지는 열흘 간의 여유가 있었다. 이른바 귀국 특박이었다.

여자를 보는 자신의 시선이 스스로 두려운 만큼 여자도 변해 있었다. 은영이 아버지는 일 때문에 더 자주 집을 비우는 눈치였으며 여자는 시장에 가게를 내고 있었다. 막내인 서영은 김해에 있다는 시댁에 맡겨놓았고 동네 아래 교회 부설 유아원에 다니는 은영이는 창기 어머니가 돌봐 주었다.

"며칠간 푹 쉬어야겠네." 집으로 돌아온 이튿날, 다소 늦은 아침을 먹고 목욕탕에 가려고 나서는 그에게 뒤미처 따라나온 여자가 말했다.

여자와는 두 번째 대면이었다. 집에 도착한 다음날 저녁에 어머니는 회도 몇 접시 사고 제법 괜찮은 저녁상을 차렸다. 고모 내외와 창기의 동네친구 몇, 그리고 이웃집 어른들이 뒤섞인 그런 자리였는데 여자는 시장을 마치고 늦게 들렀다. 자기 방에서 친구들과 앉아 있던 그는 어머니가 부르는 바람에 여자에게 갔다. 여자는 혼자 식사를 하다 그가 들어서자 일어났다. 그러고는 말했다.

"축하해, 무사히 귀국하게 되어서."

그리고 자리에 앉으면서 옆에 앉은 은영이를 가리키며 "은영이가 오빠를 자주 찾았는데"라고 덧붙였다.

"은영이가 많이 컸네요."

그는 겨우 그렇게 말할 수밖에 없었다.

집에서 한길까지는 골목길을 타고 내려와야 했다. 나란히는 아니더라도 조금 엇비슷하게 두 사람은 골목을 걸어 내려왔다.

"왜 편지라도 하질 않고."

그는 걸음을 멈출까 하다 내처 걸었다.

"하고 싶기도 했지만 이상한 글 쓸까 싶어서요."

"또 그 생각? 다쳤다는 이야기를 듣고 걱정 많이 했어. 다리는 괜찮은 거야? 어디 오른쪽?"

"벌써 괜찮아요."

그는 걸음을 더욱 힘차게 하며 말했다.

"그렇게 급히 군에 갈 것도 없었잖아. 언젠가는 가야 하겠지만, 시기도 그렇고 다른 방법도 있었을 텐데."

여자의 뒷말은 다시 평범해졌다.

그는 군대엘 그렇게 빨리 간 이유를 말할 수 없었다. 더구나 월남까지 간 이유도.

"시장에서는 음악을 못 들어서 어떡하죠? 난 후송되었을 때 뜻밖에도 클래식을 멋지게 들었어요. 일과가 끝난 뒤 해질 무렵 간호사 숙소에서 흘러나오는데 노을을 보며 담배도 피우고, 좋았어요. 녹음기 같았어요."

"그래? 전문가들은 녹음기로 듣는다는 말을 들은 적이 있어. 시장에선 처음에 몇 번 들었어. 들고 다니기가 불편해서 포기하고 말았지만, 한가할 때는 이웃가게 아주머니들 입담에 심심한 줄을 몰라."

여자가 시장에 나간다는 말을 처음 들었을 때 그는 굉장히 화가 났다. 그녀의 남편 남국도에 대한 분노와 더불어 자신에게 민망해할 여자를 어찌 볼 것인지를 걱정하기도 했다. 그러나 이렇게 시장 이야기를 스스로 꺼낼 수 있다는 게 한편으로는 다행스럽고 신기하기도 했다. 문득 고등학교 때 한 번씩 사로잡혔던 자신이 여자를 위해 공동어시장에 긴 장화를 신고 나가 있는 모습이 언뜻 떠올랐다.

그러는 사이 두 사람은 도로까지 내려왔고 목욕탕과 시장은 방향이 달랐다.

"언제 저한테 술 한잔 사주실래요?"

여기서 헤어져야 한다는 초조함으로는 설명되지 않는 그 무엇이 있었는지 김창기는 그렇게 말했다.

여자는 뭐라고 얼른 답하지 않았다. 그러므로 그가 한 말은 머쓱해진 게 아니라 무거워져 버렸다.

"그럴 수도 있지, 그게 별게 아닐 수도 있는데…… 그러지 않는 게 좋겠어. 왜냐하면."

여자는 걸음을 멈추지는 않았다.

"내가 바쁘니까."

그는 여자의 옆얼굴도 보지 못하고 길거리의 간판들로 시선을 두려는데 여자가 다시 쏟아내듯 말했다.

"그만둬야 돼. 알잖아? 잘못된 감정이 엄청난 일을 만들 수도 있다는 걸. 너는 앞이 구만리야. 이상한 생각을 하도록 하면 안 되는 거지. 내가 그렇게 해야 하지 않겠니?"

여자는 그제서야 발걸음을 멈추었다. 갈림길이었다. 여자의 눈이 아주 잠깐 김창기를 쏘아보았다. 원망, 연민, 그러나 그는 그 눈길이 젖어 있음도 보았다.

처음부터 그는 귀국 특박의 날짜를 헤아리며 하루하루를 보낼 만큼 초조했다. 새로운 부대 배치에 대한 부담감은 귀국 전부터 새겨들은 바가 있었다. 귀국하는 병들은 해당 보충대에서 새로운 부대 배치를 받아 남은 복무기간을 근무해야 하는데 기존의 병력들에게 파월병들은 좋은 먹잇감이었다. 전입병에 대한 괄시야 본래부터 군대의 악습이었지만 파월병들에 대한 편견이 특히 심하다 했다. 전투 후유증으로 고생하는 병들도 있었지만 고려대상이 될 리가 없었다. 파월병들을 어디 외국의 휴양지에서 달러나 벌고 아가씨들과 재미나 보고 온 것처럼 인식하고 있는지도 모를 일이었다. 군생활이 아직 많이 남은 김창기로서는 고민이 아닐 수는 없었다.

하지만 정작 그를 괴롭히는 건 아무것도 달라진 게 없다는 사실이었다. 월남에만 갔다 온다면, 정글을 기고 총알을 피하고 목마름을 이겨내기만 한다면 여자에게 한 걸음이라도 더 가까이 갈 수 있으리라는 생각이 자기 최면에 지나지 않는다는 걸 깨달은 게 그를 못 견디게 했다. 거기에다 여자는 명백하게 애가 둘 달린 셋방 사는 '여편네'를 자처하기로 작정한 것 같았다.

김창기 자신은 몰랐지만, 검게 탄 얼굴에 집요한 눈초리와 날카로운 신경의 날을 세운 그의 모습이 여자에게는 놀라울 수도 있었을 것이었다. 사실 정희옥은 김창기의 변화를 읽을 수 있었고, 놀랐다. 자기를 보는 눈이 절망의 늪에 빠져 있음도 알았다. 그녀는 냉정하지 않으면 안 되었다. 그녀에게도 변화는 있었다. 남편은 일이 잘못되어 불구속 기소되어 있었으며 생활은 어려웠다. 더 이상 철부지 같은 주부에 머물 수는 없었다.

김창기는 송도 바닷가를 거닐거나 오아시스에 파묻혀 나흘을 지냈다. 술은 자갈치 바닥이든 어디서든 시간에 관계없이 마셨다. 겨울 텅 빈 해운대 바닷가나, 부평동 시장에서도 마셨다. 낮술을 마시고 송도 바닷가에 앉았을 때는 1학년 여름방학 때 여자와 그 아이들과 왔었던 모습이 한 장의 사진처럼 떠올랐고, 오아시스에서는 눈을 지그시 감은 여자가 앞자리에 앉아 있는 듯싶었다. 그러나 눈앞을 가로막는 건 여자의 무심한 모습이었다. 그는 명백히 자기를 거부하는 여자의 목소리들이 귀를 울려 오기라도 할 때면 가만있지를 못하고 거리로 나가 한없이 쏘다녀야 했다.

남은 휴가 날짜를 헤아리는 건 분대가 고립되었던 이틀보다도 더한 고통이었다. 그의 내면에는 고립감과 초조함이 빚어낸 혼란이 싹텄다. 여자가 자신을 의식적으로 멀리하려 한다는 것 자체가 잘못되었다는, 고정관념만을 키우고 있었다. 이대로 보충대로 간다면 여자에 대한 사랑은 끝이다. 그것은 자신의 인생이 끝나버린다는 절박감이었다. 여자와 더불어 사랑할 수 없다면 나 혼자라도 사랑하자. 그는 절망감이 빚어내는 유혹을 그런 식으로 합리화하려고 애썼다. 여자의 발치에 엎드려 실컷 한번 울어보았으면 하는 마음과 더불어 거칠게 여자를 몰아붙이고 싶은 욕망이 그의 신경을 갈가리 찢어놓고 있었다.

그의 발걸음이 여자가 일하는 시장통으로 향하고 있다는 걸 확연히 알았을 때, 그 길의 언저리를 지난 이틀 동안 맴돌았다는 걸 알고 그는 깜짝 놀랐다. 어시장과 가까워 외래 손님들의 발길이 잦은 시장 주위는 밤이 되자 어딘가 썰렁하고 맥이 빠져 있었다. 도심지에서 가깝기는 했지만 한물간 상가

들은 대부분 불까지 꺼버려 시장통은 고립된 섬 같은 느낌을 주기도 했다. 불빛이 환한 시장 안으로까지는 가지 못하고 걸음을 멈추고 보니 장독과 화분을 파는 옹기전이었다. 그곳은 창고 건물의 담벼락을 따라 길가로 자리하고 있었다. 거기만 지나면 제법 불빛이 훤한 술집과 가게들이 나왔다. 여자가 집으로 가는 길목이었다.

8시인데도 밤은 깊고 쓸쓸했다. 여자가 다른 길로 둘러 집으로 돌아갈 수도 있었지만 그는 그저 어둠의 한 공간에 만족하며 창고 담벼락에 기대섰다. 어둑한 길 저쪽의 여관 불빛이 눈에 들어온 건 그때였다. 처음에는 무심했지만 그 간판은 그의 유일한 목표인 양 확대되어 들어왔다. 전투 중일 때 자기가 맡은 전방의 움직이는 모든 물체가 그의 동공을 확대시키듯이 그렇게 간판은 그에게 있어 지금 이 순간의 모든 것이 되었다. 그리고 비로소 지금 이 자리에 왜 서 있는지를 확연히 알게 해주었다. 참담한 자신의 욕망에, 그 참담한 욕망보다 더 왜소해진 자신을 느끼고 있었지만 그는 그 자리를 떠나지 않았다. 자신이 할 수 있는 유일한 선택이라는 생각만이, 이 세상에 존재하는 모든 비참함의 마지막 구덩이 속으로 떨어져버리고 싶은 욕구만이 그의 몸과 마음을 떨게 할 뿐이었다.

여자가 다른 사람들과 같이 나온다면, 그때는 또 다른 방법이 생각나리라. 여자가 불빛에 모습을 드러내고 이내 그가 서 있는 어둠에 접어들었다. 혼자였다. 그는 여자를 놀라게 해서는 안 된다고 생각했다. 그래서 인기척을 내고 "이제 마쳤어요?"라고 말하며 다가갔다.

"어쩐 일이야?" 여자가 조금은 놀란 목소리로 말했다.

"보고 싶었어요. 할 말도 있고."

여자는 그를 바라보았다.

"심각해졌나 보네? 무서워 보이기도 하구."

"그래요. 이제부터는 아무 말 마세요." 그러고는 여자의 손을 잡았다.

"제발……" 그는 그렇게 말했다. 걸음을 옮기기 시작하자 여자는 다소 비틀거리는 듯했지만 손을 뿌리치지는 않았다. 무언가를 생각하고 있었는지도 몰랐다.

"이게 뭐야. 이러면 안 돼." 여관 앞에서 여자는 겨우 그렇게 말했다.

하지만 그는 이 자리에서 뺨이 아니라 총을 맞는다 해도 여자의 손을 놓을 수는 없었다.

어둠침침한 여관 복도의 불빛 아래에서 그는 여자의 절망적인 얼굴을 보았다. 그러므로 그는 어둠 속에서만 성난 짐승이 될 수 있었다. 여자는 바람 한 점 없는 한낮의 무섭도록 잔잔한 바다였다. 그가 상어처럼 날뛰어도 고래처럼 치솟아 올라도 바다는 꿈적도 않았다. 그래도 그는 자신의 꿈과 절망으로 쉼 없이 자맥질했다. 바다 밑이 고요한 심연일수록 그는 그 속에서 편안히 익사하고 싶을 뿐이었다. 그리고 마침내 그는 익사했다. 오열을 터뜨리며 그는 여자 발치에 무릎 꿇고 엎드렸다. 이제는 죽어야 하리라. 이게 내가 원한 사랑은 아니므로 더 이상 살 수는 없으리라.

언제였는지 여자의 손길이 그의 머리를 쓰다듬으며 가슴에 안았다.

"한밤중에 집의 유리를 깼을 때부터 나는 너를 생각했어. 하지만 이건 더 나쁜 선택이야. 우리가 선택할 수 있는 일이 이 세상에 아무것도 없다는 걸 왜 모르니. 철없는 내 말이, 철부지 같은 이 세상에 대한 내 호감이, 너를 괴롭혔구나."

그렇지 않다고, 잘못은 자신에게 있다고, 또 어쩌면 운명의 잘못이라고, 미친 사랑이라 하더라도 사랑할 수밖에 없다는 그게 잘못이다고 말하고 싶었지만 그는 한마디도 할 수가 없었다.

"나보다 네가 더 괴로우면 내가 어떡해! 다시는 만나지 말자."

그러나 그는 다음 날 밤에도 그다음 날 밤에도 외로운 섬처럼 떠 있는 시장가 어둠 속에서 여자를 기다렸다. 그는 그 사흘 동안 영혼을 팔아 육체를 샀든 육체를 팔아 영혼을 샀든지에 상관없이 인생을 다 살았다고 확신했다. 철부지로 결혼하여 아이 같은 어른이 되었다가 인생의 무서움과 서글픔을 알아버려 차라리 일찍 지쳐버린 여자로서는 어린 남자의 찢겨진 영혼을 마지막으로 달래주기로 마음먹었는지도 몰랐다.

마지막 휴가를 나왔을 때 여자는 이사를 가고 없었다. 김창기는 하나도 놀라지 않았다.

16

아내에게 정말로 잘못한 일

그날 밤, 부부는 크게 싸웠다.

아내는 TV를 켜놓은 채 거실 소파에 앉아 있었다. 화면을 보고 있는 것 같지도 않았다. 그가 들어서자 아내는 그때서야 늦은 설거지를 시작했다. 요란스런 물소리와 그릇이 신경질적으로 부딪는 소리. 그대로 뛰노는 화면과 터져나오는 토크쇼의 하잘데없는 소리들. 그는 TV부터 껐다. 날카로워진 신경을 억지로 달래며 그는 소파에 앉아 가게에서 이미 보았던 석간을 뒤적거렸다. 아내는 앞뒤 베란다를 들락거리며 무언가를 정리했다. 그러기를 한참 뒤 식탁 의자에 앉은 아내가 말했다.

"어머님이 많이 아프세요?"

김창기는 그렇지는 않다고, 감기지만 시간이 나면 한번 들러보라고 했던 것뿐이라고 답했다.

"가지 못하는 심정이 더 힘들다는 거는 모르죠? 모임에 가서도 온통 마음이 안 편해 뭘 먹었는지도 모르겠어요. 여자 역할도 못하는 주제에 며느리 노릇이 당키나 하겠어요?"

"그게 무슨 소리야?"

"그렇잖아요? 내가 부족하니까 당신이 바람을 피우는 거 아니에요. 그 여자와는 어때요?"

"왜 다른 이야기를 해?"

"그게 왜 다른 이야기예요. 문제는 잠자리인데."

김창기는 우선 입을 다무는 게 나을 것 같았다. 방으로 들어가 버리고 싶었지만 오히려 아내를 자극할 수도 있을 것 같아 앉아 있었다. 사실 그는 요 며칠 사이, 그 어느 날보다도 피곤했다. 그렇게 갈피를 못 잡고 헤매었던 여자를 만난 것, 여자의 알 수 없는 말. 그리고 무엇보다 그는 열어서는 절대 안 될 저 바닥 깊은 곳에 숨겨져 있던 기억의 문까지 열어버린 것이었다.

하지만 그는 아내와 대화를 나누어야 했다.

"수명이 교정은 어느 병원을 이야기하는 거야?"

그는 우선 낮에 전화로 나누었던 치과 이야기로 말머리를 돌렸다. 오늘밤은 그 정도만 하고 싶었다. 하지만 아내는 끈을 늦추지 않았다.

"왜 또 피해요. 한번 이야기해봐요. 어떤 여자와 도대체 어느 정도인지. 잠자리는 익숙해졌을 테고 이제 남은 건 뭐죠? 내가 물러나는 거?"

"말이라고 함부로 하면 돼? 낮에 당신이 하던 이야기니까, 당신이 아이의 편도선 수술은 마다하니까 다른 치과를 이야기하자는 것뿐이야. 수명이를 그대로 두어서 되겠어? 나중에 어떤 원망을 들으려고 그래."

김창기는 화제를 한정하려고 했지만 자기도 모르게 점점 신경이 날카로워지고 있었다.

"내 전화 받고 선약이 있어 남부민동에 못 간 당신 마음이 힘들다는 건 이해할 수 있어. 그 이야기는 그거로 된 거야. 거기다 왜 다른 말을 갖다 붙여? 내나 어머니가 애 이야기한 적이 언제 있어? 왜 안 하기로 한 이야기를 함부로 하는 거야!"

"결국 이야기는 하나예요. 교정이 무슨 문제예요? 아버지가 바람을 피우는데, 다른 여자와 자고 온몸으로 뻔뻔스레 집으로 들어오는데. 그걸 빼고 무슨 이야기를 하자는 거예요?"

그는 이마와 앞머리를 힘주어 쓰다듬었다. 그리고 고개를 들자 아내가 무서운 눈길로 그를 쏘아보고 있었다. 그는 피할 수 없다는, 그런 절망감에 휩싸였다. 그는 한숨부터 쉬었다. 그 한숨 소리에는 이제 이렇게 막다른 골목까지 와버린 사태에 대해 일말의 책임을 느낀다는, 그러면서도 한편으로는 어쩔 수 없이 그렇게 되어버렸다는 자기합리화가 섞여 있었다. 적어도 아내가 그렇게 들어주기를 원했다.

"어떡하다 보니 그렇게 되었어. 전에 학교 있을 때 선생님이야. 결혼한 뒤 서울에 살았는데 연락이 왔어."

그는 띄엄띄엄 말했다. 그렇게밖에 되지를 않았다.

"그냥 만났어. 예전 이야기나 하고, 혼자 되었다기에 위로도 하고, 그러다 가까워졌어."

해놓고 보니 초라하기 짝이 없는 말이었다. 선재와 가졌던 시간들이며 얘기들이, 그게 사랑의 진실이든 아니든, 그들의 관계가 쭈그러진 깡통처럼 나뒹굴고 있는 기분이었다.

"그게 다예요?"

안성혜는 비웃음을 잔뜩 묻힌 화살을 쏘았다.

"아무 계획도 없이 그냥 그렇게 만나왔어. 당신에 대한 미안함이야…… 마음대로 되지를 않았어. 그저 그런 정도야."

"계획도 없이 그냥 만나왔다니?"

김창기는 자신이 잘못 말했다는 걸 그때야 알았다.

"처음부터 짜고 바람피운 건 아니다, 그 말이에요? 그러나 자주 만나다 보니 이젠 헤어질 수 없는 사이가 되었다? 그리고, 그렇고 그런 정도라니? 앞으로 계속 더 만나봐야 어찌될지 알겠다. 그때까지 넌 죽은 듯이 기다려라!"

"말꼬리 잡고 함부로 말하지 마."

"말꼬리라니! 당신 말에 무슨 구체성이 있는데? 껍데기만 겨우 몇 줄 늘어놓았으면서 말꼬리를 잡지 말라니! 언제부터 만나기 시작해서 무슨 이야기를 나누었는지, 지금 하고 있는 얘기는 무엇인지, 둘 사이를 누구까지 아는지, 앞으로는 어떻게 할 것인지, 그런 이야기는 다 어디 갔어요?"

김창기의 머릿속에서 누군가, 남녀 간의 부정한 만남이 한

장의 크다란 사진으로 찍혀 웃음거리가 되다 갈기갈기 찢겨 쓰레기통에 처박혔다. 김창기는 절망했다. 그러나 한마디는 얼른, 꼭 해야 했다.

"알긴 누가 알아?"

그는 일어나 앞 베란다 문을 조금 열고는 담배를 피워 물었다.

"윗집 아랫집 다 들으라고 문을 열어요? 그러면 내가 그만 끝낼 줄 알아요?"

안성혜는 냉장고에서 물통을 꺼내 식탁 위에 놓여 있던 머그잔에다 부었다. 잔에는 곰 두 마리가 장난을 치고 있는 그림이 그려져 있었다.

"그래, 그런 건 또 어쨌든 좋아요. 당신이 바람을 누구와 피우고 있다는 것으로 되었으니까."

그녀는 물을 마셨다.

"내 잘못도 있겠군요. 애정이 어디, 한 지붕 아래서 한 이불 덮고 한솥밥 먹는다고 생기는 게 아니라면."

"내가 잘못했어."

그러나 김창기의 뉘우침은 안성혜의 귀에 들어가지도 않았다.

"아이가 사고를 당한 뒤."

안성혜가 막힌 목을 틔우듯 또박또박 말했다.

"그 일 뒤로 우리에게 무슨 일이 일어났죠? 나는 당신이 나를 유기했다는 느낌밖에는 들지 않아요. 이건 솔직한 심경이에요. 그 일이 일어난 뒤 당신은, 당신은 피 흘리는 나를 즐기듯이 바라보기만 했다고요!"

김창기는 아내의 그 말에 깜짝 놀랐다. 사고가 난 뒤 둘이 나눈 이야기 중에서 이런 말은 처음이었다. 아이가 죽고 난 뒤 자신이 깊이 절망했던 건 사실이었다. 아이를 잃었다는 것에 대한 아픔이나 상실감도 그렇지만, 어쩌면 자신에 대한 아픔이나 상실감이 더 컸던 것인지도 몰랐다. 군에서 제대하고 대학을 졸업한 뒤 성년으로 접어들면서, 한때 혼란스러움에 몸과 마음이 굳게 닫혔던 그로서 아이들은 다소 특별한 의미가 있었던 건지도 몰랐다. 물론 작은아이의 자리가 비었을 때 안 사실이었지만 자신이 채우지 못했던 밝고 건강함을 아이들에게 건네주고 싶었던 바람이 그런 식으로 마음 한구석에 둥지를 틀고 있었는지도 모를 일이었다.

하지만 시간이 가고, 산 사람들로서의 또 다른 시간이 펼쳐지라고 여겼는데 이번에는 아내가 마음과 몸을 닫아버렸다. 어쩌면 그는 당황한 끝에 한꺼번에 폭발한 절망에 몸을 던져넣었는지도 몰랐다. 그는 자신의 내면만 들여다보며 침묵했고 그런 태도가 아내에게는 방관과 유기로 보였던 것일지도 몰랐다.

오! 그는 깊이 신음했다. 하지만 담배를 비벼 끄고 거실로 들어서며 말했다.

"무슨 턱없는 생각이야? 도대체 무슨 이유가 있어 일부러 당신의 고통을 모른 척했겠어. 둘 다 힘들었잖아. 물론 당신의 아픔이 더 컸으리라는 건 알아."

그는 잠시 말을 멈추고 아내의 눈을 찾았지만 아내는 고개를 돌려 뒤쪽 베란다를 보고 있었다.

"그냥 시간이 가면 안정을 되찾겠지, 좋아지겠지, 그랬던 것뿐이야. 시간이 약인 줄 알았는데 그게 독약이 되었다면 그건 내 잘못이야. 그렇지만, 당신은 왜 내게 한 번도 고통을 이야기하지 않고, 해결책도 제시해보지 않았어? 몸과 영혼이 망가지는 걸 지켜보기만 하고 왜 가만히 있기만 한 거야!"

그는 이내 후회했다. 아내에게 섭섭한 마음을 드러내지 않아야 한다는 걸 백번 잘 알고 있지 않았는가. 잠깐이지만 한동안 침묵이 있었다. 그리고 아내가 돌아서며 입을 열었는데 완전히 가라앉은 목소리였다. 뒤에 생각해보니 그렇게 냉정을 되찾은 그 순간, 아내는 무엇인가를 결정하였는지도 몰랐다.

"그건, 왠지 아무 소용 없다는 생각이 들었기 때문이에요. 아, 저 남자는 소용없다. 그런 단정이 나를 꽉 채우고 있었단 말이에요. 설명될 수 없겠지만, 결혼 초부터 저 남자는 어디다 마음을 놓고 온 게 아닌가라는 막연한 의구심이, 그게 늦은 나이의 중매라는 과정 때문만은 아닌, 그런 불안감이 갑자기 되살아났다고요."

"무슨 소리! 결혼했으면 그게 모두지."

우선 그렇게 그는 소리쳤다. 아니야! 정희옥이 내 자신이나 우리 사이를 망친 건 아냐! 그는 그렇게 혼자 소리쳤다. 그 순간 그의 내부는 찢어지는 듯이 아팠다. 그것은 심장의 고통과는 또 다른 것이었다. 들여다볼 수만 있다면 영혼의 어느 부분이 예리하게 칼질을 당해 몸 전체로 물결 번지듯 퍼져 나가는 그런 고통일 것 같았다. 김창기는 그런 자신의 고통에 너무 빠져 아내에게 자신의 고통을 제대로 털어놓을 생각을 하지 못했다.

안성혜는 찬장에서 위스키 병을 찾았다. 그녀는 차가운 물이 바로 옆에 있는데도 스트레이트로 마셨다. 그러고는 다시 일어나 식탁으로 가서 잔 하나를 가져와 탁자 위에 놓았다. 말은 없었지만 남편더러 마실 테면 마시라는 뜻 같았다. 김창기는 식탁 쪽으로 가지 않고 말했다.

"다시 아이를 가지도록 노력했다면, 일은 달라졌을 텐데!"

"그렇게 생각하세요? 당신도 알잖아요. 내가 그렇게 발버둥칠수록 내 몸이 닫히기만 했다는 걸. 소용없는 이야기는 맙시다. 그리고 베란다 문을 활짝 더 열어요. 생각해보니 이젠 고함칠 일도 없군요."

김창기는 그날 밤 술을 입에 대지 않았다. 안성혜도 더 이상은 마시지 않았다. 전의를 모조리 불태웠으면서도 돌아서는 아내의 뒷모습은 슬프게 보였다. 그는 아내에게 잘못했다. 결혼 후 다른 여자와 바람을 피웠다는 게 잘못이 아니라 정희옥과의 관계에서 온 상처를 끝내 이야기하지 않았다는 게 잘못이었다.

17

해야 할 일과 인정해야 할 것

다음 날 그는 많은 시간을 병원에서 보냈다.

우선은 딸아이를 조퇴시켜 아내가 소개받았다는 치과로 데려갔다. 대학병원 의사 말만 믿고 덜컥 편도선 수술부터 하기보다는 다른 진단을 받아보는 게 옳을 것이었다. 그리고 딸아이의 교정 문제는 애 자신의 심리적인 면에서도 하루라도 빨리 가닥을 잡는 게 좋을 것 같았다. 아침에 가방을 들고 나서는 아내에게 "어제 말한 병원이 어디지?"라고 묻자 이름과 위치를 말해주었다. 오늘이라도 데려가 보겠다고 하자 아내는 환자가 밀리는 데라면서 "조퇴를 시키든지"라고 덧붙였다. 두 사람이 나눈 말은 그게 다였다. 부부싸움 뒤에 싸움의 연장이 아닌 문제에 대해서는 "당신 생각대로 해요" 하는 식으로 쉽게 합의를 보는 심리상태 같은 게 있는지 모르겠지만, 이렇게 아이를 데리고 병원으로 갈 수 있다는 걸 그는 다행으로 여겼다. 지금 그들 부부 사이에서 딸아이 문제만이 구체적인 것이었다.

새로 지은 건물은 개인병원치고는 매우 호사스러웠다. 벌레 먹은 이를 갈고 틀니를 손보는 동네 치과와는 전혀 달랐다.

예약을 하지 않고 왔다는 사실이 지극히 비정상적인 일이라는 태도로 간호사는 그들을 대했고, 교정 때문이 아닌 일반치료 환자를 돌려보내기도 했다. 오전인데도 한 시간을 훨씬 넘게 기다린 끝에 딸애는 겨우 진찰실로 들어갈 수 있었다.

의사는 키가 매우 크고 마른 사람이었다. 사진을 찍고 다시 진찰실에 들어섰을 때 김창기는 사실대로 이야기했다. 어느 대학병원엘 갔었는데 편도선 수술 이야기를 해서 의견도 듣고 싶어서 왔다고.

"그래요? 그러면 어느 한쪽 이야기를 들으셔야지, 무슨 비교하는 것도 아니고 여기저길 다녀요."

그렇게 경박한 불만을 토한 뒤에 의사는 자기 소견을 말했다. 교정도 어렸을 때 해야 할 형이 있고 자란 뒤에 해야 할 유형이 있다. 당연한 사실이지만 자라면서 이도 자라는데 그걸 철사로 얽어맨다고 틀어질 이가 바로잡히는 건 아니다. 자라는 애들에게는 교정기의 압박이 신경면에서 해로울뿐더러 뒤에 가서 다시 해야 하는 경우도 많다. 딸애의 경우에는 지금 교정을 시작한다고 효과를 볼 수 있는 케이스는 아닌 것 같다는 말이었다.

김창기는 실망스런 눈으로 쳐다보는 아이를 보고는 의사에게 시선을 돌렸다.

"너무 늦으면 어렵지 않습니까? 그리고 편도선 수술은?"

"꼭 그런 것도 아닙니다. 나도 전에는 나이나 정도에 관계없이 교정을 했더랬어요. 근데 그게 애들 신경을 보통 자극하는 게 아니라는 걸 알았어요. 무리를 할 필요는 없습니다. 편도선은 나로선 이렇다 저렇다 말씀드리기 어렵네요."

아버지와 딸은 약간 허탈한 마음으로 고급 자재로 잔뜩 멋을 낸 병원 건물을 나왔다. 아버지는 이렇게 정리를 하면서 딸의 마음에 신경 썼다.

"의사선생님 말씀은 수명이 경우에는 성장 중이기에 서둘러 교정을 할 필요가 없다는 거야. 철사로 묶어두면 그게 신경을 압박해서 공부하는 데 지장이 있다는 그 말이지. 편도선 수술 문제는 의사선생님들 개인 판단에 따라 해도 되고 안 해도 된다는 거고."

"교정 시작한 친구들도 많은데 난 왜 미루어? 개들도 다 철사로 묶었는데."

그건 그랬다. 의사는 지금 교정을 시작해도 효과를 기대할 수 없으니까 두고 보자는 것이고, 그 말은 딸애의 부정교합 정도가 심하다는 뜻이었다.

"사람이 성격이며 얼굴이 다 다르듯이 교정한다는 것도 각각 다른 거지. 일찍 시작할 사람, 늦게 해도 될 사람, 그렇게. 성장 중이니까 상태를 봐서 중고등학교 가서 해도 늦지 않은 그런 친구도 있겠지. 걱정할 거 하나도 없다. 우리 아파트 몇 호인가 고등학교 다니는 남학생은 지금 교정기 끼고 다니던데?"

"그래도 빨리 하는 게 낫지. 중학교나 고등학교는 버스 타고 다닐 텐데 더 창피하잖아! 요즘은 남녀 공학이 많단 말야."

"하하, 남학생이든 여학생이든 한 반에서 서로 장난치는 친구 사이인데 뭐가 창피해. 안경 쓰는 거만큼 너도나도 이빨 교정하는 세상인데, 걱정할 거 하나 없다."

아버지는 그렇게 걱정할 거 없다는 말을 두 번씩이나 해가며 딸의 마음을 편하게 하고 있었지만 정도가 심하다는 걸 인정해야 했기에 속으로는 불안했다.

그러나 또 다른 불안도 있었다. 확실하게 가늠할 수 없는 딸애의 부정교합의 정도보다도 더 막연한 것이기는 했지만, 정희옥의 마지막 말은 그의 머리를 짙은 안개처럼 둘러싸고 있었다. 막내가 있는데…… 돌봐줘. 더 물을 것도 해줄 말도 없어. 그냥 멀리서. 딸아이를 집으로 보낸 뒤 김창기는 오후부터 저녁까지 그 말 사이를 헤매고 다녔다.

여자를 만나 다시 물어본다는 건 생각할 수도 없는 일이었다. 그러므로 그는 여자의 말을 그대로 따르는 수밖에 없다는 결론에 겨우 도달했다. 한 번도 본 적이 없는 여자의 막내를 살펴봐 주는 일, 그것도 멀리서. 그러기 위해서는 은영이와의 관계를 어쨌거나 이어두는 일이 급선무였다. 큰딸과 연락을 주고받는 사이가 되어야만이 어색하지 않게 그 아이의 소식이라도 들을 수 있을 것이었다.

밤늦게 찾은 병실에는 은영이 가족이 있었다. 서너 살이나 되었을까 하는 사내아이와 그녀의 남편이었다. 여자는 잠이 들어 있었고, 숨소리조차 들려오지 않았다. 그는 끝 모르는 절망감을 느끼며 먼저 밖으로 나왔다. 은영이가 따라 나왔다.

"어머니는 어젯밤부터 계속 혼수상태예요."

김창기는 자기도 모르게 손으로 자기 얼굴을 한번 쓰다듬었다. 이렇게 되고 마는구나. 그는 조금 있다 물었다.

"의사는 뭐래?"

"……아침 회진 때, 준비를 하라고, 그래서 연락을 했어요."

"군에 있다는 막내는? 어디 있는데?"

"원철이한테 제일 먼저 연락했어요. 오는 시간이 있으니까. 강원도 원통, 아주 멀어요."

"그래. 먼 곳이지."

그는 막연하게 산 깊고 황량한 전방 부대 막사를 떠올렸다.

"어제는 의식이 있으셨나?"

"오후부터는 의식이 있다 없다, 그랬어요."

그는 고개를 끄덕였다.

"사실은 할머니가 병원비를 좀 도와드리라고 해서 내가 온 거다."

김창기는 준비해 온 봉투를 내밀었다.

"아, 이러시면 안 되는데……"

"할머니가 옛날 같이 살던 정으로 주시는 건데 어떠니, 괜찮다. 들어가 보아라."

환한 불빛으로 밝게 개방된 간호사실을 등에 두고 엘리베이터 앞에 서 있는 동안, 이제 다시는 여자를 볼 수 없으리라는 확신이 그의 내부를 아프게 찔러 왔다.

여자의 죽음을 안 것은 다음 날 저녁 무렵 가게에서였다. 어머니에게서 전화가 왔다. "니가 가봐라. 나는 얼굴 한번 봤으니, 그거로 됐다."

그러고는 일들은 빠르게 굴러갔다.

여자의 장례식은 간소하고 적막했다. 공원묘지의 어쩔 수 없는 풍경이거나 장지까지 따라온 문상객이 얼마 되지 않는 것도 그런 인상을 주었지만, 무엇보다 김창기 자신이 그려낸 여자의 지나온 시간들이 강하게 작용하고 있었을지도 몰랐다. 어디선가 바람을 타고 오는 아카시아 향기와 햇빛 가득한 먼 산의 녹음들이 조금은 비현실적으로 다가왔다.

그나마 그의 조문이 별스럽게 어색한 느낌을 주지 않는다는 것만이 다행이었다. 그는 다소간 멀찍이 떨어져서 여자가 알고 지낸 그렇고 그런 몇 안 되는 지인들 틈에 끼어 바깥을 맴돌았다. 딸들도 그러했지만 사내아이는 유난히 울었다. 하관을 할 때 몸부림치며 묘지 속으로 뛰어들려는 모습이 환영인 양 눈물로 젖은 그의 뿌연 시야에 들어왔다. 굳은 듯 서 있는 자신의 다른 어떤 모습이 저렇게 비통해하고 있는 것만 같아 그는 흠칫 놀랐다.

그는 다른 조문객들에 앞서 공원묘지를 빠져나왔다. 얼마간 둘러 가면 바닷가가 나왔다. 그는 바다를 옆에 끼고 갈 수 있는 도로만을 찾아 천천히 차를 몰다 주차공간이 있는 곳에서는 한참이고 머물곤 했다. 좋은 햇빛에 바다는 건강했다. 도시의 끄트머리인 송정까지 다다랐을 때 그는 정희옥의 죽음을 인정할 수 있었다.

18
마지막 끈을 놓다

몇 년 사이로 아내가 가게로 전화를 하는 일은 드물었다. 그 횟수는 선재가 나타난 뒤로 더욱 표나게 줄기도 했다. 그걸 김창기가 명확히 헤아린 건 물론 아니지만 기분이 그런 건 사실이었다. 정희옥의 장례가 끝난 며칠 뒤 아내가 가게로 전화를 했다.

아내는 가게를 좀 일찍 마치고 만나자는 거였다. 장소는 집에서 가까운 술집이었다. 그곳이라면 아파트에 차를 주차시키고 조금 걸어가면 되는 곳이었다. 아내의 말을 듣고 보니 그런 곳이 있구나 싶은, 운전하거나 걸어 지나가면서 예사롭게 보았던 그런 술집에서 만나자는 게 어딘가 이상스럽기는 했다.

은영으로부터는 전화가 한 번 왔었다. 어머니를 여러 가지로 생각해주어서 고맙다는 인사였다. 동생들은 다 제자리로 돌아갔다면서 창기 어머니의 안부를 물었다. 그는 감기는 다

나왔다면서, 무슨 일이 없더라도 한 번씩 연락할 것을 당부하시더라고 말했다. 은영은 "남부민동 할머니께 당연히 그래야죠"라고 답했다. 그는 덧붙여 막내가 복학할 때면 반드시 연락을 하라고 당부했다.

그리고 선재는, 연락이 계속 없는 상태였다. 김창기가 전화번호를 안다고 하더라도 아내와 정희옥으로 인해 복잡한 그의 심리상태에서 만났으리라는 확신은 없지만 선재와 그의 관계가 일방적이라는 것, 그만큼 불안정했다는 사실만큼은 증명이 되는 셈이었다.

김창기는 아파트에 차를 주차시키고 아내가 기다린다는 곳으로 그런 생각에 잠겨 천천히 걸어갔다. 무슨 말을 할까. 그러고 보니 자기도 아내에게 할 말이 있을 것 같기도 했다.

그건 아주 특별하거나 중요한 사연이 아니라 그저 이야기해야 한다는 사실 자체의 중요성, 과거가 묻어두기 위한 게 아니라 현재로 끊임없이 스며들게 해야 한다는 사실의 중요성, 그런 것일 수도 있었다. 그러므로 그는 아내가 눈을 빛내며 바라보았던 지도, 그래서 그 자신이 우리 같이 저 위를 한 번 날아보자고 했던 독일 입체지도를 이야기할 수도 있었다. 그걸까? 그 약속을 이제 지켜보자는 그런 이야기밖에 없을까. 여자의 이야기를, 정희옥을 통해 자신의 과거를, 어쩔 수 없이 아내에게 닫혔던 마음을, 그 원인의 심연을 이야기해야 옳지 않을까? 생각은 거기까지 도달했지만 한편으로는 그걸 열어 보일 자신은 별로 없었다. 정리되지 않은 복잡한 마음 때문에 그는 약속장소를 다시 찾아야 했다.

아내는 창가가 아닌 벽 쪽 자리에 앉아 있었다.

"이제는 때가 된 것 같아요. 더 이상 버틴다는 건 무의미해요."

그가 앉아 맥주 대신 물을 한 모금 마셨을 때 아내는 그렇게 말을 꺼냈다.

"헤어지기로 해요. 어차피 당신과 내가 계속 산다 하더라도 우리 사이가 나아질 일은 없어요. 더 나빠질 것도 없기야 하겠지만 그게 문제를 풀어주지는 않으니까 헤어지는 게 나아요. 당신에게 여자가 있다는 그게 지금 문제가 아니라 내가 화나게 지쳤다는 게 문제예요. 난 내 자신에게 화가 나고 또 지치고 말았어요. 이 선택은 내게 굉장히 절실해요. 당신이 이혼까지 필요로 하지 않는다면 수명이를 위해서 별거하기로 해요."

차분하게 정리된 아내의 말을 들으면서 그는 어리둥절하고 갈피를 잡을 수 없었다. 그러나 어쨌든 그는 앉자마자 모든 말을 다 들은 셈이었다.

그는 우선 만지작거리던 술잔을 들어 훌쩍 마셨다. 그리고 빈 잔을 채우고 또다시 주욱 마셨다. 할 일이 그것뿐인 듯 그는 그렇게 계속해서 맥주를 마셨다. 그리고 나온 말이 "다시 한번 생각해보지 그래"였다.

아내 역시 만지작거리던 술잔을 들어 마셨다. 그러나 남편처럼 빈 잔을 다시 채워 목마른 듯 마시지는 않았다.

"생각해봐요, 무슨 방법이 있겠는지? 노력을 해보자는 건데 지금 노력해서 될 일이 아니라는 건 당신부터 잘 알고 있잖아요. 그리고, 그동안 우리가 지낸 시간은 무엇이 되나요? 그건 노력이 아니었던가요? 내 마음은 결정되었어요."

김창기는 조급해지기 시작했다. 그는 우선 아내 말의 꼬투리를 잡도록 애썼다. 내 마음은 결정 났으니 이제 와서 당신이 다른 마음을 내도 소용없다? 화가 나지는 않았다. 딸애가 생각났고 어머니가 떠오르는 그런 순서가 잠시 있었다. 그러나 자기가 차린 음식으로 딸과 둘이서 덩그렇게 크기만 한 식탁에 앉아 있는 모습까지는 그려지지 않았다.

텅 빈 지하철의 선로를 건너뛰어 반대편으로 오르고 싶었던 어느 한때의 충동에 휩싸였던 걸 그는 기억해냈다. 선로를 건너뛰지 못한다면, 계단을 다시 올라와서 들어갔던 출구를 나와 반대편 방향의 출입구에서 표를 넣고 다시 계단을 내려가는 방법. 이제는 그런 방법으로 반대편 선로의 차를 타게 되는가. 그 반대편 승강장에는 누가 있는가. 그는 머리가 뜨거워졌다.

"수명이 문제는……"

아내가 잠시 뒤 그런 말을 꺼냈을 때 김창기는 고함을 지를 수 있었다.

"그게 지금 문제야? 왜 서둘러? 잘못했다는 걸 내가 인정했잖아. 그러니까 이야기는 거기서 출발해야 하잖아!"

그러나 아내는 침착하기만 했다.

"그 문제는 처음에 이야기했잖아요. 당신의 잘못보다 내가 내 자신에게 지쳤기 때문이라고. 내 얘기는 거기서부터예요. 우리가 언제 서로 간의 모든 걸 다 이야기한 적이 있기나 했나요? 서로 공통되는 얘기, 아이나 시어머니, 공과금이나 반찬, 신문의 기사, 그런 것밖에 더 있었어요? 당신은 깨닫고 있는지 모르지만, 당신은 고등학교 시절이나 대학 이야기까지도 제대로 한 적이 없는 사람이에요.

며칠 전에 외박에 대해, 잃어버린 아이에 대해 이야기를 하면서 내가 그랬죠? 당신은 어디에다 마음을 두고 온 사람 같다고. 막연했던 처음의 그런 불안감이 종내는 마음이 닫히지 않도록 노력하면서, 그리고 몸이 닫히지 않도록 필사적으로 발버둥치면서도 한사코 당신이 도움이 되지 못하리라는 막힌 마음에서 벗어날 수가 없었어요. 당신이 학교 근무할 때 같이 있다 혼자 되었다는 여자와 과거에 무슨 일이 있었든, 그리고 더 이전에 당신에게 어떤 일이 있었든, 그게 지금 뭐가 중요해요? 내게는 이제 아무 문제도 되지 않고, 관심도 없어요!"

김창기는 아내가 일러준 장소를 찾아오면서 가졌던 생각, 정희옥과 관련된 자신의 심리상태를, 불확실하거나 이해받기 어려운 그런 이야기를 해야 하지 않을까 했던 자기 다짐이 얼마나 터무니없었던가를 확실히 깨달아야 했다.

그러면서도 그는 이렇게 소리쳤다.

"다시 생각해봐. 이런 게 아니잖아!"

아내는 아무 말도 없이 앉은 자세를 그대로 지켰다. 그러고는 천천히 고개를 가로저었다. 그것은 어찌나 작은 동작이었던지 잘못하면 놓칠 수도 있는 모습이었다. 그랬기에 천연덕스럽고 극히 자연스럽게도 보이는 도리질이었다. 김창기는 폴싹 무너져버렸다. 모든 걸 인정해야 한다.

정희옥, 아이의 죽음, 회복할 수 없는 아내와의 거리, 이선재, 그리고 헤어짐.

발을 빼낼 수 없는 수렁에서 허우적거리는 것 같은 선재와의 만남과 정희옥의 수수께끼 같은 마지막 말이 던져준 미로에서 지쳤기 때문인지, 김창기는 별거하자는 아내의 제의 앞에서 제대로 힘을 쓰지 못했다.

그러면서도 마지막에는 억울하거나 안타까운 감정에 휩싸였다는 것만큼은 분명 기억하고 있었다.

그토록 완강하게 기억하기를 거부했던 정희옥과 함께한 시간과 공간, 이제 겨우 깊고 깊은 폐광을 헤쳐 나오고 있는데 그게 아무것도 아니라니. 시작이 끝이라니. 김창기는 북치듯이 가슴이라도 마구 쾅쾅 두들기고 싶었다.

에필로그

그다음은 물 흐르듯이 진행되었다. 그 자리에서 이야기가 다 되었다는 게 아니라 시일을 두고 별거를 위한 준비가 진행되었다. 감정까지도 그렇게 흘러갔다. 그러는 사이 그는 이혼에 대해서 겨우 신문이나 주간지 등이 던져주는 그렇고 그런 감정 정도에 둘러싸여 보기는 했다. 치명적이거나 결정적인 어떤 사건이 이혼을 마음먹게도 하지만 법원에서 막상 도장까지 찍게 만드는 것은 누적된 아주 작고도 하찮은 불만이라는 것. 그와 같이 경제적 능력이나 성적 불만이나 성격의 차이보다는 식탁 앞에서 입술화장을 하는 아내의 습관 같은 게 가정법원 마당에서 더 뚜렷하게 떠오른다는 것.

김창기는 과연 그들 부부가 법원 마당까지 가지 않은 걸 다행으로 여겨야 할지 어떨지 판단이 서지 않았다.

딸애는 어머니와 누나들과 의논해서 결정할 문제였지만 그는 아내의 의견을 존중하기로 마음먹었다. 아내는 우선은 혼자 있고 싶다고 했다.

아내가 별거를 선언한 뒤부터 선재는 사라졌다. 아니 어쩌면 선재는 그 훨씬 이전부터 연락을 끊고 있었지만 김창기에게는 그게 의식되지 못했을 뿐이었다. 그녀의 일방적인 출현만큼 퇴장도 그러했다. 선재를 찾을 명분도 없었지만 찾을 수도 없었다. 아내의 별거 요구를 받아들이고 난 뒤에야 선재와의 관계가 일반적 범주의 사랑은 아니었음을 깨달았다는 건 또 이상스런 일이었다. 상처받고 지쳐버린 두 사람의 몸과 마음이 사랑에 대한 지각과 감각을 송두리째 빼앗아버렸는지도 몰랐다.

그러므로 아이를 데리고 처음 대학병원을 찾았을 때 지하철역 입구를 막 빠져나오면서 들었던 짜증. 왜 일이 한꺼번에 일어나는가라는 의문 섞인 짜증처럼 일은 결국 한꺼번에 일어난 셈이었다. 죽음과 별거, 그리고 사라짐. 그는 세 여자를 한꺼번에 잃은 것이다.

그리고 아이 때문이라도 유일한 현실이었던 아내마저 비행기 사고로 자기 곁을 영원히 떠나버렸다. 그러므로 그는 다시 한번 자문해보았다.

그가 만일 결혼 전에 있었던 두 여자와의 사연을 아내에게 털어놓고 이해를 구했다면, 아이의 죽음도, 아내가 그를 향해 가졌던 불신감도 이겨낼 수 있었을까? 어쩌면 아이의 죽음으로 두 사람이 방황할 때가 정희옥과 관련된 자신의 상처를 이야기할 수 있었던 유일한 기회였을지도 몰랐다. 하지만, 그걸 어떻게 그때 알 수 있었단 말인가. 문제는 거기에 있었다. 그는 탈옥수처럼 자신의 상처를 숨기거나 혼자 치료할 수밖에 없었다. 그리고 인생은 그렇게 살아갈 수밖에 없는 것이고 그렇게 살아갈 수 있다고 믿었다. 자신에 대해서, 아내에 대해서, 세상에 대해서 우리는 언제나 너무 늦게 안다. 그게 인생일지도 몰랐다. 아주 먼 곳에서 돌아와 다시 제자리에 서기까지 김창기는 많이 지쳐 있었다.

사고현장인 괌에서 돌아와 모든 절차를 끝낸 뒤 그는 망설임 끝에 여자가 부탁했던 아이에게 전화를 했다. 그 아이는 서울에서 이제 막 회사생활을 시작하고 있었다. 그는 자신에게 일어난 일을, 아내의 사망소식만을 전했다. 왜 이제 알리느냐고, 서울에서라도 알았다면 도울 일을 찾아보았을 텐데라고 아이는 아쉬움과 위로를 전했다.

그동안 그는 아이를 두 번 보았다. 제대했을 때와 졸업 뒤였다. 어떤 예감도 어떠한 추측도 용인하지 않은 채 그는 오직 연결의 끈만 유지하기 위해 노력하고 있었다. 그러므로 어찌 보면 쓸데없는 전화질에 지나지 않을 것이었지만 피곤함과 쓸쓸함이 어우러져 빚어낸 그런 짓거리도 그 아이와의 끈을 유지하려는 가냘픈 소망이 숨어 있는 건지 몰랐다. 본질을 파악할 수 없을밖에는 현상이라도 붙들어야 했다.

그는 2년 전부터 진주곰탕집을 넘기고 쉬고 있었다. 재산을 하늘로만 불린 고등학교 동창생이나 베트남전에서 기타를 치던 경영학 박사도 그에게 합당한 사업을 소개하지는 못하고 있었다. 딸은, 그때 숨은 입으로 쉬는 게 아니라 코로 쉬는 거라던 대학병원의 의사 말처럼 편도선을 자르고 교정을 시작했다. 특진교수를 지정한 덕분인지 어쩐지 지루하기는 하지만 별 걱정거리 없이 치료는 계속되고 있었다.

하지만, 김창기는 한숨을 내쉬며 생각했다. 아직도 자신의 인생은 유예 중인 것 같다는 것이었다. 그런 심정만이 유일한 위안이었으며, 그가 사는 뜻이기도 했다.

작가 후기

처음 쓴 장편이 인터넷 소설로 발표되다 보니 뭔가 서먹하고 어색하다는 느낌을 지울 수 없었는데 두 번째 장편을 손가락으로 한 장씩 넘기며 읽을 수 있는 책으로 내게 되어 기쁘다.

웹진 『enoveltown(소설의 마을)』에 연재 중인 『표적』은 6·25전란 중 경남의 한 소읍에서 일어난 〈국민보도연맹〉 사건을 다룬 것이다. 진보적 지식인인 주인공이 해방 공간에서부터 적어도 1970년대 유신 시절 이후까지 사찰당국의 〈표적〉으로 살았다는 사실이 나로서는 매우 가슴이 아팠다. 과거의 어떤 시간들이, 그것이 과오이든 아니든, 한 인간의 나머지 삶 모두를 지배한다는 건 몹시 부당한 일이지만 그걸 벗어날 수 없는 게 인간의 조건일지도 모르겠다.

사연은 다르지만 이 작품에서도 과거 때문에 현재의 삶이 어그러지는 한 인물을 그려보았다. 사람과 사람 사이에, 특히 그 관계가 부부 사이일 때 우리는 얼마만큼 자신들의 과거를 드러내 보여야 하는 걸까? 부부 사이에서조차 완전한 사랑은 존재하지 않는다고 스스로 금을 그어놓은 채 우리는 그어놓은 그 금을 뛰어넘으려고 하지 않는 건 아닌지.

부부간의 진정한 사랑이 현재는 물론 과거의 상처까지 열어놓을 수 있을 때 가능한 것임을 누가 모르겠는가. 하지만 아는 것과 실행한다는 것은 언제나 다른 문제라는 말에도 우리는 익숙해져 있다. 아는 만큼 도달해야 할 길에서 자꾸 멀어지는 게 부부관계일 수도 있겠구나 하는 생각을 이 작품을 쓰기 전이나 쓰면서 자주 했다. 부부관계, 또는 결혼생활이 계속될 소재이자 주제일 것임에도 다른 문제들에 가리어 우리 소설에서 잘 다루어지지 않는 건 아닌지 하는 그런 생각도 해보았다.

주인공이 스쳐 지나간 1960년대 말부터 1970년대까지는 내 청춘의 발자국일 수도 있다. 작품을 쓰는 동안 작가에게는 쓰고 싶은 글은 아니더라도 써야만 할 글이 있다는 말이 절실했으며 그 절실함이 여기까지 오게 한 것 같다. 글도 더디게 썼을 뿐더러 출간까지도 시간이 걸렸다. 이제 내 곁을 떠난다니 쉽게 할 수 있는 말처럼 시원하고도 섭섭할 뿐이다.

2003년 5월

조갑상

재발간에 붙여

이 소설은 사랑의 이야기다. 소설도 우리 인생을 닮았기에 사랑은 문학과 예술에서 되풀이되는 주제가 되어오고 있다.

이 작품 이전에 「거세된 사랑」이라는 제목의 단편을 썼는데 중년의 남자가 우연히 티브이 토론 프로를 보다 사랑이 죄가 되어버린 자신의 과거를 되돌아보게 된다는 얘기였다. 지독하게 다가갔지만 끝내 도달하지 못하는 사랑이 있다. 그러면 그 사랑은 잘못인가. 사랑이 죄가 되고 어떻게 우리의 삶까지 어긋나게 하는가?

이 작품은 그런 질문을 좀 더 일상의 차원에서 세세하게 살펴보았다.

소설은 1997년 대한항공 801편 사고로 아내를 잃은 주인공의 회상으로 꾸며졌다. 독자에 따라서는 오래된 시간이거나 낯선 시간일 수도 있겠지만 사랑의 본질에 대해 한번 생각해 보는 기회가 되었으면 하는 마음이다.

첫 장편(2003년 발간)이라 늘 마음이 쓰였는데 새 얼굴로 세상에 나오게 돼서 기쁘다. 산지니 식구들에게 감사인사를 보낸다.

2022년 가을

조갑상